Anthony Horowitz

Gemini-Project

Anthony Horowitz, geboren 1956, arbeitete zunächst
für Theater, Film und Fernsehen, bevor er sich dem
Schreiben von Romanen zuwandte. Schon immer wollte er
eine moderne »Teenager-rettet-die-Welt«-Geschichte
schreiben. Und das ist ihm gelungen! Mit seinen Büchern
über den vierzehnjährigen Superagenten Alex Rider ist
er in England inzwischen zum Kultautor avanciert.
Seine Romane wurden in mehr als ein Dutzend Sprachen
übersetzt. Anthony Horowitz lebt mit seiner Familie und
seinem Hund im Norden von London.

**Von Anthony Horowitz sind in den
Ravensburger Taschenbüchern erschienen:**

RTB 58289 (früher: 58223)
Stormbreaker
Alex Riders erster Fall

RTB 58290 (früher: 58224)
Gemini-Project
Alex Riders zweiter Fall

RTB 58291 (früher: 58235)
Skeleton Key
Alex Riders dritter Fall

RTB 58292 (früher: 58243)
Eagle Strike
Alex Riders vierter Fall

RTB 58277
Scorpia
Alex Riders fünfter Fall

RTB 58293
Ark Angel
Alex Riders sechster Fall

RTB 58344
Snakehead
Alex Riders siebter Fall

Anthony Horowitz

Gemini-Project
Alex Riders zweiter Fall

Aus dem Englischen
von Antoinette Gittinger

Ravensburger Buchverlag

Als Ravensburger Taschenbuch
Band 58290 (früher: 58224)
erschienen 2009

Dieses Werk wurde vermittelt
durch die Literarische Agentur
Thomas Schlück GmbH, Garbsen

Die Originalausgabe erschien 2001
unter dem Titel »Point Blanc«
bei Walker Books Ltd., London
© 2001 by Anthony Horowitz
Published by arrangement with
Anthony Horowitz
Alex Rider™ © 2006,
Stormbreaker Productions Ltd.

Die deutsche Erstausgabe
erschien unter dem Titel
»Das Gemini-Projekt«
2003 im Ravensburger Buchverlag

© der deutschsprachigen Ausgabe 2003
Ravensburger Buchverlag Otto Maier GmbH

Umschlaggestaltung: Dirk Lieb
unter Verwendung einer Illustration
von Stefani Kampmann

Printed in Germany

3 4 5   13 12 11 10

ISBN 978-3-473-58290-7

www.ravensburger.de

Absturz

Michael J. Roscoe war ein vorsichtiger Mann.

Der Wagen, mit dem er jeden Morgen um sieben Uhr fünfzehn zur Arbeit gefahren wurde, war ein Mercedes mit verstärkten Stahltüren und kugelsicheren Scheiben. Sein Chauffeur, ein ehemaliger FBI-Agent, trug stets eine Beretta, eine handliche halbautomatische Pistole, bei sich und konnte auch damit umgehen. Von der Stelle, wo der Wagen vor dem Roscoe Tower auf der New Yorker Fifth Avenue hielt, bis zum Eingang waren es nur fünf Schritte, aber den ganzen Weg folgten ihm Überwachungskameras. Wenn sich die automatischen Türen hinter ihm geschlossen hatten, wachte der uniformierte Mann am Empfang – ebenfalls bewaffnet – darüber, wie er das Foyer durchquerte und in seinen privaten Lift stieg.

Der Aufzug war mit weißen Marmorwänden, einem blauen Teppich und einem silbernen Handlauf ausgestattet, besaß jedoch keine Knöpfe. Roscoe legte die Hand auf eine kleine Glasplatte. Ein Sensor las seine Fingerabdrücke, prüfte sie und setzte den Lift in Bewegung. Die Türen schlossen sich und der Aufzug fuhr ohne Unterbrechung in den sechzigsten Stock hinauf. Niemand außer Roscoe benutzte diesen Lift und niemals hielt er in einem anderen

Stock an. Während er nach oben fuhr, griff der uniformierte Mann am Empfang nach dem Hörer und informierte Mr Roscoes Angestellte, dass der Chef gerade auf dem Weg zu seinem Büro sei.

Jeder, der in Roscoes Privatbüro arbeitete, war sorgfältig ausgewählt und überprüft worden. Es war unmöglich, den Chef ohne Termin zu sprechen. Allerdings konnte es drei Monate dauern, bis man einen bekam.

Wenn man reich ist, muss man vorsichtig sein. Es gibt Spinner, Kidnapper, Terroristen ... verzweifelte und arme Irre. Michael J. Roscoe war der Vorsitzende von *Roscoe Electronics* und stand in der Rangliste der reichsten Männer der Welt an neunter oder zehnter Stelle. Und bei Gott, er war sehr vorsichtig! Seit er auf der Titelseite eines Manager-Magazins erschienen war, wusste er, dass er eine lebende Zielscheibe geworden war. In der Öffentlichkeit bewegte er sich immer schnell, hielt den Kopf gesenkt, verbarg sein markantes Gesicht hinter einer dunklen Brille. Seine Anzüge waren teuer, aber unauffällig. Ging er ins Theater oder zum Dinner, kam er immer in letzter Minute. In seinem Leben gab es Dutzende verschiedener Sicherheitssysteme. Früher hatten sie ihn gestört, doch hatte er sie schließlich zur Routine werden lassen.

Aber jeder Spion oder Sicherheitsbeamte wird einem erklären, dass gerade Routine das Ende beschleunigen kann, da der Feind die Abläufe genau studiert. Routine war es auch, die Michael J. Roscoes unerwartetes Ende herbeiführen sollte, und heute war der Tag, den der Tod sich ausgesucht hatte, um bei ihm anzuklopfen.

Natürlich war Roscoe völlig ahnungslos, als er direkt aus dem Lift in sein Privatbüro trat – ein riesiges Eckzimmer mit Fenstern, die vom Boden bis zur Decke reichten und Aussicht in zwei Richtungen boten – im Norden auf die Fifth Avenue und im Westen auf den Central Park. Die übrigen beiden Wände wurden eingenommen von einer Tür, einem niedrigen Bücherregal, und direkt neben dem Aufzug hing etwas verloren ein Ölgemälde. Es zeigte die *Sonnenblumen* von Vincent van Gogh.

Auf der Glasoberfläche seines Schreibtisches standen nur sehr wenige Gegenstände: ein Computer, ein ledergebundener Terminkalender, ein Telefon und die gerahmte Fotografie eines vierzehnjährigen Jungen. Als Roscoe sein Jackett auszog und an seinem Schreibtisch Platz nahm, betrachtete er das Bild.

Der Junge war blond, hatte blaue Augen und Sommersprossen. Genauso hatte Michael vor vierzig Jahren ausgesehen. Roscoe war jetzt vierundfünfzig. Obwohl er das ganze Jahr braun gebrannt war, zeigten sich die ersten Spuren des Alters. Sein Sohn war fast genauso groß wie er. Das Foto war im vorigen Sommer auf Long Island aufgenommen worden. Sie hatten den Tag beim Segeln verbracht und anschließend ein Barbecue am Strand gemacht. Es war einer der wenigen glücklichen Tage gewesen, die sie miteinander erlebt hatten.

Die Tür ging auf und seine Sekretärin trat ein. Helen Bosworth war Engländerin. Sie hatte vor Jahren ihre Heimat verlassen, um in New York zu arbeiten, was sie noch keine Sekunde bereut hatte. Sie arbeitete jetzt seit elf Jahren in diesem Büro und sie hatte noch nie etwas vergessen oder einen Fehler gemacht.

»Guten Morgen, Mr Roscoe«, begrüßte sie ihren Chef.

»Guten Morgen, Helen.«

Sie legte eine Mappe auf seinen Schreibtisch. »Die neuesten Zahlen aus Singapur. Eine Kostenaufstellung über das R-15-Datencenter. Um halb eins sind Sie zum Lunch mit Senator Andrews verabredet. Ich habe einen Tisch im Ivy …«

»Haben Sie London angerufen?«, unterbrach Roscoe sie.

Helen Bosworth blinzelte. Sie vergaß nie etwas, warum also fragte er?

»Ja, ich habe gestern Nachmittag in Alan Blunts Büro angerufen«, sagte sie. Zu der Zeit war es in London bereits Abend gewesen. »Mr Blunt war nicht da, aber ich habe für heute Nachmittag ein persönliches Gespräch zwischen Ihnen beiden arrangiert, wir können es in Ihr Auto durchstellen.«

»Danke, Helen.«

»Soll ich Ihnen Ihren Kaffee bringen lassen?«

»Nein, danke, Helen, ich trinke heute keinen Kaffee.«

Helen Bosworth ging hinaus, ernsthaft besorgt. Keinen Kaffee? Welche Überraschung kam als nächstes? Seit sie Mr Roscoe kannte, hatte er den Tag mit einem doppelten Espresso angefangen. War er krank? In letzter Zeit war er völlig verändert … seit Paul von dieser Schule in Südfrankreich nach Hause gekommen war. Und dann der Anruf bei Alan Blunt in London! Niemand hatte ihr je erklärt, wer er war, aber irgendwann hatte sie seinen Namen in einer Akte gelesen. Er hatte etwas mit dem britischen Geheimdienst zu tun. MI6. Was um alles in der Welt veranlasste Mr Roscoe, mit einem Mann vom Geheimdienst zu sprechen?

Helen Bosworth ging in ihr Büro zurück und versuchte sich zu beruhigen, nicht mit Kaffee – sie konnte das Zeug nicht ausstehen –, sondern mit einer Tasse Earl Grey. Irgendetwas höchst Merkwürdiges war hier im Gange und das gefiel ihr nicht. Es gefiel ihr ganz und gar nicht.

Inzwischen hatte sechzig Stockwerke tiefer ein Mann im grauen Overall mit einem ID-Sticker an der Brust die Eingangshalle betreten. Der Sticker wies ihn als Sam Green aus, Wartungsingenieur der Fahrstuhlfirma *X-Press Elevators Inc.* In einer Hand trug er eine Aktenmappe, in der anderen einen großen silbernen Werkzeugkasten. Beides setzte er vor dem Empfangstresen ab.

Sam Green war nicht sein richtiger Name. Sein Haar – schwarz und leicht ölig – war nicht echt, genauso wenig wie seine Brille, sein Schurrbart und seine unregelmäßigen Zähne. Er sah aus wie fünfzig, war aber in Wirklichkeit erst um die dreißig. Niemand kannte seinen richtigen Namen, denn in dem Geschäft, in dem er arbeitete, war ein Name das Letzte, was man brauchen konnte. Man kannte ihn in bestimmten Kreisen als den ›Gentleman‹ und er war einer der höchst bezahlten, erfolgreichsten Auftragskiller der Welt. Den Spitznamen hatte ihm seine Gewohnheit eingebracht, nach jedem Auftrag den Familien seiner Opfer Blumen zu schicken.

Der Mann am Empfang musterte ihn.

»Ich soll mir den Aufzug mal anschauen«, erklärte der Gentleman in einem typischen Bronx-Slang, obwohl er noch nie mehr als eine Woche in der Bronx gewesen war.

»Was stimmt denn nicht?«, fragte der Mann am Empfang. »Ihr wart doch erst letzte Woche hier.«

»Ja, ja, stimmt schon. Aber da war'n defektes Kabel in Aufzug zwölf. Da muss'n neues rein, hatten aber keins dabei. Deshalb bin ich ja jetzt hier.« Der Gentleman griff in seine Tasche und zog ein zerknittertes Stück Papier heraus. »Wollen Sie unser Head Office anrufen?«

Hätte der Mann am Empfang *X-Press Elevators Inc.* angerufen, hätte er vermutlich herausgefunden, dass dort tatsächlich ein Sam Green arbeitete, der in den letzten beiden Tagen aber nicht zur Arbeit erschienen war. Das lag daran, dass der echte Sam Green auf dem Grund des Hudson Rivers ruhte – mit einem Messer im Rücken und einem zentnerschweren Betonblock an den Füßen. Aber der Mann am Empfang griff nicht zum Telefonhörer, was der Gentleman vorausgesehen hatte. Es war schließlich absolut nichts Ungewöhnliches, dass die Aufzüge nicht funktionierten. Rund um die Uhr waren irgendwelche Techniker damit beschäftigt, sie zu reparieren. Da kam es auf einen mehr oder weniger nicht an.

Der Mann am Empfang deutete ihm mit einer Handbewegung an weiterzugehen.

12 Der Gentleman stopfte den Brief wieder in seine Hosentasche, griff nach der Aktentasche und dem Werkzeugkasten und steuerte die Aufzüge an. Im Wolkenkratzer gab es

ein Dutzend öffentliche Aufzüge sowie einen dreizehnten, der Michael J. Roscoe vorbehalten war. Der Aufzug Nummer zwölf befand sich am Ende des Foyers. Als er ihn betrat, versuchte ein Lieferjunge mit einem Paket ihm zu folgen. »Sorry«, sagte der Gentleman, »außer Betrieb!« Dann schloss sich die Tür hinter ihm und er drückte den Knopf zum einundsechzigsten Stock.

Er hatte den Auftrag erst vor einer Woche übernommen und musste schnell handeln – den echten Wartungsingenieur töten, dessen Identität annehmen, den Plan vom Roscoe Tower studieren und sich das komplizierte Teil, das er benötigen würde, beschaffen. Seine Auftraggeber wünschten, dass er den Multimillionär so bald wie möglich beseitigte. Noch wichtiger: Es musste unbedingt wie ein Unfall aussehen. Für diesen Auftrag hatte der Gentleman zweihunderttausend Dollar verlangt, was ohne Weiteres akzeptiert worden war. Das Geld sollte auf ein Schweizer Bankkonto überwiesen werden; die Hälfte sofort und der Rest nach Erledigung des Auftrags.

Die Lifttür öffnete sich. Der einundsechzigste Stock wurde gewöhnlich für die Wartung benutzt. Hier waren die Wassertanks untergebracht sowie die Computer, welche die Heizung, die Klimaanlage, die Überwachungskameras und die Aufzüge im ganzen Gebäude kontrollierten. Der Gentleman setzte den Lift außer Betrieb. Dazu verwendete er den Zentralschlüssel, der einmal Sam Green gehört hatte. Dann wandte er sich den Computern zu. Er wusste ganz genau, wo sie standen. Er hätte sie mit verbundenen Augen gefunden. Dann öffnete er seine zweigeteilte Aktenmappe. Der untere Teil bestand aus einem Laptop, auf dessen Deckel Bohrer und anderes Werkzeug festgezurrt waren.

Er benötigte fünfzehn Minuten bis zum Roscoe Tower-Großrechner, um sich dort mit seinem Laptop in den inneren Schaltkreis einzuloggen. Sich am Roscoe-Sicherheitssystem vorbeizuhacken nahm etwas Zeit in Anspruch, aber schließlich hatte er es geschafft. Er tippte einen Befehl ein. Im Stockwerk darunter machte Michael J. Roscoes Privataufzug etwas, was er noch nie zuvor getan hatte. Er fuhr ein Stockwerk höher – in den einundsechzigsten Stock. Doch die Tür öffnete sich nicht. Der Gentleman hatte nicht vor einzusteigen.

Stattdessen ergriff er jetzt die Aktenmappe und den Werkzeugkasten und trug beides zu dem Aufzug zurück, mit dem er vom Foyer aus gefahren war. Er drehte den Zentralschlüssel und drückte auf den Knopf des 59. Stockwerks. Erneut setzte er den Lift außer Betrieb. Dann griff er an die Decke und drückte kräftig. Eine Falltür öffnete sich nach außen. Er schob zuerst die Aktenmappe und den Werkzeugkasten nach oben, hievte sich dann selbst hinauf und kletterte auf das Dach des Aufzugs. Er befand sich jetzt im Hauptaufzugsschacht des Roscoe Towers. Von vier Seiten war er von Trägern und Rohrleitungen umgeben, die schwarz vor Öl und Schmutz waren. Dicke Stahlkabel hingen herunter, die manchmal summten, wenn sie ihre Lasten hinauf- oder heruntertransportierten. Wenn er hinunterblickte, konnte er einen scheinbar endlosen viereckigen Tunnel erkennen, der lediglich von den Lichtstreifen der

Türen erhellt wurde, die sich öffneten und wieder schlossen, wenn die anderen Aufzüge in den verschiedenen Stockwerken anhielten. Irgendwie war der Wind von draußen ins Gebäude gedrungen und wirbelte Staub auf, der ihm in den Augen brannte. Neben ihm befanden sich ein paar Aufzugstüren, die ihn, hätte er sie geöffnet, direkt in Roscoes Büro geführt hätten. Über diesen befand sich nur wenige Zentimeter über seinem Kopf und ein paar Meter nach rechts versetzt der untere Teil von Roscoes privatem Aufzug.

Der Werkzeugkasten lag griffbereit auf dem Aufzugsdach. Behutsam öffnete er ihn. Die Seiten waren gefüttert. Im Innern lag in einer besonders gut gepolsterten Mulde ein Gegenstand, der wie ein Filmprojektor aussah, silbern und mit einer dicken Glaslinse. Er nahm ihn heraus und warf dann einen Blick auf seine Armbanduhr. Acht Uhr fünfunddreißig. Er würde eine Stunde benötigen, um dieses Gerät am Boden von Roscoes Aufzug anzubringen und noch etwas mehr Zeit, um sich zu vergewissern, dass es funktionierte. Er hatte jede Menge Zeit.

Er lächelte zufrieden vor sich hin, holte einen Schraubenzieher heraus und fing an zu arbeiten.

Um zwölf Uhr verkündete Helen Bosworth am Telefon: »Mr Roscoe, Ihr Wagen ist vorgefahren.«

»Danke, Helen.«

Roscoe hatte heute Morgen noch nicht viel getan, war ziemlich unkonzentriert bei seiner Arbeit. Wieder warf er einen Blick auf das Foto auf seinem Schreibtisch. Paul. Wie konnte eine Beziehung zwischen Vater und Sohn nur so schieflaufen? Und was war in den letzten Monaten passiert, dass sie sich noch weiter verschlechtert hatte?

Er erhob sich, schlüpfte in sein Jackett und durchquerte das Büro. Er war ja mit Senator Andrews zum Lunch verabredet. Roscoe traf sich häufig mit Politikern zum Essen. Entweder wollten sie sein Geld, seine Ideen … oder ihn. Ein so reicher Mann wie Roscoe war ein einflussreicher Freund und Politiker brauchen jeden Freund, den sie bekommen können.

Er drückte auf den Aufzugsknopf. Als die Türen leise aufglitten, machte er einen Schritt nach vorn.

Das Letzte, was Michael J. Roscoe in seinem Leben sah, war ein Aufzug mit weißen Marmorwänden, einem blauen Teppich und einem silbernen Handlauf. Sein rechter Fuß, an dem er einen der schwarzen Lederschuhe trug, die ein kleiner Schuhladen in Rom extra für ihn anfertigte, trat ins Leere und dann immer weiter … durch den Teppich hindurch.

Roscoe stürzte sechzig Stockwerke tief direkt in den Tod. Er war so überrumpelt, völlig unfähig zu begreifen, was geschehen war, dass er nicht einmal einen Schrei ausstieß. Er fiel einfach in die Dunkelheit des Aufzugschachts, prallte zweimal gegen die Wand und schlug dann auf den festen Beton des Untergeschosses, etwa zweihundert Meter tiefer.

16   Der Aufzug blieb, wo er war. Er sah stabil aus, war es aber keineswegs. Roscoe war in ein Hologramm getreten, das in den leeren Raum des Aufzugsschachts, in dem sich

der richtige Aufzug hätte befinden sollen, projiziert worden war. Der Gentleman hatte die Aufzugstür so programmiert, dass sie sich öffnete, wenn Roscoe auf den Knopf drückte. Dann hatte er seelenruhig zugesehen, wie der Milliardär ins Nichts gestürzt war. Wenn Roscoe kurz hochgeblickt hätte, hätte er den silbernen Hologrammprojektor gesehen. Aber ein Mann, der in einen Aufzug steigt, um zum Lunch zu gehen, blickt nicht nach oben. Der Gentleman hatte das vorausgesehen. Und er täuschte sich nie.

Um halb eins meldete der Chauffeur Mr Roscoes Büro, dass der Chef nicht heruntergekommen sei. Zehn Minuten später informierte Helen Bosworth den Sicherheitsdienst, der daraufhin das Foyer des Gebäudes absuchte. Um ein Uhr riefen sie im Restaurant an, wo der Senator auf seinen Gast wartete. Aber dieser war noch nicht aufgetaucht.

Seine Leiche wurde erst am Tag darauf entdeckt. Inzwischen war das Verschwinden des Milliardärs zur Hauptmeldung der amerikanischen Fernsehnachrichten geworden. Ein seltsamer Unfall – zumindest sah es danach aus. Niemand konnte sich erklären, was geschehen war. Natürlich hatte der Gentleman zu diesem Zeitpunkt das Programm des Hauptrechners längst wieder umprogrammiert, den Projektor entfernt und alles ganz genau so hinterlassen, wie es vorher gewesen war, bevor er unbemerkt das Gebäude verließ.

Zwei Tage später betrat ein Mann, der absolut nicht wie ein Wartungsingenieur aussah, den JFK International Airport. Er wollte in die Schweiz fliegen. Aber zuerst ging er in einen Blumenladen und bestellte ein Dutzend schwarze Tulpen, die er an eine ganz bestimmte Adresse schicken ließ. Der Mann zahlte bar und hinterließ keinen Namen.

Blue Shadow

Der unmöglichste Zeitpunkt, sich einsam zu fühlen, ist, wenn man sich mitten in einer Menschenmenge befindet. Alex Rider ging über den Schulhof, umgeben von Hunderten von Jungen und Mädchen seines Alters. Sie alle drängten in die gleiche Richtung, trugen alle die gleiche blaugraue Uniform und hingen vermutlich alle mehr oder weniger den gleichen Gedanken nach. Die letzte Unterrichtsstunde war gerade zu Ende gegangen. Hausaufgaben und Fernsehen würden den Rest des Tages füllen. Und morgen ging alles wieder von vorne los. Warum also fühlte er sich so weit weg von allem, so als ob er die letzten Wochen des Schuljahres von der anderen Seite einer riesigen Glasscheibe betrachten würde?

Alex warf sich den Rucksack über die Schulter und steuerte den Fahrradschuppen an. Der Rucksack war schwer. Wie üblich enthielt er Schulbücher und Hausaufgaben für Französisch und Geschichte. Er hatte zwei Wochen Unterricht versäumt und musste hart arbeiten, um alles nachzuholen. Seine Lehrer hatten wenig Verständnis gezeigt. Niemand hatte ein Wort darüber verloren, aber als er schließlich ein Attest vorgelegt hatte (... starke Grippe mit Komplikationen ...), hatten sie genickt, gelächelt und ihn insgeheim für ein Weichei gehalten. Andererseits wussten alle, dass Alex keine Eltern hatte und sein Onkel, bei dem er gelebt hatte, bei einem Autounfall ums Leben gekommen war. Aber bei allem Verständnis: zwei Wochen im Bett! Selbst seine engsten Freunde mussten zugeben, dass das etwas zu viel war.

Aber Alex konnte keinem die Wahrheit sagen. Niemand durfte wissen, was wirklich geschehen war.

Alex blickte sich um, beobachtete die Schüler, die durch die Schultore strömten oder mit einem Fußball dribbelten. Manche waren mit ihrem Handy beschäftigt. Dann beobachtete er, wie sich die Lehrer in ihre Gebrauchtwagen zwängten. Zuerst hatte er gedacht, dass sich die ganze Schule während seiner Abwesenheit irgendwie verändert hatte. Aber jetzt wusste er, dass es noch schlimmer war: Er war es, der sich verändert hatte.

Alex war vierzehn, ein normaler Schüler in einer normalen Gesamtschule im Westen Londons. Oder besser gesagt: er war es gewesen. Erst vor ein paar Wochen hatte er entdeckt, dass sein Onkel ein Geheimagent gewesen war, der für MI6 gearbeitet hatte. Dieser Onkel – Ian Rider – war ermordet worden und die Leute von MI6 hatten Alex gezwungen, seinen Platz einzunehmen. Er hatte sich einem Crashkurs in SAS-Überlebenstechniken unterziehen müssen und war für einen mörderischen Auftrag an die Südküste entsandt, gejagt, angeschossen und fast getötet worden. Und nach Beendigung des Auftrags war er wieder in die Schule zurückgeschickt worden, als wenn nichts geschehen wäre. Aber zuerst hatte er eine Geheimhaltungsakte unterschreiben müssen. Alex lächelte, als er daran dachte. Es wäre gar nicht nötig gewesen, so etwas zu unterschreiben, es hätte ihm ja sowieso niemand geglaubt.

Aber genau diese Geheimhaltung war es, die ihm jetzt zusetzte. Wenn ihn jemand fragte, was er in den Wochen seiner Abwesenheit getan hatte, musste er antworten, dass er zu Hause im Bett gelegen hatte. Alex verspürte gar keine Lust, mit seinen Taten anzugeben, aber er hasste es auch, seine Freunde hinters Licht führen zu müssen. Es machte ihn richtig wütend. MI6 hatte ihn nicht nur in Gefahr gebracht, sondern sein ganzes Leben in einen Aktenschrank gesperrt und den Schlüssel weggeworfen.

Inzwischen war er beim Radschuppen. Jemand murmelte im Vorbeigehen »Tschüss«, und er nickte. Dann strich er sich die blonde Haarsträhne, die ihm übers Auge gefallen war, zurück. Manchmal wünschte er sich, dass er die ganze Geschichte mit MI6 einfach nur geträumt hatte. Aber gleichzeitig – das musste er zugeben – wünschte ein Teil von ihm, alles noch einmal zu erleben. Manchmal hatte er das Gefühl, dass er nicht mehr in die heile Welt der Brookland-Schule gehörte. Es hatte sich zu viel verändert. Und schließlich war alles andere verlockender als Hausaufgaben.

Er holte sein Fahrrad aus dem Schuppen, schloss es auf, lud sich den Rucksack auf den Rücken und wollte gerade losradeln. In diesem Augenblick entdeckte er den verbeulten weißen Wagen. Er hielt vor den Schultoren – bereits das zweite Mal in dieser Woche.

Jeder kannte den Mann in dem weißen Wagen.

Er war Mitte zwanzig, kahlköpfig, hatte anstelle der Schneidezähne nur zwei abgebrochene Stümpfe im Mund und fünf Metallstecker im Ohr. Niemand kannte seinen wirklichen Namen. Man nannte ihn Skoda – nach seiner Automarke.

Einige behaupteten, er heiße Jake und sei früher ebenfalls auf die Brookland-Schule gegangen. Wenn dem wirklich so war, dann war er wie ein unheilvoller Geist zurückgekehrt. Gerade noch war er da, dann auch schon wieder verschwunden. Irgendwie war er einem vorüberfahrenden Polizeiauto oder einem allzu neugierigen Lehrer immer um eine Nasenlänge voraus.

Skoda verkaufte Drogen, weiche Drogen an die jüngeren Schüler und harte an die älteren, die dumm genug waren, sie zu kaufen. Alex konnte es kaum glauben, aber Skoda vertickte seine kleinen Tütchen ganz unverfroren am helllichten Tag. Denn natürlich gab es in der Schule einen Ehrenkodex. Niemand verriet jemanden an die Polizei, nicht einmal eine Ratte wie Skoda. Und man musste Angst haben, denn wenn Skoda geschnappt wurde, könnten die Schüler, die er belieferte – Freunde, Klassenkameraden – ebenfalls dran sein.

In der Brookland-Schule waren Drogen früher nie ein Problem gewesen, aber in letzter Zeit hatte sich das geändert. Ein paar Siebzehnjährige hatten Skodas Drogen gekauft und schnell Nachahmer gefunden. Es hatte mehrere Diebstähle gegeben und ein, zwei Fälle, in denen jüngere Schüler terrorisiert und erpresst worden waren. Das Zeug, das Skoda verkaufte, schien immer teurer zu werden, je mehr davon gekauft wurde – und es war schon beim Einstieg nicht gerade billig gewesen.

Alex beobachtete, wie ein Junge mit breiten Schultern, dunklem Haar und Pickeln zum Wagen schlenderte, auf der Fahrerseite stehen blieb, sich hinunterbeugte, dann weiterging. Plötzlich spürte er, wie Wut in ihm aufstieg. Der Junge hieß Colin und noch vor zwölf Monaten war er Alex' bester Freund gewesen. Damals war Colin bei allen beliebt gewesen. Aber dann hatte sich alles geändert. Er war launisch und verschlossen und in der Schule immer schlechter geworden. Plötzlich wollte niemand mehr etwas mit ihm zu tun haben – und das lag an den Drogen. Alex hatte sich nie viele Gedanken über Drogen gemacht. Er wusste nur, dass er selber nie welche nehmen würde. Aber es war ihm klar, dass der Mann im weißen Auto nicht nur ein paar hirnlose Schüler vergiftete, sondern allmählich die ganze Schule.

Ein Polizist auf Patrouille tauchte auf und ging auf das Tor zu. Einen Moment später war der weiße Wagen verschwunden und hinterließ nichts als eine schwarze Wolke aus seinem löchrigen Auspuff. Alex hatte sich aufs Rad geschwungen, trat in die Pedale und fuhr schnell über den Schulhof, vorbei an der Schulsekretärin, die auch gerade auf dem Heimweg war.

»Nicht so schnell, Alex!«, rief sie ihm hinterher und seufzte, als er sie nicht weiter beachtete.

Miss Bedfordshire hatte schon immer eine Schwäche für Alex gehabt, wusste allerdings nicht genau, warum. Sie war die Einzige in der Schule, die sich Gedanken darüber machte, ob hinter der angeblichen Grippe nicht noch mehr steckte.

Der weiße Skoda gab kräftig Gas, bog erst links ein, dann rechts und Alex fürchtete schon, er würde ihn aus den Augen verlieren. Aber dann schlängelte sich das weiße Auto durch das Gewirr der Seitensträßchen, die zur King's Road hinaufführten. Er geriet in den Vier-Uhr-Berufsverkehr und blieb ungefähr zweihundert Meter weiter vorn stehen.

Zu Beginn des 21. Jahrhunderts ist die Durchschnittsgeschwindigkeit im Londoner Straßenverkehr wahrscheinlich niedriger als vor hundert Jahren. An einem normalen Arbeitstag überholt ein Fahrrad jedes Auto – auf jeder Strecke. Und Alex fuhr nicht irgendein Fahrrad. Er besaß immer noch seinen *Condor Junior Roadracer*, ein Rad, das extra für ihn hergestellt worden war. Erst vor Kurzem hatte Alex es mit einer integrierten Bremse und einem Schalthebel für die Lenkstange aufrüsten lassen, und er brauchte nur mit dem Finger zu schnipsen, um zu spüren, wie das Rad einen Gang hochschaltete und das federleichte Titaniumzahnrad sich geschmeidig unter ihm drehte.

Er holte den Wagen in dem Augenblick ein, als dieser gerade um die Ecke bog und sich in den Verkehr auf der King's Road einfädelte. Es blieb ihm nichts anderes übrig, als zu hoffen, dass Skoda in der Stadt blieb, aber irgendwie hielt Alex es nicht für wahrscheinlich, dass er allzu weit fahren würde. Der Drogendealer hatte die Brookland-Schule nicht nur deshalb gewählt, weil er sie früher selbst besucht hatte. Sie lag sicherlich auch in seiner Nachbarschaft –

nicht zu nah von zu Hause entfernt, aber auch nicht zu weit davon entfernt.

Die Ampel wurde grün und der weiße Wagen schoss vor, Richtung Westen. Alex trat langsam in die Pedale, blieb ein paar Autos zurück, für den Fall, dass Skoda zufällig in den Rückspiegel schaute. Sie gelangten zu der Ecke, die World's End genannt wird, und plötzlich war die Straße frei. Alex musste in einen anderen Gang wechseln und kräftig treten, um das weiße Auto nicht aus den Augen zu verlieren. Der Wagen fuhr weiter, durch Parson's Green und hinunter Richtung Putney. Alex wechselte die Spur und schnitt einem wütend hupenden Taxi den Weg ab. Es war ein milder Tag und er spürte die schweren Schulbücher in seinem Rucksack. Wie weit würden sie noch fahren? Und was würde er tun, wenn sie am Ziel waren? Alex fing an, sich zu fragen, ob das Ganze so eine gute Idee gewesen war, als der Wagen plötzlich anhielt.

Skoda war auf einen Parkplatz neben der Themse nicht weit von Putney Bridge eingebogen. Alex blieb auf der Brücke und beobachtete, wie der Drogendealer ausstieg und sich in Bewegung setzte. Die Gegend wurde gerade saniert, ein Häuserblock mit ›prestigeträchtigen Wohnobjekten‹, wie das Bauschild anpries, verschandelte die Londoner Skyline. Im Augenblick war das Gebäude nicht mehr als ein hässliches Skelett aus Stahlträgern und vorgefertigten Betonblöcken, auf denen es von Männern mit Schutzhelmen wimmelte. Es gab Bulldozer, Betonmaschinen und über dem Ganzen einen riesigen kanariengelben Kran. Auf einem Schild war zu lesen:

Riverview House

Besucher wenden sich bitte an die Bauleitung

Alex überlegte, ob Skoda hier vielleicht irgendwelche Geschäfte abwickelte. Der Dealer schien zunächst auf den Eingang zuzusteuern. Aber dann drehte er plötzlich ab.

Die riesige Baustelle lag zwischen der Brücke und einer Gruppe moderner Gebäude. Es gab eine Kneipe, dann ein brandneues Konferenzzentrum und schließlich ein Polizeirevier mit einem Parkplatz für die Dienstfahrzeuge. Aber direkt neben der Baustelle, in den Fluss hinausragend, befand sich ein hölzerner Landesteg, an dem zwei Kajütboote lagen und ein alter Schleppkahn aus Eisen in dem trüben Wasser vor sich hin rostete.

Alex hatte den Steg zuerst nicht bemerkt, aber Skoda schritt direkt darauf zu und kletterte an Bord des Kahns. Er öffnete eine Tür und verschwand. Lebte er etwa hier? Es war Spätnachmittag. Irgendwie konnte Alex sich nicht vorstellen, dass Skoda eine Vergnügungsfahrt auf der Themse plante.

Er setzte sich wieder aufs Rad und fuhr langsam bis zum Ende der Brücke und dann hinunter Richtung Parkplatz. Dann versteckte er das Fahrrad und seinen Rucksack und ging zu Fuß weiter. Als er sich dem Kahn näherte, verlangsamte er seine Schritte. Angst, erwischt zu werden, hatte er keine. Immerhin war das hier ein öffentlicher Platz und selbst wenn Skoda wieder auftauchte, konnte er nichts gegen Alex unternehmen. Aber er war neugierig. Was hatte der Drogendealer an Bord eines Kahns zu schaffen? Alex war sich immer noch nicht sicher, was er tun würde, aber er wollte unbedingt einen Blick ins Innere werfen. Dann würde er überlegen, was zu tun war.

Der hölzerne Steg knarrte unter seinen Füßen, als er ihn betrat. Der Kahn trug den Namen *Blue Shadow*, aber der verblasste Anstrich, die rostigen Eisenbeschläge und das schmutzige, ölverschmierte Deck wiesen kaum noch Spuren der Farbe Blau auf. Der Kahn war ungefähr zehn Meter lang und fast quadratisch, mit einer einzigen Kabine in der Mitte. Er lag tief im Wasser und Alex vermutete, dass sich der Großteil der Kajüte unter Deck befand. Er kniete nieder, tat so, als binde er seine Schnürsenkel und hoffte, einen kurzen Blick durch die schmalen, schrägen Fenster werfen zu können. Aber die Vorhänge waren zugezogen. Was nun?

Der Kahn war auf einer Seite des Stegs festgezurrt. Die beiden Kajütboote lagen Seite an Seite auf der anderen. Skoda wollte offensichtlich ungestört sein – aber er brauchte auch Licht. Auf der anderen Seite des Kahns war es sicher nicht nötig, die Vorhänge zuzuziehen, da es dort außer dem Fluss ja nichts gab.

Das einzige Problem bestand darin, dass Alex auf das Boot klettern musste, wenn er einen Blick durch die anderen Fenster werfen wollte. Er überlegte kurz. Das Risiko musste er eingehen. Er war in unmittelbarer Nähe der belebten Baustelle und niemand würde es wagen, ihm hier etwas zu tun.

Er setzte einen Fuß an Deck und verlagerte dann langsam sein Gewicht darauf. Er hatte Angst, dass sich der Kahn bewegte. Natürlich senkte sich das Boot unter seinem Gewicht, aber Alex hatte den Augenblick gut gewählt. Ein Polizeiboot fuhr vorbei, den Fluss hinauf, zurück in die Stadt. Der Kahn schaukelte in seinem Kielwasser und als es wieder ruhig war, kletterte Alex an Bord und kauerte sich neben die Kabinentür.

Von drinnen hörte er Rockmusik. Alex wollte es eigentlich nicht tun, aber er wusste, dass es nur einen Weg gab, ins Innere zu schauen. Er versuchte, eine Stelle an Deck zu finden, die weniger ölverschmiert war und legte sich flach auf den Bauch. Er hielt sich am Geländer fest, senkte Kopf und Schultern über die Bordwand hinab und schob sich dann vor, sodass er kopfunter über dem Wasser hing.

Er hatte Recht. Die Vorhänge auf dieser Seite waren offen. Als er durch die schmutzige Scheibe blickte, erkannte er zwei Männer. Skoda saß auf einer Koje und rauchte eine Zigarette. Der zweite Mann war blond und hässlich. Er hatte einen schiefen Mund, einen Dreitagebart, trug ein zerrissenes Sweatshirt und Jeans und kochte auf einem kleinen Ofen gerade Kaffee. Die Musik dröhnte aus einem Radio, das auf einem Regal stand. Alex sah sich in der Kabine um. Abgesehen von zwei Kojen und der Miniküche besaß der Kahn keinerlei Möbel, sondern war von Skoda und seinem Freund in ein schwimmendes Labor verwandelt worden.

Es gab zwei metallene Arbeitsplatten, eine Spüle und eine Elektrowaage. Überall standen Reagenzgläser und Bunsenbrenner, Glaskolben und Messlöffel herum. Alles war schmutzig – offensichtlich achtete keiner der Männer auf Hygiene –, aber Alex erkannte, dass er hier das Herzstück ihrer Geschäfte vor sich hatte. Hier bereiteten sie die Drogen auf. Sie verschnitten sie, wogen sie und verpackten sie, um sie an den Schulen zu verkaufen. Es war eine unglaubliche Idee – eine Drogenfabrik auf einem Boot, und das mitten in London und nur einen Steinwurf von einem Polizeirevier entfernt. Aber gleichzeitig war es sehr clever. Wer würde hier schon danach suchen?

Plötzlich wandte sich der Blonde um und Alex schwang sich hoch und zurück an Deck. Einen Augenblick lang war er ganz benommen, denn kopfunter hängend war ihm das Blut zu Kopf gestiegen. Er atmete tief durch und versuchte, seine Gedanken zu ordnen. Er konnte zur Polizeiwache gehen und den Beamten erzählen, was er gesehen hatte, und die Polizei konnte dann eingreifen.

Aber irgendetwas in Alex verwarf diesen Plan. Vor ein paar Monaten, da hätte er die Sache vielleicht jemand anderem überlassen. Aber er war nicht mit dem Rad so weit gefahren, nur um die Polizei zu rufen. Er erinnerte sich an den Tag, als er das weiße Auto das erste Mal vor den Schultoren gesehen hatte, und wie Colin, sein Freund, darauf zugesteuert war. Und wieder war er wütend. Das hier war etwas, was er selbst erledigen wollte.

Was konnte er tun? Hätte der Kahn einen Stöpsel gehabt, dann hätte Alex ihn herausziehen und das Boot versenken können. Aber so einfach war die Sache natürlich nicht. Der Kahn war mit zwei dicken Seilen am Landesteg festgemacht. Alex konnte sie lösen – aber das würde auch nichts nützen. Der Kahn würde davondriften – aber hier in Putney gab es weder Wasserfälle noch Strudel. Skoda würde einfach den Motor anlassen und bequem wieder zurückfahren.

Alex sah sich um. Auf der Baustelle war gerade Feierabend. Einige der Männer gingen bereits nach Hause, und als Alex alles genauer beobachtete, sah er, wie sich weit über ihm eine Klappe öffnete und ein stämmiger Mann den Kran herunterkletterte. Alex schloss die Augen. Plötzlich schwirrte eine ganze Reihe von Bildern vor seinem inneren Auge, wie die Teile eines Puzzles.

Der Kahn … die Baustelle … das Polizeirevier … der hohe Kran mit seiner riesigen Klaue, die am Ausleger baumelte …

… und der Jahrmarkt in Blackpool, den er einmal mit seiner Haushälterin Jack Starbright besucht hatte. Sie hatte einen Teddybären gewonnen, den sie mit einer mechanischen Klaue aus einem Glaskasten gefischt hatte.

Konnte er es schaffen? Alex vergewisserte sich noch einmal, prüfte die Winkel. Ja, es könnte klappen.

Er richtete sich auf und kroch über das Deck zurück zu der Tür, durch die Skoda getreten war. Er fand ein Stück Draht und schlang es mehrmals um den Türgriff. Dann zog er den Draht über einen Haken an der Wand und zurrte ihn fest.

Die Tür war jetzt gut verschlossen. Auf der Rückseite

des Kahns war eine zweite Tür. Alex sicherte sie mit seinem Fahrrad-Vorhängeschloss. So weit er es erkennen konnte, waren die Fenster zu schmal, um durchzuklettern. Es gab keinen anderen Weg hinein oder hinaus.

Er kroch vom Kahn auf den Landesteg zurück und machte das Boot los. Das dicke Seil ließ er locker aufgerollt neben den Metallpfosten liegen, die es gehalten hatten. Der Fluss war ganz ruhig. Es würde eine Weile dauern, bevor der Kahn abdriftete.

Alex richtete sich auf. Er war so weit mit seinem Werk zufrieden und begann zu rennen.

An der Angel

Der Zugang zur Baustelle wimmelte von Bauarbeitern, die sich auf den Heimweg machten. So ähnlich wie vor einer Stunde an der Brookland-Schule. Wenn man älter wird, ändert sich nichts wirklich – mit der Ausnahme vielleicht, dass man keine Hausaufgaben mehr machen muss. Die Männer und Frauen, die die Baustelle verließen, waren müde und machten sich eilig auf den Nachhauseweg. Keiner von ihnen versuchte, Alex aufzuhalten, als er sich unter sie mischte.

Aber die Schicht war noch nicht ganz zu Ende. Einige Arbeiter schleppten noch Werkzeuge und packten sie weg für die Nacht. Sie trugen alle Schutzhelme. Als Alex einen Stapel davon entdeckte, schnappte er sich einen und setzte ihn auf. Über ihm thronte dieser riesige Wohnblock, der gerade gebaut wurde. Er musste zwischen zwei Gerüsttürmen hindurch. Plötzlich stellte sich ihm ein stämmiger Mann in weißem Overall in den Weg.

»Wohin willst du?«, wollte er wissen und starrte ihn neugierig an.

»Mein Dad …« Alex deutete vage auf einen Arbeiter und ging weiter. Der Trick funktionierte. Der Mann ließ ihn in Ruhe.

Er steuerte auf den Kran zu, der auf einer freien Fläche der Baustelle stand. Aber erst als er direkt unter ihm stand, wurde er sich der enormen Höhe bewusst. Der Stützturm war in einem massiven Zementblock verankert. Der Turm war sehr schmal – nachdem Alex zwischen die Eisenstützen geschlüpft war, konnte er mit ausgestreckten Händen alle vier Seiten berühren. In der Mitte führte eine Leiter hinauf. Ohne nachzudenken – wenn er es tat, würde er seinen Plan vielleicht verwerfen – begann Alex hochzuklettern.

Es ist nur eine Leiter, redete Alex sich ein. Du bist schon öfter eine Leiter hochgeklettert, brauchst dir keine Sorgen zu machen.

Aber das hier war eine Leiter mit dreihundert Sprossen. Wenn Alex ausrutschte, würde er in den Tod stürzen. Zwischendrin gab es kleine Plattformen, aber Alex wagte es nicht stehen zu bleiben, um Atem zu schöpfen. Möglicherweise könnte jemand nach oben schauen und ihn entdecken. Und vielleicht trieb ja der Kahn schon davon.

Nach zweihundertundfünfzig Sprossen wurde der Turm immer schmaler. Alex konnte direkt über sich die Kontrollkabine erblicken. Dann sah er nach unten. Die Männer auf der Baustelle wirkten plötzlich ganz klein und weit entfernt. Er nahm den letzten Teil der Leiter in Angriff. Über seinem Kopf war eine Luke, die zur Kabine führte. Aber sie war verschlossen.

Zum Glück war Alex darauf vorbereitet. Als die Leute von MI6 ihm den ersten Auftrag erteilt hatten, hatten sie ihm alle möglichen Hilfsmittel mitgegeben – Waffen wollte er sie nicht nennen –, die er im Notfall einsetzen durfte. Eines davon war eine Tube, auf der stand: *ZIT-Rein für gesündere Haut*. Aber die Creme, die diese Tube enthielt, wirkte nicht nur gegen Pickel!

Obwohl Alex das meiste davon aufgebraucht hatte, enthielt sie noch einen Rest, den er als eine Art Souvenir mit sich herumtrug. Mit einer Hand hielt er sich an der Leiter fest, mit der anderen holte er die Tube aus seiner Hosentasche. Es war nur noch wenig Creme darin, aber Alex wusste, dass er nicht viel brauchen würde. Er öffnete die Tube, drückte etwas Creme auf das Schloss und wartete.

Nach einem kurzen Augenblick zischte es und Rauch stieg auf. Die Creme fraß sich in das Material. Das Schloss sprang auf. Alex stieß die Luke auf und kletterte die letzten Stufen hoch. Geschafft.

Zuerst musste er die Klappe wieder schließen, damit er genug Platz zum Stehen hatte. Er stand jetzt in einem viereckigen Metallgehäuse, das ungefähr genauso groß war wie die Kabine in einem Sit-in-Simulationsspiel. Es gab einen Führersitz mit zwei Steuerungshebeln – einen für jede Hand – und statt eines Bildschirms ein großes Fenster, das einen tollen Ausblick auf die Baustelle, den Fluss und den ganzen Westen Londons bot. In einer Ecke stand ein kleiner Computermonitor und in Kniehöhe ein Funkgerät.

Die Steuerungshebel waren überraschend unkompliziert. Jeder hatte sechs Funktionstasten und Diagramme zeigten auf, was sie gerade vollführten. Die rechte Hand konnte damit die Greifhand auf und ab bewegen, die linke Hand sie entlang des Auslegers verschieben – näher an die

Kabine heran oder weiter davon weg. Die linke Hand hatte außerdem den ganzen oberen Teil des Krans unter Kontrolle und konnte ihn um 360 Grad drehen. Es hätte nicht einfacher sein können. Sogar der Startknopf war deutlich erkennbar. Ein großer Knopf für ein großes Spielzeug. Alles an dem Kran erinnerte Alex an einen übergroßen Lego-Bausatz.

Er drückte auf den Knopf und spürte an einem leichten Vibrieren, wie Energie die Kabine durchströmte. Auf dem Monitor zeigte die Animation eines bellenden Hundes, dass der Computer hochgefahren wurde. Alex ließ sich auf dem Führersitz nieder. Auf der Baustelle befanden sich noch zwanzig bis dreißig Männer. Wenn er zwischen seinen Knien hinunterblickte, sah er, wie sie sich tief unter ihm ahnungslos bewegten. Niemand hatte bemerkt, dass etwas nicht stimmte. Aber er musste trotzdem schnell handeln.

Er drückte auf den grünen Knopf auf der rechten Seite des Kontrollpults – grün für Inbetriebnahme –, dann bewegte er vorsichtig den Hebel. Nichts geschah! Alex runzelte die Stirn. Vielleicht war es doch etwas komplizierter als er dachte. Was hatte er vergessen? Er blickte nach rechts und dann nach links, immer noch die Hände auf den Steuerungshebeln, und suchte einen weiteren Schalter. Er bewegte leicht die rechte Hand und plötzlich setzte sich die Greifhand von unten nach oben in Bewegung. Es klappte!

Alex wusste nicht, dass Wärmesensoren auf seine Körpertemperatur reagierten, wenn er die Hebel umfasst hielt. Erst dann konnte er den Kran auch in Bewegung setzen. Alle modernen Krane besitzen das gleiche Sicherheitssystem, für den Fall, dass der Kranführer einen Herzanfall erleidet und gegen das Steuerpult fällt. Unfälle sind damit ausgeschlossen. Um den Kran in Betrieb zu setzen, ist Körperwärme erforderlich.

Alex hatte Glück, denn bei diesem Kran handelte es sich um einen Liebherr 154 EC-H, einen der modernsten der Welt. Der Liebherr ist kinderleicht zu bedienen – und sehr präzise. Alex drückte jetzt mit der linken Hand den Hebel seitwärts und staunte, als der Kran herumschwang. Vor sich sah er den Ausleger, der sich hoch über den Dächern Londons bewegte. Je stärker er drückte, desto schneller wurde der Kran. Die Bewegung war butterweich. Beim Liebherr 154 sind der elektrische Motor und das Getriebe durch eine Kupplungsflüssigkeit verbunden, sodass der Kran sanft gleitet. Alex fand einen weißen Knopf und drückte ihn. Sofort blieb der Kran stehen.

Er war bereit und überzeugt, dass er es tatsächlich schaffen würde – vorausgesetzt, niemand schaute zu ihm hoch und entdeckte, dass der Kran in Bewegung war. Er drückte den Hebel mit der linken Hand und wartete, als der Ausleger an der Putney Bridge vorbei und über die Themse schwang. Als der Dreharm direkt über dem Kahn stand, hielt Alex ihn an. Jetzt betätigte er den Ausleger mit der Greifhand. Zuerst ließ er sie bis zum Ende des Auslegers fahren, dann drückte er mit der anderen Hand auf einen Knopf, anfangs schnell und dann immer langsamer, je mehr sie sich der Erde näherte. Die riesige Klaue bestand aus Stahl. Wenn sie den Kahn berührte, konnte Skoda das knirschende Geräusch vielleicht hören und Alex hätte sich verraten. Er biss sich vor Konzentration auf die Lippen, als er Zentimeter um Zentimeter sein Ziel anpeilte.

Die Greifhand krachte auf das Deck. Alex fluchte. Skoda hatte den Lärm bestimmt gehört und würde jetzt an der Tür rütteln. Dann erinnerte er sich an das Radio. Hoffentlich war die Musik lauter als das Geräusch. Er hob die Klaue hoch und zog sie über das Deck. Er hatte jetzt sein Ziel im Auge: eine dicke Metallstütze am anderen Ende des Decks. Wenn er mit der Greifhand diese Stütze umklammern konnte, hatte er seinen Fisch an der Angel und konnte ihn an Land ziehen.

Beim ersten Versuch verfehlte er die Stütze um mehr als einen Meter. Jetzt nur keine Panik!, dachte Alex. Er musste es langsam angehen, sonst würde er es nie schaffen. Er werkelte mit der linken und der rechten Hand, glich eine Bewegung durch die andere aus und zog die Greifhand über das Deck und dann wieder zu der Metallstütze. Er konnte nur hoffen, dass das Radio immer noch plärrte und das Gleiten des Metalls auf Deck nicht zu viel Lärm verursachte. Aber auch dieses Mal erwischte er die Stütze nicht. Es würde nicht funktionieren!

Nein. Er konnte es schaffen. Es war das Gleiche wie auf dem Jahrmarkt … nur viel größer. Er biss die Zähne zusammen und probierte es ein drittes Mal. Dieses Mal klappte es. Die Greifzähne bissen sich an der Stütze fest. Er hatte es geschafft!

Alex blickte nach unten. Niemand schien etwas bemerkt zu haben. Aber wie hob man das Boot hoch? Er probierte es mit der rechten Hand. Das Kabel spannte und er spürte, wie der Kran das Gewicht des Kahns hochhievte. Der ganze Turm neigte sich jetzt beunruhigend nach vorn und Alex wäre fast vom Sitz gerutscht. Zum ersten Mal fragte er sich, ob sein Plan überhaupt ausführbar war. Konnte der Kran den Kahn aus dem Wasser heben? Welches Höchstgewicht würde er schaffen? Am Ende des Kranarms stand auf einem weißen Schild: 3900 kg. Das Boot wog bestimmt nicht so viel. Er blickte auf den Computerbildschirm. Die Zahlen veränderten sich so schnell, dass er sie nicht lesen konnte. Sie zeigten das Gewicht an, das der Kran im Augenblick hochhievte. Was würde geschehen, wenn der Kahn zu schwer war? Würde der Computer den Vorgang automatisch stoppen? Oder würde der Kahn am Ende einfach herunterfallen?

Alex lehnte sich zurück. Was würde wohl als Nächstes passieren?

Im Boot öffnete Skoda gerade eine Flasche Gin. Er hatte einen guten Tag gehabt und an seiner alten Schule über hundert Pfund kassiert! »Nicht übel«, sagte er gerade, »und das Beste iss, dass die Kids alle noch mehr wollen.«

Bald würde er ihnen das Zeug nur noch unter der Bedingung verkaufen, dass sie es an ihre Freunde weitergaben. Damit würden auch die Freunde zu seinen Kunden zählen. Kein Markt war so leicht zu kontrollieren wie der Drogenmarkt. Er hatte die Schüler an der Angel und konnte mit ihnen machen, was er wollte.

Skodas Kumpel hieß Mike Beckett. Die beiden hatten sich im Gefängnis kennengelernt und beschlossen, nach ihrer Entlassung gemeinsam Geschäfte zu machen. Das mit dem Boot war Becketts Idee gewesen. Es gab keine extra Küche, keine Toilette und im Winter war es lausig kalt … aber es funktionierte. Und irgendwie fand er es besonders witzig, dass ganz in der Nähe eine Polizeiwache war. Es machte Spaß, die vorbeifahrenden Polizeiwagen oder -boote zu beobachten. Natürlich würden die Schweine nie auf die Idee kommen, hier nachzusehen.

Plötzlich fluchte Beckett. »Was zum Teufel …?«

»Was iss los?« Skoda blickte auf.

»Guck mal, der Becher …«

Skoda beobachtete, wie ein Becher Kaffee auf einem Regal ins Rutschen geriet. Er wankte und fiel dann krachend zu Boden. Der graue Fetzen, den sie als Teppich bezeichneten, war jetzt braun vom kalten Kaffee. Skoda starrte verblüfft auf den Boden. Hatte sich der Becher von allein bewegt? Nichts hatte ihn berührt. Er kicherte.

»Wie haste das gemacht?«, fragte er.

»Ich war's nicht.«

»Dann …«

Beckett ahnte als Erster, was geschah. »Wir sinken!«, schrie er.

Er kämpfte sich zur Tür vor. Nun spürte es Skoda ebenfalls. Der Boden schwankte. Reagenzgläser und Becher stießen zusammen und fielen zu Boden. Glas splitterte. Er fluchte und folgte Beckett – es ging jetzt bergauf. Das Boot lag immer schräger. Aber das Seltsame war, dass es keineswegs zu sinken drohte. Im Gegenteil, der Bug schien weit aus dem Wasser zu ragen.

»Was iss'n hier los?«, brüllte er.

»Die Tür ist verrammelt!« Beckett konnte sie zwar einen Spaltbreit öffnen, aber das Vorhängeschloss auf der anderen Seite hielt sie fest.

»Wir hamm ja noch 'ne Tür!«

Aber die zweite Tür war jetzt hoch über ihnen. Flaschen rollten vom Tisch und zerbrachen. Schmutzige Teller und Tassen flogen durch die Gegend. Skoda schnaubte und schluchzte abwechselnd und versuchte, den Berg zu erklimmen, in den sich das Innere des Kahns verwandelt hatte. Aber er war bereits zu steil. Die Tür befand sich direkt über seinem Kopf. Er verlor das Gleichgewicht und fiel nach hinten und schrie auf, als kurz darauf Beckett auf ihn plumpste. Sie rollten in die Ecke, waren regelrecht ineinander verkeilt. Teller, Tassen, Messer, Gabeln und Dutzende Reagenzgläser und andere Gegenstände prasselten auf sie herunter. Die Bootswände knirschten unter dem Druck. Ein Fenster zerbarst. Ein Tisch verwandelte sich in einen Rammbock und raste auf sie zu. Skoda spürte, wie etwas in seinem Arm zerbrach und schrie laut auf.

Der Kahn hing jetzt senkrecht über dem Wasser. Aber nur einen Augenblick lang – dann wurde er nach oben gezogen …

Alex starrte wie gebannt auf das Boot. Der Kran hob es langsam hoch – irgendeine Automatik war in Gang gesetzt worden, die das Ganze verlangsamte –, aber das machte es nur noch aufregender. Alex spürte die ganze Kraft in seinen Handflächen. Er saß in der Kabine, beide Hände an den

Hebeln, die Füße gespreizt und vor sich den ausgestreckten Dreharm. Er hatte das Gefühl, mit dem Kran verschmolzen zu sein. Er brauchte sich nur einen Zentimeter zu bewegen und das Boot würde auf ihn zukommen. Er sah, wie es an der Klaue baumelte und sich langsam drehte. Wasser strömte aus dem Heck. Der Kahn schwebte bereits über dem Fluss, wurde alle fünf Sekunden ungefähr einen Meter weiter nach oben gezogen. Alex überlegte, wie es wohl gerade im Inneren aussah.

Das Funkgerät neben seinen Knien fing plötzlich an zu rauschen.

»Hallo, Kranführer. Hier spricht die Basis. Was zum Teufel treiben Sie da? Over.«

Nach einer kurzen Pause rauschte und knisterte es in der Leitung. Dann meldete sich die metallene Stimme erneut. »Wer sitzt da auf dem Kran? Wer sind Sie? Sagen Sie, wer Sie sind.«

Unter Alex' Kinn befand sich ein Mikrofon und er wollte eben hineinsprechen, zog es dann aber doch vor, nichts zu sagen. Wenn sie die Stimme eines Jugendlichen hörten, würden sie nur noch mehr in Panik geraten.

Er blickte hinunter. Unterhalb des Krans standen ungefähr zwölf Bauarbeiter. Andere deuteten auf das Boot, unterhielten sich aufgeregt miteinander. Kein Laut drang in die Kabine. Alex schien von der realen Welt abgeschnitten zu sein. Er fühlte sich sehr sicher, war aber davon überzeugt, dass schon einige Arbeiter auf der Leiter waren und dass bald alles vorüber sein würde. Aber im Augenblick war er unerreichbar. Er konzentrierte sich auf das, was er gerade tat. Den Kahn aus dem Wasser zu hieven, war nur ein Teil seines Plans. Er musste ihn noch zu Ende führen.

»Kranführer! Lassen Sie die Greifhand herunter! Wir glauben, dass sich im Inneren des Bootes Menschen befinden und Sie gefährden ihr Leben. Ich wiederhole: Lassen Sie die Greifhand herunter!«

Der Kahn baumelte jetzt hoch über dem Wasser am Ende der Klaue. Alex drehte den Kran, sodass das Boot halbkreisförmig über den Fluss und dann über das Festland schwenkte. Plötzlich ertönte ein Brummen. Der Ausleger bewegte sich nicht mehr. Alex betätigte den Hebel. Nichts geschah. Er blickte auf den Bildschirm. Der Monitor war schwarz.

Irgendjemand unten hatte den Saft abgedreht. Der Kran war jetzt außer Betrieb.

Alex saß wie benommen da und beobachtete, wie der Kahn in der leichten Brise hin und her schaukelte. Es war ihm nicht gelungen, seinen Plan zu Ende zu führen. Er hatte vorgehabt, das Boot samt Inhalt behutsam auf den Parkplatz des Polizeireviers herunterzulassen. Das wäre eine nette Überraschung für die strengen Gesetzeshüter geworden.

Stattdessen hing der Kahn jetzt über dem Konferenzzentrum, das er von der Putney Bridge aus gesehen hatte. Aber das machte wohl auch keinen großen Unterschied. Das Resultat würde das Gleiche sein.

42   Er streckte die Arme aus und entspannte sich, wartete darauf, dass die Luke aufsprang. Er würde es nicht leicht haben, das Ganze zu erklären.

Und dann hörte er ein lautes, unangenehm knirschendes Geräusch.

Die Metallstütze am Ende des Decks war zu schwach, um das ganze Gewicht des Kahns in der Luft zu halten. Es war sowieso ein Wunder, dass sie bis jetzt gehalten hatte. Alex beobachtete mit offenem Mund von der Kabine aus, wie die Stütze abriss. Ein paar Sekunden hing sie noch am Deck, aber dann löste sich die letzte Metallniete.

Der Kahn war jetzt sechzig Meter über dem Wasser, senkte sich … und fiel.

Im Putney-Riverside-Konferenzzentrum, wandte sich der Polizeipräsident der Metropolitan Police an die versammelten Journalisten, Fernsehreporter, Staats- und Regierungsbeamten. Er war ein großer, hagerer Mann, der sich wahnsinnig wichtig nahm. Jedes Stück Silber an seiner dunkelblauen Uniform – von den Beschlägen auf seinen Schulterklappen bis zu seinen fünf Medaillen – war auf Hochglanz poliert. Dies war sein großer Auftritt. Er stand mit keinem Geringeren als dem Innenminister gemeinsam auf dem Podium. Auch der stellvertretende Polizeipräsident und sieben andere hochrangige Beamte waren da. Hinter ihnen stand der Slogan an der Wand:

SIEG IM KAMPF GEGEN DROGEN

Es waren silberne Buchstaben auf blauem Grund. Der Polizeipräsident höchstpersönlich hatte die Farben ausgesucht. Er glaubte, dass sie besonders gut zu seiner Uniform passten. Und er mochte den Slogan. Er wusste, er würde am nächsten Tag in allen wichtigen Zeitungen stehen, mit einem Foto von ihm, was mindestens genauso wichtig war.

»Uns ist nichts entgangen«, sagte er gerade und seine Stimme hallte laut durch den Raum. Er sah, wie die Journalisten jedes seiner Worte notierten. Und alle Fernsehkameras waren auf ihn gerichtet. »Dank meiner persönlichen Bemühungen und dem Engagement meiner Beamten waren wir so erfolgreich wie nie zuvor«, wandte er sich mit einem Lächeln an den Innenminister. Auch der Minister lächelte. »Aber wir werden uns nicht auf unseren Lorbeeren ausruhen. Oh nein! Wir hoffen, demnächst einen weiteren Durchbruch melden zu können.«

Das war der Moment, in dem das Boot auf dem Glasdach des Konferenzzentrums landete. Es gab eine laute Explosion. Der Polizeipräsident konnte sich gerade noch in Sicherheit bringen, als ein riesiger, nasser, triefender Koloss auf ihn zustürzte. Der Innenminister wurde nach hinten geschleudert, und die Brille rutschte ihm von der Nase. Seine Sicherheitsbeamten waren starr vor Schreck. Das Boot krachte in den Raum zwischen Podium und Publikum. Die Seitenwand der Kabine war weggerissen worden und die Anwesenden sahen die Überreste des Labors. In einer Ecke kauerten die beiden Drogenhändler und starrten benommen auf die Polizisten, die sich um sie aufbauten. Eine helles Pulver stieg auf und färbte die dunkelblaue Uniform des Polizeipräsidenten grau. Der Feueralarm war außer Betrieb. Das Licht flackerte und erlosch dann ganz. In diesem Augenblick fingen die Menschen an zu schreien.

Inzwischen hatte der erste Bauarbeiter die Krankabine erreicht und starrte den vierzehnjährigen Jungen, der auf dem Führersitz saß, voller Verblüffung an.

»Weißt du …?«, stammelte er. »Weißt du eigentlich, was du gerade angerichtet hast?«

Alex blickte auf die leere Greifhand und das klaffende Loch im Dach des Konferenzzentrums, auf den Rauch und den Staub, der daraus aufstieg, und er zuckte entschuldigend mit den Achseln.

»Zumindest habe ich dafür gesorgt, dass zwei Drogendealer weniger ihr Unwesen treiben«, sagte er trocken.

Eine Routine-
untersuchung

Wenigstens hatten sie es nicht weit, ihn zu schnappen.

Zwei Männer holten Alex vom Kran herunter, einer über ihm auf der Leiter, der andere unter ihm. Die Polizei wartete unten. Von den fassungslosen Bauarbeitern beobachtet, wurde Alex von der Baustelle zu dem nahe gelegenen Polizeirevier gebracht. Als er am Konferenzzentrum vorbeikam, sah er, wie die Menschen in Scharen herausströmten. Vor dem Gebäude waren Krankenwagen vorgefahren. Eine schwarze Limousine brauste gerade mit dem Innenminister davon. Alex machte sich allmählich ernsthaft Sorgen und fragte sich, ob irgendjemand getötet worden war. So hatte er sich das Ende seiner Aktion nicht vorgestellt.

Auf dem Polizeirevier ging alles drunter und drüber: Türen wurden aufgerissen und zugeschlagen, Alex sah nur ausdruckslose Beamtengesichter, weiß getünchte Wände, Formulare und Telefone. Er wurde nach seinem Namen gefragt, seinem Alter, seiner Adresse. Er sah, wie ein Polizeisergeant die Einzelheiten in einen Computer eingab. Aber was dann passierte, verblüffte ihn völlig. Der Sergeant drückte auf ENTER und erstarrte. Dann wandte er sich um, blickte Alex ins Gesicht und erhob sich hastig. Als

46

Alex das Polizeirevier betreten hatte, waren alle Augen auf ihn gerichtet gewesen, doch plötzlich mieden sie alle seinen Blick. Ein Vorgesetzter des Sergeants erschien und es gab einen lautstarken Wortwechsel. Dann wurde Alex einen Gang entlanggeführt und in eine Zelle gesteckt.

Eine halbe Stunde später erschien eine Polizeibeamtin und brachte ihm ein Tablett mit Essen. »Abendessen«, verkündete sie.

»Was ist los?«, fragte Alex. Die Frau lächelte unsicher, sagte jedoch nichts. »Ich hab mein Fahrrad an der Brücke gelassen«, bemerkte Alex.

»Keine Sorge, wir haben es in Sicherheit gebracht.« Dann ging sie eilig wieder hinaus.

Alex begann zu essen: Würstchen, Brot, ein Stück Kuchen. In der Zelle stand ein Bett und hinter einer Trennwand waren auch ein Waschbecken und eine Toilette. Er fragte sich, ob irgendjemand kommen und mit ihm reden würde, doch niemand kam. Schließlich schlief er ein.

Als er wieder aufwachte, war es sieben Uhr morgens. Die Tür stand offen und ein Mann, den er nur allzu gut kannte, stand in der Zelle und sah auf ihn herab.

»Guten Morgen, Alex«, sagte er.

»Mr Crawley.«

John Crawley sah aus wie ein kleiner Bankbeamter. Als Alex ihn kennengelernt hatte, hatte Crawley tatsächlich so getan, als arbeite er für eine Bank. Der billige Anzug und die gestreifte Krawatte hätten aus der Kollektion »Langweiliger Geschäftsmann« stammen können. Tatsächlich arbeitete Crawley aber für MI6. Alex fragte sich immer, ob seine

Kleidung nach seinem Geschmack oder vielmehr eine Art Tarnung war.

»Du kannst jetzt mit mir kommen«, sagte Crawley. »Wir gehen.«

»Bringen Sie mich nach Hause?« Alex fragte sich, ob man schon irgendjemanden über seinen Aufenthaltsort informiert hatte.

»Nein. Noch nicht.«

Alex folgte Crawley. Keine Polizeibeamten waren zu sehen. Draußen wartete ein Wagen mit einem Chauffeur. Crawley stieg mit Alex hinten ein.

»Wohin fahren wir denn?«, wollte Alex wissen.

»Das wirst du schon sehen.« Crawley schlug eine Ausgabe des *Daily Telegraph* auf, begann zu lesen und hüllte sich in Schweigen.

Sie fuhren in östlicher Richtung durch die Stadt zur Liverpool Street. Alex wusste sofort, wo er hingebracht wurde, und tatsächlich bog der Wagen in die Einfahrt eines siebzehnstöckigen Gebäudes in der Nähe des Bahnhofs ein und fuhr eine Rampe hinunter in eine Tiefgarage. Alex war schon einmal hier gewesen. Das Gebäude war angeblich die Zentrale der Royal & General Bank. In Wirklichkeit jedoch war dies hier der Stützpunkt der Abteilung für Spezialoperationen beim britischen Geheimdienst, MI6.

Der Wagen hielt an. Crawley faltete die Zeitung zusammen und stieg aus, Alex vor sich herschiebend. Mit dem Aufzug fuhren die beiden zur 16. Etage hoch.

»Hier lang.« Crawley deutete auf eine Tür, auf der 1605 stand. »Der *Gunpowder Plot* …«, dachte Alex. Plötzlich fielen ihm die Hausaufgaben für Geschichte ein, die er gestern eigentlich hätte machen sollen. 1605 – das Jahr, in dem Guy Fawkes versucht hatte, das Parlament in die Luft zu sprengen. Nun, es sah so aus, als müssten die Hausaufgaben noch etwas warten.

Alex öffnete die Tür und ging hinein. Doch Crawley folgte ihm nicht. Als Alex sich umdrehte, war er schon wieder weg.

»Schließ die Tür, Alex, und komm näher.«

Wieder einmal stand Alex dem verkniffenen, todernsten Mann gegenüber, der die Abteilung für Spezialoperationen beim britischen Geheimdienst, MI6, leitete. Grauer Anzug, graues Gesicht, graues Leben … Alan Blunt lebte in einer völlig farblosen Welt. Er saß in einem großen Büro, das zu jedem x-beliebigen Unternehmen gepasst hätte. In diesem Raum gab es nichts Persönliches, nicht einmal ein Foto auf dem Schreibtisch. Selbst die Tauben, die draußen auf der Fensterbank gelangweilt pickten, waren grau.

Blunt war nicht allein. Bei ihm war Mrs Jones, seine dienstälteste Beamtin. Sie saß auf einem Lederstuhl, trug eine braune Jacke und ein Kleid in derselben Farbe und lutschte – wie gewöhnlich – ein Pfefferminzbonbon. Mit ihren schwarzen Knopfaugen sah sie zu Alex hoch. Sie schien sich über Alex' Anblick mehr zu freuen als ihr Chef. Sie hatte auch als Erste das Wort ergriffen. Blunt hatte Alex kaum registriert.

Doch dann musterte er Alex plötzlich durchdringend.
»Ich hatte nicht damit gerechnet, dich so bald schon wiederzusehen«, sagte er.

»Das Gleiche wollte ich auch gerade sagen«, erwiderte Alex und setzte sich auf den einzigen freien Stuhl, der sich in dem Büro befand.

Blunt griff nach einem Blatt Papier auf seinem Schreibtisch und studierte es kurz. »Was zum Teufel hast du dir dabei gedacht?«, fragte er. »Die Geschichte mit dem Kran? Du hast einen Mordsschaden angerichtet, ein Konferenzzentrum im Wert von zwei Millionen Pfund praktisch zerstört. Ein Wunder, dass niemand dabei getötet wurde.«

»Die beiden Männer im Boot werden monatelang im Krankenhaus bleiben müssen«, fügte Mrs Jones hinzu.

»Du hättest den Innenminister töten können!«, fuhr Blunt fort. »Das hätte das Fass zum Überlaufen gebracht. Was zum Henker hast du dir dabei gedacht?«

»Sie waren Drogenhändler«, wandte Alex ein.

»Das haben wir auch herausgefunden. Aber besser wäre es gewesen, die 999 zu wählen.«

»Ich konnte kein Telefon finden«, seufzte Alex. »Sie haben den Motor des Krans abgestellt«, erklärte er. »Ich war nämlich gerade damit beschäftigt, das Boot auf den Polizeiparkplatz herunterzulassen.«

Blunt blinzelte und schien das Ganze mit einer Handbewegung abzutun. »Zum Glück zeigte der Polizeicomputer deinen Sonderstatus an«, sagte er. »Sie haben uns angerufen – und wir haben alles Übrige in die Hand genommen.«

»Ich wusste nicht, dass ich einen Sonderstatus habe.«

»Oh doch, Alex. Und was für einen!« Blunt starrte ihn einen Moment lang an. »Deswegen bist du hier.«

»Sie werden mich also nicht nach Hause schicken?«

»Nein, Alex. Tatsache ist, dass wir sowieso mit dir Kontakt aufnehmen wollten. Wir brauchen dich mal wieder.«

»Du bist wahrscheinlich die einzige Person, die ausführen kann, was wir vorhaben«, fügte Mrs Jones hinzu.

»Moment mal!« Alex schüttelte den Kopf. »Ich hinke sowieso schon in der Schule hinterher. Angenommen, ich bin nicht interessiert.«

Mrs Jones seufzte. »Wir könnten dich natürlich wieder der Polizei übergeben«, sagte sie. »Die würde dich liebend gerne verhören.«

»Und wie geht es Miss Starbright?«, fragte Blunt.

Jack Starbright – Alex war sich nicht sicher, ob der Name eine Abkürzung von Jackie oder Jacqueline war – war die Haushälterin, die Alex versorgte, seit sein Onkel gestorben war. Sie war ein kluges, rothaariges, amerikanisches Mädchen, das nach London gekommen war, um Jura zu studieren, und dann einfach dort geblieben war. Alex wusste, dass Blunt sich nicht die Bohne für sie interessierte. Bei ihrem letzten Treffen hatte er seinen Standpunkt klipp und klar dargelegt: Solange Alex seinen Anweisungen folgte, konnte er weiterhin mit Jack im Haus seines Onkels leben. Tanzte er aus der Reihe, würde sie nach Amerika zurückgeschickt und Alex in ein Heim gesteckt werden.

Das war natürlich glatte Erpressung.

»Es geht ihr gut«, knurrte Alex wütend.

Jetzt ergriff Mrs Jones die Initiative. »Nun komm schon, Alex«, sagte sie. »Warum tust du so, als seist du immer noch ein normaler Schuljunge?«

Sie versuchte, freundlich zu klingen, eher wie eine Mutter. Auch Schlangen haben Mütter, dachte Alex.

»Du hast dich schon einmal bewährt«, fuhr sie fort. »Wir geben dir die Chance, es noch einmal zu tun.«

»Es wird wahrscheinlich nichts dabei herauskommen«, fuhr Blunt fort. »Es ist nur etwas, was überprüft werden muss. Das, was wir gewöhnlich eine Routineuntersuchung nennen.«

»Warum kann Crawley das nicht machen?«

»Wir brauchen einen Jungen.«

Alex sagte kein Wort mehr. Er ließ den Blick zwischen Mrs Jones und Blunt hin und her wandern. Er wusste, dass keiner von beiden auch nur eine Sekunde zögern würde, ihn von der Brookland-Schule zu nehmen und in die trostloseste Schule, die sie finden konnten, zu stecken. Und hatte er sich nicht gerade am Tag zuvor gewünscht, ein neues Abenteuer zu erleben? Eine weitere Chance, die Welt zu retten?

»Okay«, sagte er. »Worum geht es diesmal?«

Blunt nickte Mrs Jones zu, die ein Bonbon auswickelte und zu sprechen anfing.

»Weißt du zufällig etwas über einen Mann namens Michael J. Roscoe?«, fragte sie.

Alex überlegte einen Moment. »Roscoe war der Geschäftsmann, der in New York einen Unfall hatte.« Er hatte die Nachricht im Fernsehen gesehen. »Ist er nicht einen Aufzugsschacht hinuntergefallen, oder so was?«

»*Roscoe Electronics* ist eines der größten Unternehmen in Amerika«, erklärte Mrs Jones. »Ja sogar eines der größten der Welt. Computer, Videos, DVD-Recorder … einfach alles, vom Handy bis zu Waschmaschinen. Roscoe war sehr reich, sehr einflussreich –«

»Und sehr kurzsichtig«, unterbrach Alex sie.

»Es war sicherlich ein ebenso seltsamer wie leichtsinniger Unfall«, stimmte Mrs Jones ihm zu. »Der Aufzug war defekt. Roscoe hat nicht darauf geachtet, wo er hintrat. Er fiel in den Aufzugsschacht und starb. Das ist die offizielle Version. Wir sind uns da aber nicht so sicher.«

»Wieso nicht?«

»Zunächst gibt es da eine ganze Reihe von Einzelheiten, die nicht zusammenpassen.

An dem Tag, an dem Roscoe starb, kam Sam Green, ein Wartungsingenieur, in den Roscoe Tower in der Fifth Avenue. Wir wissen, dass es Green war – oder jemand, der ihm sehr ähnlich sah –, weil wir ihn gesehen haben. Sie haben Überwachungskameras und er wurde beim Hineingehen gefilmt. Die Firma, für die er arbeitete, bleibt aber dabei, dass es kein defektes Kabel gab, und Green auch nicht in deren Auftrag handelte.«

»Warum reden Sie nicht mit ihm?«

»Das würden wir gerne. Aber Green ist spurlos verschwunden. Wir glauben, dass er vielleicht getötet wurde und jemand seine Stelle eingenommen und irgendwie den Unfall inszeniert hat, bei dem Roscoe ums Leben kam.«

Alex zuckte die Schultern. »Tut mir leid wegen Mr Roscoe. Aber was hat das mit mir zu tun?«

»Darauf komme ich noch.« Mrs Jones schwieg einen Moment lang. »Das Seltsamste ist, dass Roscoe einen Tag bevor er starb hier im Büro anrief. Ein persönlicher Anruf. Er wollte Mr Blunt sprechen.«

»Ich habe Roscoe an der Cambridge University kennengelernt«, fuhr Blunt fort. »Es ist lange her. Wir wurden Freunde.«

Das überraschte Alex. Blunt gehörte für ihn nicht zu der Sorte Mann, die Freunde hat. »Was hat er gesagt?«, fragte er.

»Leider war ich nicht hier, als er anrief«, antwortete Blunt, »wollte aber am nächsten Tag mit ihm sprechen. Aber da war es schon zu spät.«

»Haben Sie irgendeine Ahnung, was er wollte?«

»Ich habe mit seiner persönlichen Assistentin gesprochen«, sagte Mrs Jones. »Sie konnte mir zwar nicht viel sagen, aber soviel sie wusste, machte sich Roscoe große Sorgen um seinen Sohn. Er hat einen vierzehnjährigen Sohn, Paul Roscoe.«

Einen vierzehnjährigen Sohn. Alex kapierte allmählich, worauf die Sache hinauslief.

»Paul war sein einziger Sohn«, erklärte Blunt. »Die beiden hatten ein ziemlich schwieriges Verhältnis. Roscoe ließ sich vor einigen Jahren scheiden, und obwohl der Junge sich dafür entschied, bei seinem Vater zu bleiben, kamen sie nicht besonders gut miteinander aus. Es handelte sich um die üblichen Pubertätsprobleme, aber bei Millionärssöhnen scheinen diese Probleme manchmal noch gravierender zu sein. Paul war ein schlechter Schüler. Er schwänzte die Schule, suchte sich die falschen Freunde aus. Es gab sogar einen Zwischenfall mit der New Yorker Polizei –

nichts Ernstes. Roscoe gelang es, die Sache zu vertuschen, aber das Ganze ging ihm unter die Haut. Ab und zu telefonierten wir miteinander. Er machte sich Sorgen um Paul und hatte das Gefühl, dass der Junge ihm über den Kopf gewachsen war, schien aber nicht viel dagegen unternehmen zu können.«

»Aha, dafür haben Sie mich also vorgesehen«, unterbrach Alex ihn. »Sie wollen, dass ich diesen Jungen treffe und mit ihm über den Tod seines Vaters rede?«

»Nein.« Blunt schüttelte den Kopf und reichte Mrs Jones eine Akte, die sie sogleich aufschlug.

Alex konnte einen kurzen Blick auf ein Foto werfen, auf dem ein dunkelhäutiger Mann in einer Militäruniform abgebildet war. »Vergiss nicht, was wir dir über Roscoe gesagt haben«, sagte sie. »Ich will dir nämlich noch etwas über einen anderen Mann berichten.« Sie schob ihm das Foto so hin, dass Alex es sehen konnte. »Das hier ist General Viktor Iwanow. Ex-KGB. Bis zum Dezember letzten Jahres war er Leiter des Geheimdienstes und wahrscheinlich Russlands zweit- oder drittmächtigster Mann, nach dem Präsidenten. Aber dann hatte er einen Bootsunfall auf dem Schwarzen Meer. Sein Boot explodierte – keiner weiß warum.«

»War er ein Freund von Roscoe?«, fragte Alex.

»Sie sind sich wahrscheinlich nie begegnet. Aber wir haben hier eine Computerabteilung, die rund um die Uhr Nachrichten aus aller Welt erhält. Dabei sind unsere Männer auf einen sehr merkwürdigen Zufall gestoßen. Iwanow hatte ebenfalls einen vierzehnjährigen Sohn, Dimitry. Und das Eine steht fest: Der junge Iwanow kannte den jungen Paul Roscoe ganz bestimmt, denn sie besuchten dieselbe Schule.«

»Paul und Dimitry ...« Alex wunderte sich. »Was hat denn ein russischer Junge in einer Schule in New York zu suchen?«

»Er war nicht in New York«, ergriff Blunt erneut das Wort. »Wie ich dir gesagt habe, hatte Roscoe Ärger mit seinem Jungen. Ärger in der Schule. Ärger zu Hause. Also beschloss er letztes Jahr, etwas zu unternehmen. Er schickte Paul nach Europa, auf eine Schule in Frankreich, eine Art Pensionat. Weißt du, was ein Pensionat ist?«

»Ich dachte immer, dorthin schickten früher reiche Leute ihre Töchter«, sagte Alex. »Um Tischmanieren zu lernen.«

»Gewissermaßen ja. Aber diese Schule besuchen nur Jungen, und zwar keine gewöhnlichen. Das Schulgeld kostet zehntausend Pfund pro Semester. Hier ist die Broschüre. Schau sie dir mal an.« Er reichte Alex eine umfangreiche Broschüre. Auf dem schwarzen Umschlag standen in goldenen Buchstaben zwei Wörter:

POINT BLANC

»Die Schule liegt direkt an der französisch-schweizerischen Grenze«, erklärte Blunt. »Südlich von Genf. Direkt oberhalb von Grenoble, in den französischen Alpen. Wird *Point Blanc* ausgesprochen.« Er betonte die Wörter mit einem französischen Akzent. »Wörtlich übersetzt: *weißer Punkt.*

Das Haus wurde von irgendeinem Spinner im 19. Jahrhundert als Privathaus erbaut. Nachdem er starb wurde es ein Irrenhaus. Im Zweiten Weltkrieg übernahmen es dann die Deutschen. Sie nutzten es als Erholungsheim für die höheren Dienstgrade. Danach verfiel es, bis der heutige Besitzer, ein Mann namens Grief, Dr. Hugo Grief, es kaufte. Er ist der Schulleiter oder Direktor.«

Alex schlug die Broschüre auf und hatte eine Ansicht von Point Blanc vor sich. Blunt hatte Recht. So etwas hatte er noch nie gesehen. Diese Schule war einmalig, ein Mittelding zwischen einer deutschen Burg und einem französischen Schloss, wie aus dem Märchenbuch. Doch was Alex noch mehr den Atem verschlug, war die Umgebung. Die Schule war direkt in den Hang gebaut, inmitten schneebedeckter Berglandschaft. Sie passte da nicht so recht hin, schien aus einer alten Stadt hierher versetzt worden zu sein.

Zu dieser Schule führten offensichtlich keine Straßen. Bis zum Eingangstor war alles mit Schnee bedeckt. Doch bei genauerem Hinsehen entdeckte Alex zwischen den Zinnen einen modernen Hubschrauberlandeplatz. Vermutlich war das der einzige Weg, dorthin zu gelangen … und wieder fortzukommen.

Er blätterte um.

»Willkommen in der Akademie von Point Blanc« stand in der Einleitung. Sie war in einer altmodischen Schrift gedruckt, die Alex auf der Speisekarte eines teuren Restaurants erwartet hätte.

»… einer einzigartigen Schule, die viel mehr ist als eine

Schule für Jungen, die mehr benötigen, als das gewöhnliche Erziehungssystem zu bieten hat. Heutzutage bezeichnet man unsere Schule als eine Einrichtung für ›schwierige Jungen‹, aber wir halten diesen Begriff für unzutreffend. Es gibt Probleme und es gibt Jungen. Unser Ziel ist es, beides auseinanderzuhalten …«

»Du brauchst nicht das ganze Zeug zu lesen«, sagte Blunt. »Du musst nur wissen, dass die Akademie Jungen aufnimmt, die von allen anderen Schulen geflogen sind. Es sind immer nur wenige Jungen dort. Nur sechs oder sieben gleichzeitig. Es werden nämlich nur die Jungen der Superreichen aufgenommen …«

»Kein Wunder bei zehntausend Pfund pro Semester«, bemerkte Alex.

»Du würdest dich wundern, wie viele Eltern sich darum beworben haben, ihre Söhne dorthin zu schicken«, fuhr Blunt fort. »Aber du brauchst nur die Zeitung aufzuschlagen, um zu lesen, wie leicht auch Millionärssöhnchen auf die schiefe Bahn geraten. Es spielt keine Rolle, ob es sich um Politiker oder Popstars handelt. Reiche und berühmte Eltern bringen häufig Probleme für die Kinder mit sich … und je erfolgreicher die Eltern sind, desto größer scheint der Druck zu sein. Die Akademie hat es sich zum Ziel gesetzt, die jungen Leute wieder auf den richtigen Weg zu bringen, und nach allem, was man hört, ist sie sehr erfolgreich damit.«

58 »Sie wurde vor zwanzig Jahren gegründet«, erklärte Mrs Jones. »Du würdest kaum glauben, welche Prominenten ihre Söhne dorthin geschickt haben. Natürlich werden

die Namen nicht weitergegeben. Aber ich kann dir versichern, dass zu den Eltern, die ihre Kinder dorthin geschickt haben, ein amerikanischer Vizepräsident, ein Nobelpreisträger und ein Mitglied unserer eigenen Königsfamilie gehören!«

»Und außerdem Roscoe und dieser Mann, Iwanow«, ergänzte Alex.

»Ja.«

Alex zuckte mit den Schultern. »Also ist es ein Zufall. So wie Sie gesagt haben. Zwei reiche Väter mit zwei reichen Kindern auf derselben Schule. Sie kommen beide bei einem Unfall ums Leben. Warum ist das so interessant für Sie?«

»Weil ich keine Zufälle mag«, erwiderte Blunt. »Ich glaube nicht an Zufälle. Was andere für Zufall halten, ist für mich eine Verschwörung, die ich aufdecken muss. Das ist mein Job.«

Na meinetwegen, dachte Alex. Laut fuhr er fort: »Glauben Sie tatsächlich, die Schule und dieser Grief hätten etwas mit den beiden Todesfällen zu tun? Warum? Haben die vergessen, das Schulgeld zu bezahlen?«

Blunt lächelte nicht. »Roscoe ruft mich an, weil er sich Sorgen um seinen Sohn macht. Am nächsten Tag ist er tot. Wir haben außerdem aus russischen Geheimdienstquellen erfahren, dass Iwanow eine Woche bevor er starb, einen heftigen Streit mit seinem Sohn hatte. Offensichtlich machte sich Iwanow wegen irgendetwas Sorgen. Siehst du nun den Zusammenhang?«

Alex überlegte einen Moment lang. »Sie wollen also,

dass ich auf diese Schule gehe«, sagte er. »Wie wollen Sie das hinkriegen? Ich habe keine Eltern mehr und sie waren im Übrigen auch nicht reich.«

»Das haben wir schon alles geregelt«, sagte Mrs Jones. Alex erkannte, dass sie das Ganze schon vor der Geschichte mit dem Kran geplant haben mussten. Auch so hätten sie ihn holen lassen. »Wir haben dir einen wohlhabenden Vater besorgt. Er heißt Sir David Friend.«

»Friend ... wie die Friends Supermärkte?« Alex hatte den Namen oft genug in den Zeitungen gesehen.

»Kunstgalerien. Fußballmannschaften. Kaufhäuser. Supermärkte.« Mrs Jones atmete kurz durch. »Friend gehört mit Sicherheit dem gleichen Club an wie Roscoe. Dem Club der Milliardäre. Und er ist auch in Regierungskreisen zu Hause, als persönlicher Berater des Premierministers. In diesem Land passiert kaum etwas, ohne dass Sir David irgendwie seine Finger im Spiel hat.«

»Wir haben dir also eine neue Identität verschafft«, erklärte Blunt. »Ich möchte, dass du dich von nun an als Alex Friend betrachtest, den vierzehnjährigen Sohn von Sir David.«

»Das wird nicht funktionieren«, sagte Alex. »Es ist doch sicherlich bekannt, dass Friend keinen Sohn hat.«

»Keineswegs.« Blunt schüttelte den Kopf. »Er gibt sehr wenig über sein Privatleben preis, und wir haben einen Sohn geschaffen, über den kein Vater gerne reden würde. In Eton rausgeflogen. Vorbestraft ... Ladendiebstahl, Vandalismus und Drogenbesitz. Das bist du, Alex. Sir David und seine Frau Caroline wissen nicht, was sie mit dir anstellen sollen. Also haben sie dich bei der Akademie angemeldet. Und du bist angenommen worden.«

»Und Sir David ist damit einverstanden?«, fragte Alex.

Blunt rümpfte die Nase. »Er war nicht gerade begeistert davon, einen so jungen Menschen wie dich da hineinzuziehen. Aber ich habe mich lange mit ihm unterhalten, und er war schließlich einverstanden, uns zu helfen.«

»Wann gehe ich auf die Akademie?«

»In fünf Tagen«, sagte Mrs Jones. »Aber zuerst musst du dich mit deinem neuen Leben vertraut machen. Wenn du hier weggehst, wirst du zu Sir David gebracht. Er hat ein Haus in Lancashire. Dort lebt er mit seiner Frau – und einer Tochter. Sie ist ein Jahr älter als du. Du wirst den Rest der Woche mit der Familie verbringen, hast also Zeit, alles zu lernen, was du wissen musst. Es ist wichtig, dass du eine gute Tarnung hast. Danach fährst du direkt nach Grenoble.«

»Und was mache ich, wenn ich dort bin?«

»Wir werden dir rechtzeitig genaue Anweisungen geben. Vor allem musst du so viel wie möglich herausfinden. Vielleicht handelt es sich um eine ganz normale Schule und es gibt tatsächlich keinerlei Verbindung zwischen den beiden Todesfällen. In diesem Fall nehmen wir dich wieder von der Schule. Aber wir wollen uns sicher sein.«

»Wie nehme ich mit Ihnen Kontakt auf?«

»Das werden wir schon regeln.« Mrs Jones musterte Alex und wandte sich dann an Blunt. »Wir müssen uns um sein Aussehen kümmern«, sagte sie. »Im Moment ist es nicht gerade auf die Rolle zugeschnitten.«

»Kümmern Sie sich drum«, sagte Blunt.

Alex seufzte. Es war wirklich seltsam. Er wechselte einfach von einer Schule zur nächsten. Von einer Londoner Gesamtschule zu einem Pensionat in Frankreich. Das war nicht gerade das Abenteuer, das er erwartet hatte.

Er stand auf und folgte mürrisch Mrs Jones. Als sie das Zimmer verließen, war Blunt bereits wieder in seine Unterlagen vertieft, so als habe er Alex schon wieder völlig vergessen.

Die Jagdgesellschaft

Der Chauffeur lenkte den Rolls-Royce Corniche eine Allee entlang, immer tiefer in die Landschaft von Lancashire hinein; der 6,75-Liter-V8-Motor war in der endlosen grünen Stille kaum zu hören. Alex saß hinten im Wagen und versuchte, sich von dem Auto, das so viel kostete wie ein Haus, nicht beeindrucken zu lassen. »Vergiss die teuren Wollteppiche, die Holzverkleidung und die Ledersitze«, sagte er sich. Es ist schließlich nur ein Auto.

Es war der Tag nach seinem Treffen beim MI6, und Alex' Aussehen hatte sich, wie Mrs Jones versprochen hatte, völlig verändert. Er musste wie ein Elternschreck aussehen – der reiche Sohn, der sich einen Dreck um Bevormundungen scherte. Also hatte man Alex ein besonders abgerissenes Outfit verpasst. Er trug ein Kapuzenshirt, Tommy-Hilfiger-Jeans, die unten ausgefranst waren, und völlig ausgelatschte Turnschuhe. Trotz seines Protests hatte man sein Haar raspelkurz geschnitten und sein rechtes Ohr war gepierct. Er spürte noch immer, wie es unter dem Ohrstecker pochte.

Der Wagen hielt an einem schmiedeeisernen Tor, das sich automatisch öffnete. Sie waren am Ziel angelangt: Haverstock Hall, ein Anwesen, das seinem Besitzer mit

Sicherheit eine siebenstellige Summe gekostet hatte, war ein großes Herrenhaus mit Steinfiguren auf der Terrasse. Mrs Jones hatte Alex erzählt, Sir David habe es vor einigen Jahren gekauft, weil er ein Haus auf dem Land haben wollte. Halb Lancashire schien dazuzugehören. Das Grundstück war riesig. Auf einer Seite der Hügel weideten ein paar Schafe, auf der anderen standen drei Pferde auf einer eingezäunten Koppel. Das Haus selbst war ein alter Kasten aus weißem Backstein mit schmalen Fenstern und Säulen. Alles sah aber sehr gepflegt aus. Im Garten waren gleichmäßig angelegte Beete mit perfekt zugeschnittenen Zierhecken und es gab einen rechteckig gebauten Wintergarten mit Swimmingpool.

Als der Wagen vorfuhr, drehten die Pferde ihre Köpfe und beobachteten, wie Alex ausstieg. Rhythmisch schlugen sie mit den Schwänzen nach Fliegen. Ansonsten rührte sich nichts.

Der Fahrer ging um den Wagen herum zum Kofferraum. »Sir David ist im Haus«, sagte er. Alex hatte ihm vom ersten Moment an missfallen. Natürlich hatte er das nicht geäußert, dazu war er zu sehr Profi. Doch seine Blicke waren unmissverständlich.

Das war Alex egal. Er interessierte sich sowieso mehr für den Wintergarten auf der anderen Seite der Auffahrt. Es war ein milder Tag, die Sonne brannte auf das Glas herunter und das Wasser im Pool wirkte recht einladend. Er ging durch eine Reihe von Türen. Die Luft im Wintergarten war kochend heiß. Aus dem Wasser stieg der Geruch von Chlor auf und verschlug ihm schier den Atem.

Alex dachte, niemand sei im Pool, doch plötzlich tauchte ein Mädchen in einem weißen Bikini direkt vor ihm auf. Sie hatte langes schwarzes Haar, dunkle Augen und war ziemlich blass. Alex schätzte sie auf ungefähr fünfzehn und erinnerte sich daran, was Mrs Jones ihm über Sir David Friend erzählt hatte: »Er hat eine Tochter … ein Jahr älter als du.« Das musste sie also sein. Er beobachtete, wie sie sich aus dem Wasser zog. Ihr Körper war bereits sehr weiblich. Sie würde einmal sehr schön sein, so viel stand fest. Das Problem war nur, dass sie es wusste. Für Alex hatte sie nur eine kurzen arroganten Blick übrig.

»Wer bist du?«, fragte sie forsch. »Was machst du hier?«

»Ich bin Alex.«

»Ach ja.« Sie griff nach einem Handtuch und schlang es sich um die Schultern. »Daddy hat dich angekündigt – aber ich habe nicht gedacht, dass du einfach so hereinschneist.« Sie sprach für eine Fünfzehnjährige fast zu erwachsen und gestelzt. »Kannst du schwimmen?«, fragte sie.

»Ja«, erwiderte Alex.

»Schade. Ich habe keine Lust, den Pool mit jemandem zu teilen. Schon gar nicht mit einem Jungen. Noch dazu mit einem stinkenden Jungen aus London.« Sie musterte Alex, registrierte seine zerrissenen Jeans, den fast kahl geschorenen Kopf, den Ohrstecker und schüttelte sich. »Daddy kann nicht ganz zurechnungsfähig gewesen sein, als er in die Sache einwilligte«, fuhr sie fort. »Und dann soll ich auch noch so tun, als seist du mein Bruder! Was für eine grässliche Vorstellung! Wenn ich tatsächlich einen Bruder hätte, dann würde er garantiert nicht so aussehen wie du.«

Alex fragte sich, ob er das Mädchen zurück in den Pool schubsen sollte, als sich plötzlich hinter ihm etwas bewegte. Er drehte sich um und sah einen großen, aristokratisch wirkenden Mann mit welligem grauem Haar und Brille, der eine Sportjacke, ein Hemd mit offenem Kragen und eine Kordhose trug. Auch ihn schien Alex' Outfit ein wenig zu schockieren, aber er fasste sich schnell und streckte die Hand aus. »Alex?«, fragte er.

»Ja.«

»Ich bin David Friend.«

Alex schüttelte ihm die Hand. »Erfreut, Sie kennenzulernen«, sagte er höflich.

»Ich hoffe, du hattest eine angenehme Fahrt. Wie ich sehe, hast du meine Tochter schon kennengelernt.« Er lächelte das Mädchen an, das nun neben dem Pool saß, sich abtrocknete und die beiden ignorierte.

»Wir haben uns eigentlich noch nicht miteinander bekannt gemacht«, sagte Alex.

»Sie heißt Fiona. Ich bin sicher, ihr beide werdet gut miteinander auskommen.« Sir David klang nicht sonderlich überzeugt. Er deutete auf das Haus. »Warum gehen wir nicht hinein und unterhalten uns in meinem Arbeitszimmer weiter?«

Alex folgte ihm über die Auffahrt zur Villa. Die Eingangstür führte in eine Empfangshalle, die direkt aus den Seiten eines teuren Lifestyle-Magazins hätte stammen können. Alles war perfekt, die antiken Möbel, der Nippes und die Gemälde waren genau so platziert, wie es sein sollte. Kein Stäubchen war zu sehen, und selbst das Sonnenlicht, das durch die Fenster einfiel, wirkte fast künstlich, so als sei es nur da, um alles, was es streifte, im besten Licht erscheinen zu lassen. Es war das Haus eines Mannes, der genau wusste, was er wollte, und die Zeit und das Geld hatte, es zu bekommen.

»Nett hier«, bemerkte Alex.

»Danke. Bitte hier entlang.«

Sir David öffnete eine schwere Eichentür, hinter der sich ein erstaunlich modern eingerichtetes Büro verbarg. Es gab hier einen großen Schreibtisch mit einem Stuhl auf jeder Seite, zwei Computer, ein weißes Ledersofa und eine Reihe von Bücherregalen aus Metall. Sir David führte Alex zu einem Stuhl und setzte sich dann auf den Stuhl hinter dem Schreibtisch.

Er fühlte sich unsicher. Alex erkannte das sofort. Auch wenn Sir David ein Geschäftsimperium im Wert von Millionen, ja sogar Milliarden Pfund leitete, war es eine neue Erfahrung für ihn, Alex hier zu haben und zu wissen wer und was er war. Er war sich nicht sicher, wie er reagieren sollte.

»Man hat mir nur wenig über dich berichtet«, begann er. »Alan Blunt hat Kontakt mit mir aufgenommen und mich gebeten, dich für den Rest der Woche hier aufzunehmen und so zu tun, als seist du mein Sohn. Aber du siehst mir nicht im Entferntesten ähnlich.«

»Ich sehe mir selbst nicht mehr ähnlich«, sagte Alex.

»Du bist unterwegs zu irgendeiner Schule in den französischen Alpen. Sie wollen, dass du dort Ermittlungen anstellst.« Er machte eine Pause. »Keiner hat mich nach meiner Meinung gefragt«, sagte er, »aber ich sage dir trotzdem, was ich davon halte. Mir gefällt der Gedanke nicht, dass ein vierzehnjähriger Junge als Spion missbraucht wird. Es ist gefährlich …«

»Ich kann schon auf mich selbst aufpassen«, unterbrach Alex ihn.

»Ich meine, es ist gefährlich für die Regierung. Solltest du umgebracht werden und irgendwer findet das heraus, könnte das für den Premierminister sehr peinlich werden. Ich habe ihn davon gewarnt, aber diesmal war er anderer Meinung als ich. Es scheint, dass die Entscheidung bereits vorher gefallen war. Diese Schule – die Akademie – hat mich angerufen und mir mitgeteilt, dass der stellvertretende Direktor dich nächsten Samstag hier abholen wird. Es handelt sich um eine Frau, eine Mrs Stellenbosch. Das ist ein südafrikanischer Name, glaube ich …«

Auf Sir Davids Schreibtisch lagen einige dicke Ordner. Er schob sie in Alex' Richtung. »In der Zwischenzeit sollst du dich offenbar mit Einzelheiten über meine Familie vertraut machen. Ich habe einige Akten vorbereitet. Du wirst hier auch Informationen über Eton finden, die Schule, von der du angeblich geflogen bist. Du kannst ja heute Abend damit anfangen, sie zu lesen. Wenn du sonst noch irgendetwas wissen willst, dann frag einfach. Fiona wird die ganze Zeit hier sein.« Er senkte den Blick. »Ich bin sicher, dass allein diese Tatsache eine besondere Erfahrung für dich sein wird.«

68

Die Tür öffnete sich und eine Frau kam herein. Sie war genau wie ihre Tochter schlank und dunkelhaarig. Sie trug ein einfaches mauvefarbenes Kleid und eine Perlenkette. »David ...«, begann sie und hielt dann inne, als sie Alex entdeckte.

»Das ist meine Frau«, sagte Friend. »Caroline, das ist Alex, der Junge, von dem ich dir erzählt habe.«

»Nett, dich kennenzulernen, Alex.« Lady Caroline versuchte zu lächeln, was allerdings gründlich danebenging. »Wie ich gehört habe, wirst du eine Weile bei uns bleiben.«

»Ja, Mutter«, sagte Alex.

Lady Caroline errötete.

»Er muss so tun, als sei er unser Sohn«, erinnerte Sir David sie. Dann wandte er sich an Alex. »Fiona weiß nichts über MI6 und alles Übrige. Ich will sie nicht beunruhigen. Ich habe ihr erklärt, dass es irgendwie mit meiner Arbeit zu tun hat ... ein soziales Experiment, wenn du so willst. Sie muss so tun, als seist du ihr Bruder, damit du eine Woche auf dem Land als Teil der Familie verbringen kannst. Mir wäre es lieb, wenn du ihr nichts sagen würdest.«

»In einer halben Stunde essen wir zu Abend«, sagte Lady Caroline. »Magst du Reh?« Sie zog die Nase hoch. »Vielleicht möchtest du dich vor dem Essen etwas frisch machen. Ich zeige dir dein Zimmer.«

Sir David reichte Alex die Ordner. »Du hast eine Menge zu lesen. Leider muss ich morgen zurück nach London – ein Mittagessen mit dem Präsidenten von Frankreich –, deswegen werde ich dir nicht helfen können. Aber wie gesagt, wenn du irgendetwas nicht weißt –«

»Fiona Friend«, sagte Alex.

Alex durfte ein kleines Zimmer im hinteren Teil des Hauses beziehen. Er duschte schnell und zog dann wieder seine alten Kleidungsstücke an. Denn der Junge, den er spielen sollte, musste ja verwahrlost aussehen.

Er öffnete den ersten Ordner. Sir David war sehr gründlich gewesen. Er hatte Alex die Namen sowie die neuesten Daten fast aller Familienmitglieder notiert. Außerdem Urlaubsfotos, Einzelheiten über das Haus in Mayfair, die Wohnungen in New York, Paris und Rom und die Villa auf Barbados hinzugefügt. Es gab Zeitungsausschnitte, Zeitschriftenartikel ... einfach alles, was er möglicherweise brauchen würde.

Ein Gong ertönte. Es war sieben Uhr. Alex ging hinunter ins Esszimmer. Der Raum hatte sechs Fenster und einen riesigen, auf Hochglanz polierten Tisch, an dem locker sechzehn Personen Platz gehabt hätten. Aber lediglich drei waren hier versammelt: Sir David, Lady Caroline und Fiona. Das Essen war bereits serviert worden, vermutlich von einem Butler oder einem Dienstmädchen. Sir David deutete auf einen leeren Stuhl und Alex setzte sich.

»Fiona sprach gerade über Don Giovanni«, sagte Lady Caroline. Es herrschte Schweigen. »Das ist eine Oper. Von Mozart.«

»Ich bin sicher, Alex interessiert sich nicht für Opern«, bemerkte Fiona schnippisch. Sie war schlecht gelaunt. »Ich bezweifle, dass wir überhaupt *irgendetwas* gemeinsam haben. Warum muss ich so tun, als sei er mein Bruder? Das Ganze ist völlig ...«

»Fiona«, mahnte Sir David leise.

»Also, ich habe nichts dagegen, dass er hier ist, Daddy, aber es sind nun mal *meine* Osterferien.« Fiona, dachte sich Alex, besuchte offenbar eine Privatschule und ihr Semester war daher früher zu Ende als seines. »Ich finde das einfach nicht fair.«

»Alex ist wegen meiner Arbeit hier«, fuhr Sir David fort. Schon seltsam, dachte Alex, wie sie über mich reden, als wäre ich Luft. »Ich weiß, dass du viele Fragen hast, Fiona, aber du wirst einfach tun müssen, was ich dir sage. Alex ist nur bis Ende der Woche hier. Ich möchte, dass du dich um ihn kümmerst.«

»Hat es etwas mit den Supermärkten zu tun?«, fragte Fiona.

»Fiona!« Sir David wollte keine weitere Diskussion. »Es ist so, wie ich dir gesagt habe. Ein Experiment. Und du wirst dafür sorgen, dass er sich hier zu Hause fühlt!«

Fiona griff lässig nach ihrem Glas und schaute Alex das erste Mal, seit er den Raum betreten hatte, direkt an. »Mal sehen«, sagte sie.

Die Woche schien kein Ende nehmen zu wollen. Schon nach zwei Tagen war Alex klar, dass er als Sohn dieser wichtigtuerischen Familie mit Sicherheit irgendwann *tatsächlich* zum Rebell geworden wäre. Sir David war am ersten Morgen um sechs Uhr abgereist und noch immer in London, von wo aus er E-Mails an seine Frau und seine Tochter schickte. Lady Caroline ging Alex aus dem Weg. Ein- oder zweimal fuhr sie in die nahe gelegene Stadt, sonst war sie anscheinend die meiste Zeit im Bett. Und Fiona …

71

Wenn sie nicht irgendwelche Opern zitierte, prahlte sie mit ihrem Lebensstil, ihrem Reichtum und ihren Weltreisen. Gleichzeitig gab sie deutlich zu verstehen, dass sie Alex nicht mochte. Mehrere Male hatte sie ihn gefragt, was er wirklich auf Haverstock Hall tue. Alex hatte die Schultern gezuckt und geschwiegen – weswegen sie ihn noch weniger mochte.

Am dritten Tag stellte sie ihn einigen ihrer Freunde vor.

»Ich gehe jagen«, sagte sie. »Ich nehme nicht an, dass du mitkommen willst.«

Alex zuckte die Schultern. Er hatte sich die meisten Einzelheiten aus den Akten eingeprägt und glaubte, mühelos als Mitglied der Familie durchgehen zu können. Nun zählte er die Stunden, bis die Frau von der Akademie ihn abholen würde.

»Warst du schon mal auf der Jagd?«, fragte Fiona.

»Nein«, erwiderte Alex.

»Ich schieße Vögel und Wild«, erklärte Fiona. »Aber natürlich bist du ein Stadtjunge. Davon verstehst du nichts.«

»Was ist so toll daran, Tiere zu töten?«, fragte Alex.

»Es ist Teil des Landlebens, eine Tradition.« Fiona sah ihn an, als sei er der letzte Idiot. »Jedenfalls genießen die Tiere es.«

Wie sich herausstellte, waren die Teilnehmer der Jagdgesellschaft jung und – abgesehen von Fiona – ausschließlich männlich. Es waren fünf Jungen, die am Rande eines zum Haverstock-Anwesen gehörenden Waldes warteten. Rufus, der Anführer, war sechzehn, hatte eine durchtrainierte Figur und dunkles welliges Haar. Er schien Fionas offizieller Freund zu sein. Die anderen – Henry, Max, Bartholomew und Fred – waren etwa im gleichen Alter. Alex schaute sie verlegen an. Sie trugen alle die gleichen Barbour-Jacken, Tweedhosen, Schirmmützen und Huntsman-Lederstiefel. Und sie sprachen alle mit dem gleichen an Public Schools üblichen Akzent. Jeder von ihnen hatte eine Schrotflinte, und sie hatten den Lauf über den Arm geknickt. Verächtlich musterten sie Alex von Kopf bis Fuß. Fiona musste ihnen bereits von ihm, dem Jungen aus London, berichtet haben.

Schnell stellte sie ihn den anderen vor. Rufus trat einen Schritt auf ihn zu.

»Schön, dass du mitkommst«, sagte er gedehnt. »Bist wohl hier, um ein bisschen zu schießen, was?«

»Ich habe kein Gewehr«, sagte Alex.

»Nun, meins werde ich dir wohl kaum leihen.« Rufus ließ den Lauf einschnappen und hielt ihn hoch, damit Alex ihn sehen konnte. Es waren achtzig Zentimeter glänzenden Stahls, die aus einem dunklen Walnussschaft mit reich verzierten Silberplatten herausragten. »Es ist eine doppelläufige Schrotflinte mit gesondertem Abzug, handgemacht von Abbiatico & Salvinelli«, erklärte er. »Hat mich dreißig Riesen gekostet – oder vielmehr meine Mutter. Es war ein Geburtstagsgeschenk.«

»War sicher nicht leicht, es einzupacken«, spöttelte Alex. »Wo war die Schleife dran?«

Rufus' Lächeln erstarb. »Du hast keine Ahnung von Gewehren«, sagte er. Er nickte einem der anderen Jungen zu, der Alex ein viel gewöhnlicheres Gewehr reichte. Es war alt und ein bisschen rostig. »Du kannst dieses benutzen«, sagte er. »Und wenn du brav bist und uns nicht im Weg rumstehst, geben wir dir vielleicht eine Patrone.«

Alle lachten hämisch. Dann drückten die beiden Raucher ihre Zigaretten aus und sie machten sich auf in den Wald.

Eine halbe Stunde später wusste Alex, dass es ein Fehler gewesen war mitzukommen. Die Jungen ballerten wild in alle Richtungen und zielten auf alles, was sich bewegte. Ein Kaninchen wurde herumgewirbelt wie ein leuchtend roter Ball. Eine Ringeltaube stürzte aus den Zweigen und schlug, unten auf den Blättern liegend, mit den Flügeln um sich. Wie toll ihre Gewehre auch sein mochten, die Jungen waren lausige Schützen. Viele der Tiere, auf die sie schossen, waren nur verwundet, und Alex wurde übel, als sie den Blutspuren folgten.

Sie erreichten eine Lichtung und machten eine Pause, um ihre Gewehre neu zu laden. Alex wandte sich an Fiona. »Ich gehe zurück zum Haus«, sagte er.

»Warum? Erträgst du den Anblick von ein bisschen Blut nicht?«

Alex sah zu einem etwa fünfzig Meter entfernt liegenden Kaninchen. Es lag auf der Seite und trat mit den Hinterbeinen hilflos um sich. »Es wundert mich, dass ihr Gewehre haben dürft«, sagte er. »Ich dachte, dazu müsste man siebzehn sein.«

Rufus hatte seinen Kommentar gehört. Er trat vor und warf ihm einen bösen Blick zu. »Hier auf dem Land scheren wir uns nicht um Vorschriften«, murmelte er.

»Vielleicht will Alex die Polizei rufen!«, sagte Fiona.

»Die nächste Polizeiwache ist fünfzig Kilometer von hier entfernt.«

»Soll ich dir mein Handy leihen?«

Wieder lachten alle. Alex hatte jetzt die Nase voll. Ohne ein Wort zu sagen, drehte er sich um und ging davon.

Sie hatten eine halbe Stunde bis zur Lichtung gebraucht, doch eine halbe Stunde später war Alex immer noch tief im Wald, umgeben von Bäumen und wilden Sträuchern. Er begriff, dass er sich verirrt hatte, und ärgerte sich über sich selbst. Er hätte auf den Weg achten sollen, als er Fiona und den anderen gefolgt war. Der Wald war endlos. Wenn er in die falsche Richtung lief, konnte er ins Hochmoor geraten … und man würde ihn vielleicht erst nach Tagen finden. Außerdem war das Gebüsch so dicht, dass er kaum zehn Meter weit sehen konnte. Wie um alles in der Welt sollte er den richtigen Weg finden? Und sollte er dieselbe Strecke wieder zurückgehen oder weitergehen in der Hoffnung, den richtigen Weg zu finden?

Alex spürte die Gefahr, noch bevor der erste Schuss fiel. Vielleicht war es das Knacken eines Zweiges oder das Klicken eines Metallschlosses. Er erstarrte – und genau das rettete ihn. Es gab eine Explosion – laut, nahe – und wenige Meter von ihm entfernt wurde ein Baum getroffen. Holzsplitter wirbelten durch die Luft.

Alex drehte sich um und suchte nach dem Schützen. »Was soll das, Vollidiot?«, rief er. »Du hättest mich fast getroffen!«

Ein zweiter Schuss wurde abgefeuert und Alex hörte

hämisches Gelächter. Dann begriff er. Sie hatten ihn nicht mit einem Tier verwechselt. Sie zielten aus Spaß auf ihn!

Er machte einen Satz nach vorn und rannte los. Von allen Seiten versperrten ihm Bäume den Weg. Die Walderde war völlig aufgeweicht, denn es hatte vor kurzem geregnet, und Alex hatte das unangenehme Gefühl, seine Füße klebten am Boden. Dann hörte er eine dritte Explosion. Er duckte sich und spürte, wie der Schuss über seinen Kopf hinwegfegte und das Laub zerfetzte.

Überall sonst auf der Welt hätte das Ärger gegeben. Aber hier, tief in der englischen Provinz, hatte er es mit reichen, gelangweilten Jungs zu tun, die daran gewöhnt waren, dass alles nach ihrer Pfeife tanzte. Alex hatte sie beleidigt. Vielleicht war es der Scherz über das Geschenkpapier gewesen, vielleicht war Fiona eingeschnappt, weil er ihr nicht verraten hatte, wer er wirklich war. Sie hatten jedenfalls beschlossen, ihm eine Lektion zu erteilen. Aber wollten sie ihn wirklich töten? »Hier auf dem Land scheren wir uns nicht um Vorschriften«, hatte Rufus gesagt. Wenn Alex schwer verwundet oder sogar tot wäre, würden sie schon irgendwie ungeschoren davonkommen. Ein schrecklicher Unfall. Er hatte nicht auf den Weg geachtet und war versehentlich in die Schusslinie geraten.

Nein. Das konnte nicht sein.

Sie versuchten nur, ihm Angst einzujagen, das war alles.

Zwei weitere Schüsse! Ein Fasan flog kreischend hoch. Alex rannte keuchend weiter. Ein dicker Dornbusch war im Weg und zerrte an seiner Kleidung. Er hatte noch immer das Gewehr, das sie ihm gegeben hatten, und er konnte es gut gebrauchen, um sich einen Weg zu bahnen. Fast wäre er über ein Gewirr von Wurzeln gefallen.

»Alex? Wo bist du?« Das war die Stimme von Rufus. Sie klang schrill und spöttisch und drang von der anderen Seite einer Hecke herüber. Ein weiterer Schuss! Doch dieser ging hoch über seinen Kopf hinweg. Sie konnten ihn nicht sehen. War er ihnen entwischt?

Stolpernd und schwitzend blieb Alex stehen. Er war aus dem Wald heraus, aber immer noch völlig orientierungslos. Schlimmer noch – er saß in der Falle. Er befand sich am Ufer eines großen, schmutzigen Tümpels. Das Wasser war schlammig braun und sah fast wie eine feste Masse aus. Nirgendwo waren Enten oder Wildvögel zu sehen. Die Abendsonne brannte auf den See herunter und ein modriger Geruch stieg auf.

»Er ist hier langgegangen!«

»Nein … hier durch!«

»Lasst es uns am See versuchen …«

Alex hörte die Stimmen und wusste, dass sie ihn hier nicht finden durften. Er sah plötzlich seinen Körper vor sich, mit Steinen beschwert, am Grund des Sees. Doch das brachte ihn auf eine Idee. Er musste sich verstecken.

Alex stieg in das Wasser. Er würde etwas finden müssen, durch das er atmen konnte. Er hatte gesehen, wie dies in irgendeinem Film gemacht wurde. Man legte sich ins Wasser und atmete durch ein hohles Schilfrohr. Aber hier gab es kein Schilfrohr. Außer Gras und dicken, schleimigen Algen wuchs hier gar nichts.

Eine Minute später tauchte Rufus am Seeufer auf, das

Gewehr im Arm. Er blieb stehen und sah sich um wie jemand, der den Wald gut kannte. Nichts bewegte sich.

»Er muss zurückgelaufen sein«, sagte er.

Die anderen Jäger versammelten sich hinter ihm. Es herrschte nervöse Anspannung. Sie wussten, dass sie das Spiel zu weit getrieben hatten.

»Vergessen wir ihn«, sagte einer von ihnen.

»Ja.«

»Wir haben ihm seine Lektion erteilt.«

Sie hatten es eilig, nach Hause zu kommen. Die Gruppe verschwand in die Richtung, aus der sie gekommen war. Rufus blieb alleine zurück, umklammerte noch immer sein Gewehr und suchte nach Alex. Er blickte ein letztes Mal über das Wasser, folgte dann aber doch den anderen.

Das war der Augenblick, in dem Alex zuschlug. Er hatte unter Wasser gelegen und die verschwommenen Gestalten der Jungen wie durch eine dicke braune Glasscheibe beobachtet. Der Lauf des Gewehrs steckte in seinem Mund. Der Rest des Gewehrs ragte knapp über die Oberfläche des Sees. Er nutzte den hohlen Lauf zum Atmen. Nun stieg er auf – ein Horrorwesen mit glühenden Augen, das vor Schlamm und Wasser triefte. Rufus hörte ihn, aber es war zu spät. Alex schwang das Gewehr und traf Rufus ins Kreuz. Rufus ächzte und fiel auf die Knie. Das Gewehr fiel ihm aus den Händen. Alex hob es auf. Im Verschluss steckten zwei Patronen. Er ließ es einschnappen.

78   Rufus sah ihn an, und plötzlich war seine Hochnäsigkeit wie weggewischt, und er war nur noch ein jämmerlicher, ängstlicher Teenager, der versuchte, aufzustehen.

»Alex!«, winselte Rufus. »Tut mir leid! Wir hatten nicht vor, dir wehzutun. Wir haben nur Spaß gemacht. Fiona hat uns dazu angestiftet. Wir wollten dir nur Angst machen. Bitte!«

Alex schwieg und atmete schwer. »Wie komme ich hier raus?«, fragte er dann.

»Geh einfach um den See herum«, sagte Rufus. »Es gibt da einen Pfad …«

Rufus lag immer noch auf den Knien. Er hatte Tränen in den Augen. Alex merkte, dass er das Gewehr mit den Silberplatten auf ihn gerichtet hielt. Etwas betreten drehte er es zur Seite. Rufus war kein Feind, er war ein Nichts.

»Komm mir ja nicht nach«, fuhr Alex ihn an und marschierte los.

»Bitte …!«, rief Rufus ihm nach. »Kann ich mein Gewehr zurückhaben? Meine Mutter bringt mich um, wenn ich es verlieren sollte.«

Alex blieb stehen. Er wog das Gewehr in den Händen und warf es dann mit aller Kraft. Das handgefertigte italienische Gewehr machte im Dämmerlicht zwei Drehungen und landete dann mit lautem Platschen mitten im See. »Du bist zu jung, um mit Gewehren zu spielen«, sagte er.

Dann machte er sich auf den Weg und verschwand im Wald.

Der Tunnel

Der Mann, der auf dem goldfarbenen, antiken Stuhl thronte, wandte langsam den Kopf und blickte durch das Fenster auf die schneebedeckten Hügel von Point Blanc. Dr. Hugo Grief war fast sechzig, hatte kurzes graues Haar und ein Gesicht, das fast genauso farblos war, schmale Lippen und selbst seine Zunge war grau. Dazu trug er eine runde Drahtbrille mit dunkelroten Gläsern. Die Wirkung war verblüffend. Die ganze Welt schien für ihn in Blut getaucht zu sein.

Er hatte lange, schmale Finger mit sorgfältig gefeilten Nägeln und trug einen dunklen Anzug, der bis zum Hals zugeknöpft war. Wenn es tatsächlich Vampire gab, dann sahen sie sicher so aus wie Dr. Hugo Grief.

»Ich habe beschlossen, die letzte Phase des Gemini-Projekts einzuleiten«, sagte er. Er sprach mit einem südafrikanischen Akzent, wobei er erst jedes Wort kaute, bevor er es aussprach. »Es darf keine weitere Verzögerung mehr geben.«

»Ich verstehe, Dr. Grief.«

Dem Doktor gegenüber saß eine Frau in einem eng sitzenden Lycra-Anzug mit einem Schweißband um die Stirn. Das war Eva Stellenbosch. Sie hatte gerade ihr morgendliches Work-out beendet – zwei Stunden Gewichtheben und Aerobicübungen – und war noch immer ganz außer Atem. Dabei ließ sie ihre beachtlichen Muskeln spielen. Mrs Stellenboschs Gesicht war ungewöhnlich. Sie hatte extrem aufgeworfene Lippen und kupferrote Haarbüschel hingen ihr in die hohe Stirn. Sie hielt ein Glas in der Hand, das eine milchig grüne Flüssigkeit enthielt. Ihre Stummelfinger hatten Mühe, es zu halten.

Sie nippte an dem Glas und runzelte die Stirn. »Sind Sie sicher, dass wir schon so weit sind?«, fragte sie.

»Wir haben keine Wahl. In den letzten beiden Monaten mussten wir zwei unbefriedigende Ergebnisse hinnehmen. Erst Iwanow, dann Roscoe in New York. Ganz abgesehen von den Kosten für die Liquidierungen ist es möglich, dass jemand die beiden Todesfälle miteinander in Zusammenhang gebracht hat.«

»Möglich, aber unwahrscheinlich«, erwiderte Mrs Stellenbosch.

»Die Geheimdienste sind träge und ineffizient, das stimmt. Die CIA in Amerika, der MI6 in England, sogar der KGB! Mit denen ist doch nichts mehr los. Aber trotzdem besteht die Möglichkeit, dass einer von ihnen zufällig auf etwas gestoßen ist. Je schneller wir diese Phase der Operation beenden, desto größere Chancen haben wir … unentdeckt zu bleiben.« Dr. Grief legte die Fingerspitzen zusammen und stützte das Kinn darauf. »Wann trifft der letzte Junge ein?«

»Alex?« Mrs Stellenbosch leerte ihr Glas und stellte es auf den Tisch. Dann öffnete sie ihre Handtasche, holte ein

Taschentuch heraus und betupfte damit ihre Lippen. »Morgen reise ich nach England«, sagte sie.

»Ausgezeichnet. Und auf dem Weg hierher nehmen Sie den Jungen mit nach Paris?«

»Natürlich, Doktor. Wenn Sie es wollen.«

»Das will ich sogar sehr, Mrs Stellenbosch. Wir können dort die ganzen Vorarbeiten erledigen. Das spart Zeit. Und was ist mit dem Sprintz-Jungen?«

»Ich fürchte, wir brauchen noch ein paar Tage.«

»Das bedeutet, dass er und Alex zur gleichen Zeit hier sein werden.«

»Genau.«

Dr. Grief überlegte. Er musste das Risiko, dass die beiden Jungen aufeinandertrafen, gegen die Gefahr abwägen, zu schnell zu handeln. Zum Glück besaß er den Verstand eines Wissenschaftlers. Seine Rechnungen waren noch immer aufgegangen. »Sehr gut«, sagte er. »Der Sprintz-Junge kann noch ein paar Tage bei uns bleiben.«

Mrs Stellenbosch nickte.

»Alex Friend ist ein guter Fang«, bemerkte Dr. Grief.

»Supermärkte?« Die Frau klang nicht sehr überzeugt.

»Sein Vater steht in enger Verbindung zum Premierminister. Er ist ein beeindruckender Mann. Ich bin davon überzeugt, dass sein Sohn all unsere Erwartungen erfüllen wird.« Dr. Grief lächelte. Dabei glühten seine Augen wie Kohlen. »Sehr bald schon werden wir Alex hier an unserer Schule haben. Und dann endlich ist das Gemini-Projekt abgeschlossen.«

Du sitzt nicht richtig«, nörgelte Fiona. »Dein Rücken ist nicht gerade. Deine Hände sollten weiter unten sein und deine Füße zeigen in die falsche Richtung.«

»Was spielt das für eine Rolle, Hauptsache, du hast deinen Spaß«, bemerkte Alex mit zusammengebissenen Zähnen.

Es war jetzt sein vierter Tag in Haverstock Hall und Fiona hatte ihn zu einem Ausritt mitgenommen. Alex fand's grässlich. Vor dem Ausritt hatte er Fionas unvermeidliche Belehrungen über sich ergehen lassen müssen – allerdings hatte er kaum zugehört. Die Pferde stammten aus Spanien oder Ungarn und hatten jede Menge Goldmedaillen gewonnen. Alex war das egal. Er wusste nur, dass sein Pferd groß und schwarz war und von Fliegen umschwirrt wurde. Und dass er wie ein Sack Kartoffeln daraufsaß. Sie hatten den Vorfall im Wald kaum erwähnt. Als Alex zum Haus zurückgehinkt kam, durchnässt und fröstelnd, hatte ihm Fiona sogar ein Handtuch geholt und ihm eine Tasse Tee angeboten.

»Ihr habt versucht, mich abzuknallen«, sagte Alex.

»Red keinen Quatsch!« Fionas Blick verriet zu Alex' Überraschung so etwas wie Mitleid. »Das würden wir nie tun. Rufus ist ein sehr netter Kerl.«

»Was …«

»Es war nur ein Spiel, ein bisschen Spaß.«

Und damit war das Thema abgehakt. Fiona hatte gelächelt, als ob damit alles geklärt worden sei. Dann war sie schwimmen gegangen. Alex hatte sich den restlichen Abend mit den Akten beschäftigt. Er versuchte, sich seine falsche

Geschichte, die sich über vierzehn Jahre erstreckte, einzu-
prägen. Es gab Onkel und Tanten, Freunde in Eton, eine
ganze Menge Leute, die ihm vertraut sein mussten, ohne
dass er sie je kennengelernt hatte. Und er musste versuchen, sich an seinen luxuriösen Lebensstil zu gewöhnen.
Deswegen war er hier, ritt mit Fiona aus – sie kerzengerade
in ihrer Reituniform und er holperig hinterher.

Nachdem sie ungefähr eine Stunde geritten waren,
kamen sie zu dem Tunnel. Fiona hatte versucht, Alex etwas
Reittechnik beizubringen – zum Beispiel den Unterschied
zwischen Schritt, Trab und Galopp. Eines stand für ihn
jedenfalls schon fest: Reiten ödete ihn an. Er spürte sämtliche Knochen und sein Hintern war inzwischen so wund,
dass er glaubte, nie mehr sitzen zu können. Fiona genoss
seine Qualen. Wahrscheinlich hatte sie sogar einen besonders holprigen Weg ausgesucht, damit er besonders kräftig
durchgeschüttelt wurde. Oder vielleicht war es einfach ein
besonders nervöses Pferd.

Vor ihnen lag jetzt eine eingleisige Eisenbahnstrecke
mit einem automatisch betriebenen beschrankten Bahnübergang mit Glocke und einer Ampel, die die Autofahrer
vor näher kommenden Zügen warnten. Fiona lenkte ihr
Pferd – einen kleineren Grauen – darauf zu. Alex' Pferd
folgte automatisch. Er vermutete, dass sie den Bahnübergang überqueren würden, aber als sie vor der Schranke angelangt waren, brachte Fiona ihr Pferd zum Stehen.

»Es gibt eine Abkürzung, die wir nehmen können, wenn
du nach Hause willst«, bot sie an.

»Das wäre prima«, erwiderte Alex.

»Sie führt hier lang.« Fiona deutete die Bahnlinie entlang zum Tunnel, ein klaffendes, schwarzes, in den Berg eingelassenes Loch, eingefasst von dunkelrotem Ziegelstein.

Alex warf ihr einen Blick zu, um zu prüfen, ob sie es ernst meinte. Das Mädchen schien fest entschlossen zu sein. Sein Blick kehrte zu dem Tunnel zurück. Er wirkte wie ein Gewehrlauf, der auf ihn gerichtet war und ihn warnte wegzubleiben. Er konnte sich fast den Riesenfinger am Abzug vorstellen, irgendwo hinter dem Hügel. Wie lang er wohl war? Als Alex näher hinblickte, entdeckte er am anderen Ende einen Lichtpunkt – ungefähr einen Kilometer entfernt.

»Das kann doch nicht dein Ernst sein«, sagte er.

»Ehrlich, Alex, ich scherze nie! Wenn ich etwas sage, meine ich es auch. Da bin ich genau wie mein Vater.«

»Dein Vater hat aber alle Tassen im Schrank«, murmelte Alex.

Fiona tat so, als höre sie ihn nicht. »Der Tunnel ist genau einen Kilometer lang«, erklärte sie. »Auf der anderen Seite gibt es eine Brücke, und dann wieder einen Bahnübergang. Wenn wir da entlangreiten, können wir in dreißig Minuten zu Hause sein. Wenn wir den gleichen Weg zurück nehmen, brauchen wir eine Stunde.«

»Dann reiten wir auf dem gleichen Weg zurück.«

»Oh Alex, du bist ein richtiger Angsthase!«, zischte Fiona ihm zu. »Auf dieser Linie fährt stündlich nur ein Zug und der nächste kommt in …« – sie warf einen Blick auf ihre Armbanduhr – »zwanzig Minuten. Ich bin schon hundertmal durch den Tunnel geritten, man braucht nur fünf Minuten. Wenn du im Galopp reitest noch weniger.«

»Aber es ist trotzdem Wahnsinn, auf den Schienen zu reiten.«

»Nun, wenn du umkehrst, musst du allein heimreiten.« Sie gab ihrem Pferd die Sporen. Es preschte vor, überquerte den Bahnübergang und ritt auf dem Gleis weiter. »Bis später.«

Aber Alex ritt hinter ihr her. Alleine hätte er nie zum Haus zurückgefunden. Er kannte den Weg nicht und konnte das Pferd kaum im Zaum halten. Sogar jetzt folgte es Fiona, ohne dass er es gelenkt hätte. Würden die beiden Pferde wirklich durch den dunklen Tunnel reiten? Es schien unglaublich, aber das Pferd tauchte auch tatsächlich, ohne zu zögern, in das dunkle Loch ein.

Alex wurde ziemlich unheimlich zumute, als es schlagartig dunkel hinter ihm wurde. Im Tunnel war es kalt und feucht. Es roch nach Ruß und Diesel. Die Hufe der Pferde klapperten, als sie zwischen den Schwellen den Schotter berührten. Was, wenn sein Pferd plötzlich stolperte? Alex verdrängte den Gedanken. Die Ledersättel knarzten. Langsam gewöhnten sich seine Augen an die Dunkelheit. Von hinten drang noch ein wenig Sonnenlicht in den Tunnel. Noch beruhigender war, dass der Weg hinaus direkt vor ihnen lag. Mit jedem Schritt wurde die Helligkeit stärker. Er versuchte, sich zu entspannen. Vielleicht war das Ganze doch nicht so übel.

Und dann fing Fiona an zu reden. Sie ritt jetzt im Schritt, sodass Alex sie einholen konnte. »Alex, machst du dir immer noch Sorgen wegen des Zugs?«, fragte sie. »Vielleicht möchtest du schneller reiten …«

Er hörte, wie die Reitgerte durch die Luft zischte und spürte, wie sein Pferd zuckte, als Fiona die Gerte auf seine Kruppe niedersausen ließ. Das Pferd wieherte und machte einen Satz nach vorn. Alex wurde zurückgerissen und wäre fast aus dem Sattel gefallen. Es gelang ihm mit Mühe, seine Beine an das Pferd zu pressen, aber sein Oberkörper war völlig verdreht und die Zügel rissen am Maul des Pferdes. Fiona lachte. Es war jetzt so finster, dass Alex nur noch den beißenden Wind und das Klappern der Pferdehufe wahrnahm. Staub brannte in seinen Augen und versperrte ihm die Sicht. Am meisten Angst hatte er, vom Pferd zu fallen.

Aber dann waren sie, wie durch ein Wunder, draußen im Licht. Alex kämpfte ums Gleichgewicht. Es gelang ihm wieder, nach den Zügeln zu greifen und die Knie fest in die Flanken des Pferdes zu drücken. Er holte tief Luft, fluchte kräftig und wartete auf Fiona.

Sein Pferd stand jetzt auf der Brücke, von der Fiona gesprochen hatte. Auf dicken Eisenpfeilern überspannte sie einen Fluss. Es hatte einen Monat lang stark geregnet und ungefähr fünfzehn Meter unter ihm strömte das Wasser vorbei, bedrohlich tief und dunkel. Behutsam wendete er das Pferd und blickte zurück zum Tunnel. Wenn er hier die Kontrolle über das Pferd verlor, konnte er leicht über den Rand der Brücke fallen, der auf beiden Seiten nur knapp einen Meter hoch war.

87

Er hörte, wie Fiona sich näherte. Sie war ihm hinterhergaloppiert, hatte sich vermutlich den ganzen Weg halb totgelacht. Er blickte in den Tunnel – und in diesem Augenblick galoppierte der Graue heraus, raste an ihm vorbei und verschwand hinter dem Bahnübergang auf der anderen Seite der Brücke.

Nur: Fiona saß nicht auf dem Pferd.

Das Pferd war alleine herausgekommen.

Alex brauchte ein paar Sekunden, um zu kapieren. In seinem Kopf drehte sich alles. Sie war vermutlich vom Pferd gefallen. Vielleicht war das Tier gestolpert und sie lag im Tunnel, auf den Schienen. Wann kam der nächste Zug? Zwanzig Minuten, hatte sie gesagt – vor mindestens fünf Minuten und vielleicht hatte sie übertrieben. Was sollte er tun? Er hatte nur drei Möglichkeiten:

Zu Fuß in den Tunnel zurückzukehren.

Zu Pferd in den Tunnel zurückzukehren.

Nach Hause zu reiten und sie zu vergessen.

Nein, er hatte nur zwei Möglichkeiten, und das wusste er. Er fluchte, dann griff er nach den Zügeln. Irgendwie würde er das Pferd dazu bringen, ihm zu gehorchen. Er musste Fiona rausholen, und zwar schnell.

Vielleicht übertrug sich seine Verzweiflung auf das Gehirn des Pferdes. Das Tier wirbelte herum und versuchte zu bocken. Aber als ihm Alex die Sporen gab, stolperte es vorwärts und ging widerstrebend in den dunklen Tunnel zurück. Alex gab ihm erneut die Sporen. Er wollte ihm nicht wehtun, aber er wusste nicht, wie er es sonst dazu bringen konnte, ihm zu gehorchen.

88

Das Pferd trabte weiter. Alex blickte sich um. »Fiona!«, rief er laut. Aber kein Laut war zu hören. Er hatte gehofft, sie würde ihm entgegenkommen, aber er hörte keine Schritte. Wenn es nur heller gewesen wäre!

Das Pferd blieb stehen. Und da lag sie vor ihm, direkt auf den Schienen. Wenn jetzt ein Zug kam, würde sie in Stücke gerissen werden. Es war zu dunkel, um ihr Gesicht zu erkennen, aber als sie zu reden anfing, hörte er den Schmerz in ihrer Stimme.

»Alex«, sagte sie. »Ich glaube, ich habe mir den Knöchel gebrochen.«

»Was ist passiert?«

»Da war ein großes Spinnennetz oder etwas ähnliches. Ich habe versucht, dicht hinter dir herzureiten. Es war plötzlich in meinem Gesicht und ich verlor das Gleichgewicht.«

Sie hatte versucht, ihn einzuholen. Sie klang, als mache sie ihm einen Vorwurf – dabei hatte sie wohl vergessen, dass schließlich sie seinem Pferd eins mit der Reitgerte übergezogen hatte.

»Kannst du aufstehen?«, fragte Alex.

»Ich glaube nicht.«

Alex seufzte. Er hielt die Zügel fest und stieg vom Pferd. Fiona hätte keinen besseren Zeitpunkt wählen können. Sie war mitten im Tunnel vom Pferd gefallen. Er zwang sich, nicht in Panik zu geraten. Ihren Berechnungen zufolge kam der nächste Zug in ungefähr zehn Minuten. Er griff hinunter, um ihr beim Aufstehen zu helfen. Sein Fuß berührte das Gleis … und plötzlich spürte er, dass die Schienen vibrierten.

Der Zug näherte sich!

»Du musst aufstehen«, sagte er und versuchte, nicht ängstlich zu klingen. In seiner Vorstellung sah er den Zug bereits auf sie zudonnern. Wenn er in den Tunnel einfuhr, würden sie von einem fünfhundert Tonnen schweren Torpedo zermalmt werden. Er hörte das Knirschen der Räder, das Donnern der Lokomotive. Blut und Dunkelheit. Ein grauenvoller Tod.

Aber er hatte noch Zeit. »Kannst du deine Zehen bewegen?«, fragte er.

»Ich glaube schon.« Fiona klammerte sich an ihn.

»Dann ist dein Knöchel vermutlich verstaucht, aber nicht gebrochen. Los, komm.«

Er zog sie hoch und überlegte, ob es möglich sein würde, im Tunnel am Rand der Schienen zu bleiben. Wenn sie sich an die Mauer pressten, würde der Zug an ihnen vorbeifahren. Aber Alex wusste, dass nicht genug Platz war. Und selbst wenn der Zug sie verfehlen würde, würde er das Pferd erwischen. Und was war, wenn er entgleiste? Dutzende von Menschen konnten getötet werden.

»Was für ein Zug fährt hier vorbei?«, fragte er. »Ist es ein Passagierzug?«

»Ja«, wimmerte Fiona mit Tränen in den Augen. »Es ist der Hochgeschwindigkeitszug nach Glasgow.«

Alex seufzte. Und wie üblich Pech für ihn: Der Zug war pünktlich.

Fiona erstarrte. »Was ist das?«, wollte sie wissen.

Sie hatte das Bimmeln einer Glocke gehört. Was war das? Natürlich – der Bahnübergang. Der Zug näherte sich und die Schranke ging gerade herunter.

Und dann hörte Alex noch ein Geräusch, das ihm für einen Augenblick den Atem verschlug. Er war wie gelähmt, als ob in seinem Kopf etwas explodiert wäre.

Er hörte den schrillen Pfeifton eines Zuges. Er war noch einen Kilometer oder mehr entfernt, aber in dem Tunnel ging Alex der Ton durch und durch. Und jetzt hörte er schon das schnaubende Donnern der Lokomotive, die auf sie zuraste. Unter seinen Füßen vibrierten die Schienen immer stärker.

Alex schnappte nach Luft und riss sich zusammen. »Steig aufs Pferd«, rief er. »Ich helfe dir.«

Alex achtete nicht darauf, ob er Fiona Schmerzen verursachte, sondern zwang sie aufzusteigen. Das Geräusch wurde immer lauter. Die Schienen vibrierten jetzt wie eine riesige Stimmgabel. Sogar die Luft im Tunnel schien sich zu bewegen, drehte nach links und nach rechts, als versuchte sie hinauszukommen.

Fiona schrie und Alex ließ sie auf den Sattel gleiten. Das Pferd wieherte und trat zur Seite. Einen Moment lang befürchtete Alex, sie würde ohne ihn losreiten. Im schwachen Licht erkannte er die Umrisse von Pferd und Reiterin. Er sah, wie Fiona nach den Zügeln griff und das Pferd wieder im Zaum hatte. Alex klammerte sich an die Mähne und schwang sich vor Fiona in den Sattel. Das Getöse des herannahenden Zugs wurde immer lauter. Zement bröckelte von den Wänden. Der Luftstrom wurde immer stärker, die Schienen bebten. Einen Augenblick lang waren Fiona und Alex ineinander verkeilt, aber dann griff er nach den Zügeln und sie schlang die Arme um seine Brust.

»Los«, brüllte er und gab dem Pferd die Sporen.

Das Pferd brauchte die Anfeuerung gar nicht. Es galoppierte dem Licht entgegen, die Schienen entlang, sodass Alex und Fiona hin und her gerüttelt wurden.

Alex wagte es nicht zurückzublicken, aber er spürte, wie der Zug zum Eingang des Tunnels gelangte und mit einer Geschwindigkeit von hundertfünfzig km/h hineindonnerte. Eine Schockwelle schlug auf sie ein. Der Zug verdrängte die Luft und füllte den Raum mit hartem Stahl. Das Pferd erkannte die Gefahr und galoppierte schnell wie der Wind über die Schwellen. Vor ihnen war schon die Tunnelöffnung, aber Alex befürchtete, dass sie es trotzdem nicht schaffen würden. Und selbst wenn sie aus dem Tunnel herauskämen, würden sie zwischen den Brückengeländern gefangen sein. Der zweite Bahnübergang war noch hundert Meter weiter. Sie schafften es vielleicht aus dem Tunnel heraus, dann würden sie draußen zermalmt werden.

Das Pferd galoppierte ins Freie. Endlich Licht! Fiona schrie und klammerte sich so fest an ihn, dass Alex kaum atmen konnte. Er konnte sie nicht verstehen. Das Dröhnen des Zuges war direkt hinter ihm. Als das Pferd über die Brücke hetzte, warf er einen Blick zurück. Er sah, wie das riesige Metallungeheuer aus dem Tunnel donnerte, sich hinter ihnen auftürmte, seine Wagen in leuchtendem Rot bemalt. Der Lokführer starrte entsetzt durchs Fenster. Es ertönte ein zweiter Pfeifton, durchdringend. Alex wusste, was er tun musste. Er zerrte an einem Zügel und gab gleichzeitig auf der anderen Seite die Sporen. Er hoffte, das Pferd würde verstehen, was er wollte.

Und irgendwie funktionierte es. Das Pferd wirbelte herum. Es stand jetzt frontal vor dem Geländer. Ein letztes ohrenbetäubendes Pfeifen ertönte. Der Dieselgestank war unerträglich.

Das Pferd sprang.

Der Zug brauste vorbei, verfehlte sie um ein Haar. Aber jetzt waren sie im freien Fall neben der Brücke. Die Waggons donnerten immer noch vorbei, ein roter Fleck. Fiona schrie wieder gellend. Als sie fielen, schien sich alles in Zeitlupe abzuspielen. Einen Moment lang waren sie noch neben der Brücke, im nächsten schon darunter, fielen und fielen … und unter ihnen der grüne Fluss.

Pferd und Reiter flogen durch die Luft und landeten klatschend im Fluss. Alex fand gerade noch Zeit, Luft zu holen. Er hatte Angst, das Wasser könnte nicht tief genug sein und sie würden sich alle Knochen brechen. Aber dann tauchten sie unter in das eiskalte Wasser. Fiona wurde von Alex weggerissen. Das Pferd befreite sich selbst. Blasen stiegen aus Alex' Mund auf und er merkte, wie er lautlos schrie.

Schließlich gelangte er wieder an die Oberfläche. Das Wasser strömte an ihm vorbei und mühsam schwamm er auf das nächste Ufer zu.

Der Lokführer hatte den Zug nicht angehalten. Vielleicht war er zu schockiert gewesen. Vielleicht wollte er so tun, als sei nichts geschehen. Der Zug war längst verschwunden.

93

Alex war jetzt am Ufer angelangt und kämpfte sich zitternd aufs Gras. Er hörte hinter sich ein Platschen und

Keuchen. Es war Fiona. Sie hatte ihre Reitkappe verloren und ihr langes schwarzes Haar hing ihr ins Gesicht. Alex sah, dass es auch dem Pferd gelungen war, an Land zu schwimmen. Es schüttelte sich und schien unverletzt zu sein. Alex war froh darüber. Schließlich hatte das Pferd ihr Leben gerettet.

Alex stand auf. Seine Kleidung triefte und sein Körper war wie taub. Er überlegte, ob das kalte Wasser oder der Schock schuld daran waren. Er ging auf Fiona zu und half ihr hoch.

»Bist du in Ordnung?«, fragte er sie.

»Ja.« Sie warf ihm einen seltsamen Blick zu. Sie zitterte und er streckte die Hand aus, um sie zu beruhigen. »Danke«, sagte sie.

»Ist schon in Ordnung.«

»Nein.« Sie hielt seine Hand fest. Ihre Hemdbluse hatte sich geöffnet. Sie warf den Kopf zurück und strich sich das Haar aus den Augen. »Was du da getan hast … war fantastisch. Alex, es tut mir leid, ich war die ganze Woche so ekelhaft zu dir. Ich hielt dich für einen Schmarotzer. Aber ich habe mich wohl in dir getäuscht. Du bist toll. Und ich weiß, dass wir jetzt Freunde werden.« Sie schloss halb die Augen, ging auf ihn zu, die Lippen leicht geöffnet. »Wenn du magst, kannst du mich küssen.«

Alex ließ sie los und wandte sich ab. »Danke, Fiona«, sagte er. »Aber ehrlich gesagt würde ich lieber das Pferd küssen.«

Sonderausgabe

Der Helikopter kreiste zweimal über Haverstock Hall, bevor er zur Landung ansetzte. Es war ein Robinson R44-Viersitzer, der in Amerika gebaut worden war. Es gab nur einen Insassen – den Piloten. Sir David Friend und seine Frau traten aus dem Haus. Das Motorengeräusch verstummte und die Rotoren wurden langsamer. Das Cockpit ging auf und der Pilot sprang heraus. Er trug einen Pilotenanzug aus Leder, einen Helm und eine Schutzbrille.

Der Pilot ging auf sie zu und streckte die Hand aus. »Guten Morgen«, sagte er. »Ich bin Mrs Stellenbosch von der Akademie.«

Wenn Sir David und Lady Caroline durch Alex' Anblick schockiert gewesen waren, dann erstarrten sie jetzt beim Anblick der Vizedirektorin, wie sie sich selbst bezeichnete. Sir David fing sich als Erster wieder. »Sie haben den Hubschrauber selbst geflogen?«

»Ja, natürlich, ich bin schließlich dafür ausgebildet.« Mrs Stellenbosch musste schreien, um den Lärm der Rotoren zu übertönen, die sich immer noch drehten.

»Möchten Sie nicht hereinkommen?«, fragte Lady Caroline. »Vielleicht hätten Sie gerne eine Tasse Tee?«

Sie führten sie ins Haus, ins Wohnzimmer, wo sich

Mrs Stellenbosch, die Beine gespreizt und den Helm neben sich, auf das Sofa setzte. Sir David und Lady Caroline setzten sich ihr gegenüber. Tee wurde hereingebracht.

»Stört es Sie, wenn ich rauche?«, fragte Mrs Stellenbosch. Sie griff in eine Tasche und beförderte eine kleine Packung Zigarren zutage, ohne eine Antwort abzuwarten. Sie zündete eine an und blies den Rauch in die Luft. »Was für ein schönes Haus Sie haben, Sir David. Und so geschmackvoll eingerichtet. Und wo ist bitte Alex?«

»Er ist spazieren gegangen«, erklärte Sir David.

»Wahrscheinlich ist er ein wenig nervös.« Sie lächelte und griff nach der Teetasse, die Lady Caroline ihr angeboten hatte. »Alex hat Ihnen wohl große Sorgen bereitet.«

Sir David Friend nickte. Seine Augen verrieten nichts. In den nächsten Minuten berichtete er Mrs Stellenbosch von Alex, wie er von Eton gewiesen worden und immer mehr außer Rand und Band geraten war. Lady Caroline hörte schweigend zu, griff nur ab und zu nach dem Arm ihres Mannes.

»Ich bin am Ende meiner Weisheit«, schloss Sir David. »Wir haben eine ältere Tochter und mit der klappt alles bestens. Aber Alex? Er hängt herum, liest nicht, hat an nichts Interesse. Und sein Aussehen … aber überzeugen Sie sich selbst. Die Point Blanc Academy ist unsere letzte Hoffnung, Mrs Stellenbosch. Wir hoffen wirklich, dass Sie ihm helfen können.«

Die Vizedirektorin paffte an ihrer Zigarre, sodass eine graue Wolke aufstieg. »Sir David, ich bin davon überzeugt, dass Sie ein wunderbarer Vater sind«, säuselte sie. »Aber diese Kinder von heute. Es ist unglaublich, wie sich einige von ihnen benehmen. Sie haben das Richtige getan, indem Sie sich an uns gewandt haben. Sie wissen sicherlich, dass die Akademie in den letzten elf Jahren erstaunliche Erfolge verbuchen konnte.«

»Was genau tun Sie?«, wollte Lady Caroline wissen.

»Wir haben da unsere ganz eigenen Methoden.« Die Frau zwinkerte und streifte die Asche in ihren Unterteller. »Aber ich kann Ihnen versprechen, wir werden Alex' Probleme lösen. Machen Sie sich keine Sorgen. Wenn er nach Hause zurückkehrt, ist er ein völlig anderer Junge.«

In der Zwischenzeit spazierte Alex ungefähr einen Kilometer vom Haus entfernt über ein Feld. Er hatte die Landung des Hubschraubers beobachtet und wusste, dass es langsam Zeit für ihn wurde. Aber er war jetzt noch nicht bereit. Mrs Jones hatte ihn am Abend zuvor angerufen. Die Leute von MI6 wollten ihn nicht mit leeren Händen zu seinen Gegenspielern schicken.

Er beobachtete, wie ein Mähdrescher langsam auf ihn zukam und eine Spur im Gras hinterließ. Als er bei Alex angelangt war, hielt er. Die Kabinentür öffnete sich. Ein Mann kletterte heraus – unter Ächzen und Stöhnen. Er war so dick, dass er sich buchstäblich herausquetschen musste, erst eine Hinterbacke, dann die andere, dann seinen Bauch, seine Schultern und seinen Kopf. Er trug ein gestreiftes T-Shirt und einen blauen Overall – die typische Kleidung eines Farmers. Der Mann grinste Alex an. »Hallo, alter Junge!«, begrüßte er ihn.

»Hallo, Mr Smithers«, erwiderte Alex.

Smithers arbeitete für MI6. Er hatte Alex schon bei seiner letzten Mission mit Hilfsmitteln versorgt.

»Freut mich, dich wiederzusehen«, rief er und blinzelte. »Wie findest du die Tarnung? Man sagte mir, ich solle mich dem Landleben anpassen.«

»Der Mähdrescher ist eine tolle Idee«, versicherte Alex ihm. »Das Problem ist nur, dass jetzt im April nichts zu ernten ist.«

»Daran habe ich nicht gedacht«, schmunzelte Smithers. »Das Problem ist eben, dass ich nicht wirklich ein Feldagent bin. *Feldagent*!« Er blickte sich um und lachte. »Tja, ich freue mich jedenfalls riesig, dass ich wieder mit dir arbeiten kann, Alex. Mir etwas für dich ausdenken durfte. Es kommt nicht gerade häufig vor, dass ich einen Jungen wie dich betreue. Macht viel mehr Spaß als mit den Erwachsenen.«

Er holte einen Koffer aus der Kabine. »Dieses Mal geht es etwas trickreicher zu«, fuhr er fort.

»Haben Sie etwa wieder einen Nintendo-Gameboy für mich?«, fragte Alex.

»Nein. Genau das ist das Problem. Die Schule gestattet keine Gameboys – oder überhaupt irgendeinen Computer. Sie stellt ihre eigenen Laptops zur Verfügung. Ich hätte ein Dutzend Vorrichtungen in einem Laptop verstecken können, aber keine Chance. Nun wollen wir mal sehen …« Er öffnete den Koffer. »In Point Blanc soll es noch Schnee geben, also brauchst du das hier.«

»Ein Skianzug«, rief Alex.

»Ja. Aber er schirmt besonders gut gegen Kälte ab und ist auch kugelsicher.« Dann zog er eine grün getönte Schutzbrille heraus. »Das ist eine Schneebrille. Wenn du nachts irgendwohin musst, kannst du mit den Infrarotgläsern sehen. Im Bügel ist eine Batterie versteckt. Du brauchst nur auf den Schalter zu drücken und kannst dann ungefähr zwanzig Meter weit sehen, selbst wenn kein Mond scheint.«

Smithers griff ein drittes Mal in den Koffer.

»So, was würde ein Junge in deinem Alter wohl noch bei sich haben? Zum Glück darfst du einen Discman mitnehmen – vorausgesetzt, es sind CDs mit klassischer Musik.«

Er reichte Alex das Gerät.

»Wenn man also mitten in der Nacht auf mich schießt, höre ich ganz einfach Musik«, bemerkte Alex.

»Genau. Aber bitte nicht Beethoven!« Smithers hielt die CD hoch. »Der Discman verwandelt sich in eine elektrische Säge. Die CD ist eine diamantene Trennscheibe, kann alles durchsägen. Das ist nützlich, wenn du schnell rausmusst.

Ich habe auch einen Alarmknopf eingebaut. Wenn die Bombe platzt und du Hilfe benötigst, dann drück dreimal darauf. Es wird dann ein Signal ausgesendet, das von unserem Satelliten empfangen wird. Und dann können wir dich herausholen.«

»Danke, Mr Smithers«, sagte Alex. Aber es war nicht zu übersehen, dass er etwas enttäuscht war.

Smithers verstand sofort. »Ich weiß, was du willst«, meinte er, »aber du weißt, es geht nicht. Keine Waffen!

Mr Blunt ist darin absolut unerbittlich. Er findet, du seist zu jung dafür.«

»Aber nicht zu jung, um getötet zu werden.«

»Ja, du hast Recht. Ich habe etwas darüber nachgedacht und ein paar … Verteidigungsmaßnahmen ausgetüftelt. Aber das ist unser Geheimnis, denn ich glaube nicht, dass Mr Blunt es billigen würde.«

Er streckte die Hand aus. Auf seiner Handfläche lag ein zweiteiliger goldener Ohrstecker; von vorne war er rautenförmig und auf der Rückseite hatte er einen Stecker. Der Ohrstecker sah in Smithers' fleischiger Hand winzig aus. »Man sagte mir, dass du Löcher in den Ohrläppchen hättest«, sagte er. »Also habe ich den hier für dich gebastelt. Pass auf, wenn du den Ohrstecker im Ohr befestigt hast. Wenn die beiden Teile getrennt werden, wird es aktiviert.«

»Was wird aktiviert?« Alex blickte skeptisch.

»Der Ohrstecker ist eine kleine, aber sehr wirkungsvolle Sprengvorrichtung. Werden die beiden Teile getrennt, ist er aktiviert. Wenn du bis zehn zählst, entsteht ein Loch in allem – oder jedem.«

»Nun, solange mein Ohr nicht weggeblasen wird«, murmelte Alex.

»Nein, nein. Er ist vollkommen sicher, solange die zwei Teile miteinander verbunden sind.« Smithers lächelte. »Und schließlich – ich muss sagen, das gefällt mir besonders. Ich finde, es ist genau das richtige Geschenk für einen Jungen, der auf ein Internat geht und ich habe es extra für dich gekauft.« Er hatte ein Buch zutage befördert.

Alex nahm es in die Hand. Es war eine Hardcoverausgabe von *Harry Potter und die Kammer des Schreckens.*

»Danke schön«, erwiderte Alex, »aber ich habe es schon gelesen.«

»Das ist eine Sonderausgabe. Im Buchrücken ist eine Waffe eingebaut und ihre Kammer enthält einen Betäubungspfeil. Die Kammer des Schreckens, sozusagen. Ziele damit und drück auf den Namen der Autorin auf dem Rücken. Ein Erwachsener wird in weniger als fünf Sekunden außer Gefecht gesetzt.«

Alex lächelte. Smithers kletterte wieder auf seinen Mähdrescher. Einen Moment lang sah es so aus, als würde er für immer in der Türöffnung eingeklemmt bleiben, aber dann gelang es ihm schließlich unter viel Ächzen hineinzuklettern. »Viel Glück, alter Junge«, sagte er. »Komm unversehrt zurück. Ich möchte dich unbedingt wiedersehen.«

Es wurde Zeit abzureisen.

Alex' Gepäck war in den Helikopter verfrachtet worden, und er stand neben seinen »Eltern«, das Harry-Potter-Buch unter den Arm geklemmt. Eva Stellenbosch erwartete ihn unter den Rotoren. Er war über ihr Aussehen ziemlich entsetzt gewesen, hatte aber nur anfangs versucht, es zu verbergen. Dann entspannte er sich. Er brauchte ja nicht sonderlich höflich zu sein. Alex Rider hatte vielleicht gute Manieren, aber Alex Friend scherte sich einen Dreck darum, was sie dachte. Er musterte sie jetzt nachdenklich und stellte fest, dass sie ihn aufmerksam beobachtete, als er sich von den Friends verabschiedete.

Sir David Friend spielte seine Rolle mal wieder hervorragend. »Auf Wiedersehen, Alex«, sagte er. »Du schreibst uns doch wie es dir geht?«

»Wenn du willst«, erwiderte Alex.

Lady Caroline küsste ihn. Alex wich zurück, weil es ihm peinlich war. Er musste allerdings zugeben, dass sie echt betrübt aussah.

»Los, Alex.« Mrs Stellenbosch drängte. Sie erklärte ihm, dass sie in Paris eine Zwischenlandung machen mussten, um aufzutanken.

Und dann kam Fiona über den Rasen auf sie zu. Alex hatte seit der Geschichte im Tunnel kein Wort mehr mit ihr gewechselt. Er hatte sie abgewiesen, und er wusste, sie würde es ihm nie verzeihen. Heute Morgen war sie nicht zum Frühstück heruntergekommen und er dachte schon, sie würde sich überhaupt nicht mehr blicken lassen, bis er abgereist war. Warum also war sie jetzt aufgetaucht?

Plötzlich fiel es Alex wie Schuppen von den Augen. Sie war hier, um Ärger zu machen – wollte ihm noch einen letzten Schlag unter die Gürtellinie verpassen. Er erkannte es in ihrem Blick und an der Art und Weise, wie sie mit geballten Fäusten auf ihn zukam.

Fiona wusste nicht, dass er ein Spion war. Aber sie wusste wohl, dass er aus einem bestimmten Grund hier war und hatte vermutlich erraten, dass es etwas mit der Frau von Point Blanc zu tun hatte. Also hatte sie beschlossen rauszukommen und ihm die Suppe kräftig zu versalzen. Vielleicht wollte sie Mrs Stellenbosch verraten, dass er in Wirklichkeit gar nicht ihr Bruder war. Alex wusste, dass seine Mission dann vorbei sein würde, noch bevor sie überhaupt begonnen hatte. Seine ganze Mühe, die Akten auswendig zu lernen und die Zeit, die er mit der Familie Friend verbracht hatte, wären umsonst gewesen.

»Fiona!«, murmelte Sir David. Er blickte ernst. Er dachte in dem Moment wohl das Gleiche wie Alex.

Sie ignorierte ihren Vater. »Sind Sie wegen Alex hier?«, wandte sie sich direkt an Mrs Stellenbosch.

»Ja, meine Liebe.«

»Nun, ich denke, es gibt etwas, das Sie wissen sollten.«

Alex hatte nur eine Chance. Er hob das Buch und richtete es auf Fiona, dann drückte er auf den Buchrücken. Es war nichts zu hören, aber er spürte, wie das Buch in seiner Hand vibrierte. Fiona griff an ihr Bein. Ihr Gesicht war noch weißer als sonst. Dann kippte sie um und fiel ins Gras.

Lady Caroline rannte auf sie zu. Mrs Stellenbosch blickte verdutzt drein. Alex wandte sich ihr zu, das Gesicht aschfahl. »Typisch meine Schwester«, sagte er. »Sie reagiert immer viel zu emotional.«

Zwei Minuten später hob der Hubschrauber ab. Alex sah durchs Fenster, wie Haverstock Hall immer kleiner wurde und dann ganz verschwand. Er warf einen Blick auf Mrs Stellenbosch, die am Steuer saß. Ihre Augen waren hinter der Schutzbrille verborgen. Er ließ sich in seinen Sitz fallen und in den dunkel werdenden Nachthimmel entführen. Dann kamen die Wolken und die Landschaft war verschwunden ... genauso seine einzige Waffe. Alex war auf sich selbst gestellt.

Zimmer 13

In Paris regnete es. Die Stadt sah grau und trostlos aus, der Eiffelturm kämpfte gegen dicke Wolken. Die Tische vor den Cafés waren leer und die vielen kleinen Stände, an denen Bilder und Postkarten verkauft wurden, blieben unbeachtet von den Touristen, die nichts anderes als in ihre Hotels zurückwollten.

Es war fünf Uhr nachmittags, der Abend brach allmählich herein. Die Geschäfte und Büros leerten sich, aber die Stadt kümmerte das nicht. Sie wollte einfach in Ruhe gelassen werden.

Der Hubschrauber war in einem privaten Bereich des Charles-de-Gaulle-Flughafens gelandet und ein Wagen wartete auf sie. Alex hatte während des ganzen Flugs kein Wort gesagt, saß jetzt allein auf dem Rücksitz und sah durch das Fenster auf die Gebäude, die an ihnen vorbeihuschten. Sie fuhren die Seine entlang, viel zu schnell auf einer breiten zweispurigen Autopiste. Ihr Weg führte sie an Notre-Dame vorbei. Dann bogen sie ab, fuhren durch Seitenstraßen mit kleinen Restaurants und Boutiquen, die sich auf den Trottoirs ausbreiteten.

»Marais«, erklärte Mrs Stellenbosch.

Alex tat so, als interessiere es ihn nicht. Er war schon

einmal im Marais-Bezirk gewesen und wusste, es war eines der elegantesten und teuersten Viertel von Paris.

Der Wagen bog auf einen großen Platz ein und blieb stehen. Alex blickte aus dem Fenster. Von vier Seiten war er von den hohen, klassizistischen Häusern umgeben, für die Paris berühmt ist. Aber der Platz war durch ein modernes Hotel verschandelt worden. Es war ein weißer, rechteckiger Klotz, die Fenster waren aus dunkel getöntem Glas, das den Blick ins Innere verwehrte. Das Hotel war vier Stockwerke hoch, mit einem Flachdach. Über dem Haupteingang stand in Goldbuchstaben *Hôtel du Monde*. Wenn ein Ufo auf dem Platz gelandet wäre und dabei einige Gebäude zerquetscht hätte, um Platz zu haben, hätte es nicht weniger gestört.

»Hier werden wir wohnen«, erklärte Mrs Stellenbosch. »Das Hotel gehört der Akademie.«

Der Fahrer hatte ihr Gepäck aus dem Kofferraum geholt. Alex folgte der Vizedirektorin zur Eingangstür, die sich sogleich automatisch öffnete. Die Halle war kühl und nichtssagend, überall nur weißer Marmor und Spiegel. In einer Ecke verkümmerte eine Topfpflanze. Hinter dem Empfangstresen stand ein Mann in dunklem Anzug und Brille. Er verzog keine Miene. Es gab einen Computer und eine Reihe von Fächern. Alex zählte fünfzehn. Vermutlich besaß das Hotel fünfzehn Zimmer.

»Bonsoir, Madame Stellenbosch.« Der Empfangschef nickte höflich. Alex würdigte er keines Blickes. »Ich hoffe, Sie hatten einen guten Flug«, fuhr er fort, immer noch auf Französisch.

Alex tat so, als habe er kein Wort verstanden. Alex Friend beherrschte kein Französisch, hatte sich nicht die Mühe gemacht, es zu lernen. Aber Ian Rider hatte dafür gesorgt, dass sein Neffe fließend Französisch, Deutsch und Spanisch sprach.

Der Mann am Empfang griff nach zwei Schlüsseln. Er wollte weder, dass sie sich anmeldeten, noch fragte er nach einer Kreditkarte. Das Hotel gehörte der Schule, also mussten sie sicher nichts zahlen. Er reichte Alex einen der Schlüssel.

»Ich hoffe, du bist nicht abergläubisch«, scherzte er jetzt auf Englisch.

»Nein«, antwortete Alex knapp.

»Es ist Zimmer dreizehn. Im ersten Stock. Es wird dir bestimmt gefallen.« Der Mann lächelte.

Mrs Stellenbosch griff nach ihrem Schlüssel. »Das Hotel hat ein Restaurant«, sagte sie. »Wir können heute Abend hier essen, dann müssen wir nicht in den Regen hinausgehen. Außerdem kochen die hier ganz ausgezeichnet. Magst du die französische Küche, Alex?«

»Nicht sehr.«

»Nun, ich denke, wir finden schon etwas, was dir schmeckt. Willst du dich nicht ein bisschen frisch machen?« Sie warf einen Blick auf ihre Armbanduhr. »Wir essen um sieben. Also in anderthalb Stunden. Dann haben wir auch Gelegenheit, miteinander zu plaudern. Darf ich dich nur bitten, dich zum Dinner etwas eleganter zu kleiden? Die Franzosen sind ja recht lässig, aber – wenn du mir meine offenen Worte erlaubst, mein Lieber – du treibst es mit der Lässigkeit etwas zu weit. Ich rufe dich um fünf vor sieben an. Ich hoffe, das Zimmer gefällt dir.«

Zimmer Nr. 13 lag am Ende eines langen, schmalen Gangs. Es war ein erstaunlich geräumiges Zimmer mit Blick auf den Platz. Es gab ein Doppelbett mit schwarzweißer Überdecke, einen Fernseher, eine Minibar, einen Schreibtisch und ein paar gerahmte Bilder von Paris. Ein Boy hatte Alex' Koffer hochgetragen. Als er sich zurückgezogen hatte, schlüpfte Alex aus den Schuhen und setzte sich aufs Bett. Er fragte sich, weshalb sie hier abgestiegen waren. Er wusste, dass der Hubschrauber aufgetankt werden musste, aber dafür hätten sie nicht übernachten müssen. Warum waren sie nicht direkt zur Schule weitergeflogen?

Er musste über eine Stunde totschlagen. Zuerst ging er ins Bad – wieder nur weißer Marmor und Spiegel – und stellte sich unter die Dusche. Dann wickelte er sich in ein Badetuch, ging ins Zimmer zurück und schaltete den Fernseher an. Alex Friend hing sicher ständig vor der Glotze. Es gab etwa dreißig Programme. Alex stellte MTV ein. Er überlegte, ob er wohl überwacht wurde. Neben dem Schreibtisch befand sich ein großer Spiegel und es war nicht schwer, eine Kamera dahinter zu verstecken. Nun, warum eigentlich sollte er ihnen nicht etwas zum Nachdenken geben?

Er öffnete die Minibar und goss sich ein Glas Gin ein. Dann ging er ins Bad, füllte die Flasche mit Wasser und stellte sie in die Minibar zurück. Er trank Alkohol und erwies sich als Dieb. Wenn Mrs Stellenbosch ihn beobachtete, wusste sie jetzt, dass sie mit ihm alle Hände voll zu tun haben würde.

In der nächsten halben Stunde starrte er in den Fernseher und tat so, als trinke er den Gin. Dann ging er mit dem Glas ins Bad und kippte es wie aus Versehen um. Der Gin lief ins Waschbecken. Es wurde jetzt Zeit, sich anzuziehen. Sollte er sich an die Anweisungen halten? Schließlich fand er einen Kompromiss. Er zog ein Hemd an, schlüpfte aber wieder in seine alten Jeans. Kurz danach läutete das Telefon. Mrs Stellenbosch erinnerte ihn ans Dinner.

Sie erwartete ihn im Restaurant, einem muffigen Raum im Erdgeschoss. Eine schmeichelnde Beleuchtung und viele Spiegel sollten den Eindruck von Geräumigkeit erwecken. Dennoch wäre Alex nie hierhergegangen. Das Restaurant hätte überall auf der Welt sein können. Es waren noch zwei weitere Gäste da – wohl Geschäftsleute –, sonst niemand. Mrs Stellenbosch trug nun ein schwarzes Abendkleid mit Federn am Kragen und eine antik aussehende Kette aus schwarzen und silbernen Perlen. Je eleganter ihre Kleidung war, überlegte Alex, desto hässlicher sah sie aus.

»Ah, Alex!« Sie blies den Rauch ihrer Zigarre in die Luft. »Hast du dich erholt? Oder hast du ferngesehen?«

Alex schwieg. Er nahm Platz und schlug die Speisekarte auf. Als er entdeckte, dass alles in Französisch geschrieben war, legte er sie schnell wieder zur Seite.

108 »Du musst mich für dich bestellen lassen. Möchtest du vielleicht eine Suppe? Und dann ein Steak? Ich habe noch nie einen Jungen kennengelernt, der keine Steaks mochte.«

»Mein Cousin Oliver ist Vegetarier«, erklärte Alex. Er hatte es in einer der Akten gelesen.

Die Vizedirektorin nickte, als ob sie das bereits wüsste. »Er weiß nicht, was ihm entgeht«, bemerkte sie trocken. Ein blasser Ober trat an ihren Tisch und nahm ihre Bestellung in Französisch auf. »Was willst du trinken?«, fragte sie Alex.

»Eine Cola.«

»Ein widerliches Getränk. Aber wenn du es unbedingt willst ...«

Der Ober brachte Alex eine Cola und Mrs Stellenbosch ein Glas Champagner. Alex beobachtete, wie es in den beiden Gläsern perlte – seines war dunkel und ihres goldfarben.

»Santé«, wünschte sie ihm.

»Wie bitte?«

»Auf Französisch heißt das ›Gesundheit‹«.

»Oh. Prost.«

Einen Augenblick lang schwiegen sie beide. Mrs Stellenbosch blickte ihn durchdringend an – als könne sie durch ihn hindurchsehen. »Du warst also in Eton«, sagte sie schließlich beiläufig.

»Genau.« Alex war plötzlich auf der Hut.

»In welchem Haus hast du gewohnt?«

»Im Hopgarden.« So hieß ein Haus in der Schule. Alex hatte die Akte sorgfältig studiert.

»Ich war vor ein paar Jahren einmal in Eton und erinnere mich an eine Statue. Ich glaube, es war ein König, kurz hinter dem Hauptportal ...«

Alex hätte wetten können, dass sie ihn testete. Verdächtigte sie ihn – oder war es lediglich eine Vorsichtsmaßnahme, verhielt sie sich immer so? »Sie meinen sicher Heinrich VI.«, erwiderte er. »Seine Statue steht im College-Hof. Er war der Gründer von Eton.«

»Aber es hat dir dort nicht gefallen?«

»Nein.«

»Warum nicht?«

»Ich fand die Schuluniform grässlich und die Pauker noch viel mehr.« Alex benutzte ganz bewusst nicht den Ausdruck »Lehrer«. In Eton nannte man sie Pauker. Er lächelte in sich hinein. Wenn sie seinen Eton-Slang prüfen wollte, würde er ihr den Gefallen tun.

»Und ich mochte auch nicht die Regeln. Hatte keine Lust, Geldstrafen zu zahlen, oder wegen Zuspätkommens ins Klassenbuch eingetragen zu werden. Ich bekam immer blaue Briefe und musste für alles herhalten. Der Stoff war langweilig …«

»Der Stoff? Ich fürchte, ich verstehe kein Wort.«

»Das ist der Unterricht«, erklärte Alex. »Blaue Briefe bekommt man wegen schlechter Noten …«

»Nun gut.« Sie blies mit dem Rauch ihrer Zigarre einen Kringel. »Hast du deshalb die Bibliothek angezündet?«

»Nein«, erwiderte Alex. »Weil ich keine Bücher mag.«

Der erste Gang wurde serviert. Alex' Suppe war gelb, etwas Glibberiges schwamm darauf. Er nahm den Löffel und stocherte misstrauisch in der Suppe herum. »Was ist das?«, wollte er wissen.

»Soupe de moules.«

Er sah sie verständnislos an.

»Muschelsuppe. Ich hoffe, du magst sie.«

»Ein Hamburger wäre mir lieber gewesen«, murrte Alex.

Die Steaks waren typisch Französisch: ziemlich klein und ziemlich blutig. Alex versuchte nur ein paar Bissen, dann legte er Messer und Gabel zur Seite und aß die Pommes frites mit den Fingern. Mrs Stellenbosch erzählte ihm von den französischen Alpen, vom Skifahren und von ihren Besuchen verschiedener europäischer Städte. Es war nicht schwierig, gelangweilt auszusehen, denn er langweilte sich wirklich. Und er wurde müde. Er nahm noch einen Schluck von der Cola, hoffte, das Getränk würde ihn wieder etwas munterer machen. Das Essen schien sich endlos hinzuziehen.

Aber schließlich wurde der Nachtisch – Eis mit heißer Schokoladensoße – aufgetragen. Kaffee wollte Alex keinen.

»Du siehst müde aus«, bemerkte Mrs Stellenbosch. Sie hatte sich noch eine Zigarre angezündet. Der Rauch kräuselte sich über ihrem Kopf und benebelte Alex. »Möchtest du gern schlafen gehen?«

»Ja.«

»Wir brauchen morgen erst gegen Mittag loszufahren. Wenn du Lust hast, kannst du vorher noch den Louvre besuchen.«

Alex schüttelte den Kopf. »Ehrlich, Gemälde langweilen mich.«

»Wirklich? Wie schade.«

Alex erhob sich. Irgendwie stieß er gegen das Glas, sodass der Rest der Cola auf die weiße Tischdecke spritzte. Was war los mit ihm? Er war plötzlich völlig erledigt.

»Alex, soll ich dich hochbegleiten?«, fragte Mrs Stellenbosch. Sie betrachtete ihn aufmerksam, in ihren sonst so ausdruckslosen Augen blitzte ein Funke von Interesse auf.

»Nein, es geht schon. Gute Nacht«, sagte Alex und schlurfte auf sein Zimmer.

Es fiel ihm schwer, die Treppe hochzugehen. Am liebsten hätte er den Aufzug genommen, aber er hatte keine Lust auf den kleinen, fensterlosen Kasten. Er hätte das Gefühl gehabt, darin zu ersticken. Er ging die Treppe hoch, lehnte sich dabei mit der Schulter schwer gegen die Wand, stolperte den Flur entlang. Irgendwie gelang es ihm, seine Zimmertür aufzuschließen. Als er im Raum stand, drehte sich das Zimmer um ihn. Was war los? Hatte er mehr von dem Gin getrunken, als ihm gutgetan hatte, oder war er …

Alex schluckte. Man hatte ihm etwas in die Cola getan! Er spürte es auf der Zunge, ein bitterer Geschmack. Es waren nur noch drei Schritte bis zum Bett, aber es kam ihm endlos vor. Seine Füße wollten ihm nicht mehr gehorchen. Es kostete ihn alle Mühe, einen Fuß zu heben. Er ließ sich fallen, mit ausgestreckten Armen. Seine Brust und seine Schultern sanken auf das Bett. Der Raum drehte sich immer schneller um ihn. Er versuchte aufzustehen, versuchte zu sprechen – aber er brachte keinen Laut hervor. Er schloss die Augen – und weg war er.

Dreißig Minuten später ertönte ein leises Klicken und das Zimmer veränderte sich.

Wenn Alex fähig gewesen wäre, die Augen zu öffnen, hätte er gesehen, wie der Schreibtisch, die Minibar und die gerahmten Bilder begannen, an der Wand nach oben zu schweben. Zumindest wäre es ihm so erschienen. Aber in Wahrheit bewegten sich die Wände keinen Millimeter. Durch eine versteckte Hydraulik senkten sich der Boden und das Bett – mit Alex darin – in die Tiefen des Hotels. Der ganze Raum war nur ein riesiger Aufzug, der Alex langsam in das Erdgeschoss und noch tiefer transportierte. Die Wände waren jetzt aus Metall, die Tapete, das Licht und die Bilder über Alex' Kopf waren nicht mehr vorhanden. Alex fiel durch eine Art Luftschacht und glitt zwischen vier Stahlstangen nach unten. Plötzlich überflutete ihn Licht. Es machte wieder Klick. Er war angelangt.

Das Bett war inmitten einer blitzenden unterirdischen Klinik zum Stehen gekommen. Auf allen Seiten wimmelte es von wissenschaftlichen Geräten. Es gab alle möglichen Kameras – Digital-, Video-, Infrarot- und Röntgenstrahlenkameras. Und Instrumente in allen Größen und Formen, einige davon nicht identifizierbar.

Ein Gewirr von Drähten wand sich aus jedem Gerät zu einer Reihe von Computern, die auf einem langen Arbeitstisch an einem der Wände summten und blinkten. Ein Fenster war in die Wand gegenüber eingelassen worden. Der Raum war klimatisiert. Wäre Alex wach gewesen, hätte er in der Kälte gefroren. Über seinem Mund konnte man seinen Atem sehen.

Ein stämmiger Mann in weißem Kittel nahm Alex in Empfang. Er war um die Vierzig, mit gelbem Haar, das er am Kopf glatt gestrichen hatte, einem Gesicht mit vollen Wangen und einem Stiernacken. Der Mann trug eine Brille und einen kleinen Schnurrbart. In seiner Begleitung befanden sich zwei Assistenten. Auch sie trugen weiße Kittel. Ihre Gesichter waren vollkommen ausdruckslos.

Die drei Männer fingen sofort an zu arbeiten. Sie behandelten Alex wie einen Kartoffelsack – oder eine Leiche –, nahmen ihn hoch und zogen ihn aus. Dann fotografierten sie ihn, zunächst mit einer konventionellen Kamera. Sie begannen bei den Zehen, wanderten dann nach oben – schossen mindestens hundert Bilder. Kein Zentimeter seines Körpers entging ihrem prüfenden Blick. Ein paar Haare wurden ihm abgeschnitten und in eine Plastiktüte gesteckt. Mit einem Augenspiegel wurde seine Netzhaut untersucht. Sie machten einen Gebissabdruck, indem sie eine Schiene in seinen Mund schoben und sein Kinn hin und her drückten, damit er zubiss. Sie registrierten das Muttermal an seiner linken Schulter, die Narbe an seinem Arm und sogar seine Fingerabdrücke. Alex kaute Nägel, auch das wurde notiert.

Schließlich wogen sie ihn auf einer großen, flachen Waage und dann wurde er abgemessen – seine Größe, Brustumfang, Taille, Innenseite der Beine, Handgröße und so weiter – alles wurde sorgfältig notiert.

Und die ganze Zeit sah Mrs Stellenbosch von der anderen Seite des Fensters zu. Sie blieb unbeweglich. Das einzige Lebenszeichen in ihrem Gesicht war die Zigarre, die zwischen ihren Lippen steckte. Sie glühte rot und Rauch stieg auf.

Die drei Männer hatten ihre Arbeit beendet. Der mit dem gelben Haar sprach in ein Mikrofon. »Wir haben alles erledigt«, meldete er.

»Mr Baxter, sagen Sie mir Ihre Meinung.« Die Stimme von Mrs Stellenbosch hallte aus einem verborgenen Mikrofon.

»Es ist eine Spielerei.« Baxter war Engländer. Er sprach mit dem gepflegten Akzent der Oberschicht. Und er war offensichtlich zufrieden mit sich selbst. »Er hat einen robusten Knochenbau. Ist sehr fit. Hat ein interessantes Gesicht. Haben Sie das Loch im Ohr gesehen? Es wurde erst vor Kurzem gemacht. Sonst ist eigentlich nichts zu sagen, ehrlich.«

»Wann werden Sie operieren?«

»Wann Sie wollen, altes Mädchen. Lassen Sie es mich einfach wissen.«

Mrs Stellenbosch wandte sich an die beiden anderen Männer. »Rehabillez-le!«, befahl sie barsch.

Die beiden Assistenten streiften Alex wieder seine Kleider über. Dies dauerte länger als das Ausziehen. Während sie damit beschäftigt waren, notierten sie alle Firmennamen. Das Quicksilver-Shirt, die Gap-Socken. Als sie mit ihrer Arbeit fertig waren, wussten sie so viel über ihn wie ein Arzt über ein Neugeborenes weiß. Alles war niedergeschrieben worden. Und diese Informationen würden weitergegeben werden.

Mr Baxter trat an den Arbeitstisch und drückte einen

Knopf. Sofort stiegen der Boden, das Bett und die übrigen Hotelmöbel wieder nach oben. Alles verschwand durch die Decke. Alex schlief weiter, als er durch den Schacht hinauftransportiert wurde. Schließlich gelangte er zu dem Raum, den er als Zimmer 13 kannte.

Es gab keine Spuren für das, was geschehen war. Das Ganze schien wie ein Traum verflogen zu sein.

»Mein Name ist Grief«

Die Akademie in Point Blanc war von einem Irren erbaut und eine Zeit lang sogar als Irrenanstalt benutzt worden. Alex erinnerte sich an das, was Alan Blunt ihm berichtet hatte, als der Helikopter jetzt zum Landeanflug ansetzte und der rot-weiße Hubschrauberlandeplatz sich unter ihnen abzeichnete. Die Fotografie in der Broschüre war sehr aufwändig gemacht gewesen. Als er jetzt das Gebäude mit eigenen Augen sah, fiel ihm einfach nichts anderes dafür ein als ... irre.

Die Akademie war ein wahres Gewirr von Türmen und Zinnen, grünen schrägen Dächern und Fenstern jeder Größe und Form. Nichts passte zusammen. Dabei war der Gesamtentwurf eigentlich einfach: ein rundes Hauptgebäude mit zwei Flügeln. Doch die beiden Seiten passten nicht zusammen, der eine Flügel war länger als der andere. Das Gebäude bestand aus vier Stockwerken, aber die Fenster waren so verteilt, dass es schwerfiel zu unterscheiden, wo ein Stockwerk endete und das nächste begann. Es gab einen Innenhof, der nicht ganz quadratisch war, mit einem eingefrorenen Springbrunnen. Der Hubschrauberlandeplatz auf dem Dach war hässlich und außerdem wenig fachgemäß angelegt, gerade so, als ob ein Raumschiff in das Backsteingebäude gekracht und hier stecken geblieben wäre.

Mrs Stellenbosch schaltete die Geräte aus. »Ich begleite dich runter zum Direktor«, brüllte sie über den Lärm der Rotoren. »Dein Gepäck wird später gebracht.«

Es war kalt auf dem Dach, der Schnee auf den Bergen war noch nicht geschmolzen und so weit das Auge reichte war alles weiß.

Die Akademie war in einen Steilhang gebaut worden. Etwas weiter unterhalb lag eine große Sprungschanze. Das Ende der Schanze befand sich mindestens fünfzig Meter über dem Boden und in der Ferne erkannte Alex die hufeisenförmige Landeebene.

Er starrte in die Tiefe und stellte sich gerade vor, wie es wäre, sich fallen zu lassen, nur mit zwei Skiern an den Füßen, die den Fall auffangen konnten, als Mrs Stellenbosch nach seinem Arm griff. »Wir benutzen sie nicht«, erklärte sie. »Es ist verboten. Komm jetzt. Es ist kalt hier.«

Sie betraten durch eine Seitentür einen der Türme und gelangten über eine Wendeltreppe, bei der jede Stufe einen anderen Abstand hatte, ins Erdgeschoss. Sie befanden sich jetzt in einem langen, schmalen Gang mit vielen Türen, aber keinen Fenstern.

»Das sind die Klassenzimmer«, erklärte Mrs Stellenbosch. »Du wirst sie später sehen.«

Alex folgte ihr durch das seltsam stille Gebäude. Im Innern war die Zentralheizung aufgedreht worden und die Luft war warm und trocken. Sie blieben vor zwei modernen Glastüren stehen, die auf den Innenhof führten. Von

118

der Wärme ging es wieder in die Kälte. Mrs Stellenbosch wies ihm den Weg, vorbei an dem eingefrorenen Springbrunnen. Eine Bewegung erregte Alex' Aufmerksamkeit und er blickte hoch: Eine Wache stand auf einem der Türme. Der Mann trug ein Fernglas um den Hals und hatte eine Maschinenpistole über einen Arm gelegt.

Bewaffnete Wachen? In einer Schule? Alex war erst ein paar Minuten hier und jetzt schon höchst beunruhigt.

»Hier durch.« Mrs Stellenbosch öffnete noch eine Tür und Alex befand sich in der Hauptempfangshalle der Akademie. In einem massiven Kamin mit zwei Steindrachen, die die Flammen hüteten, flackerte ein Feuer. Eine große Treppe führte nach oben. Die holzgetäfelte Halle wurde von einem Leuchter mit mindestens hundert Birnen erhellt. Der Teppich war flauschig und rubinrot. Als Alex hinter Mrs Stellenbosch zum nächsten Gang herging, folgten ihm ein Dutzend Augenpaare, denn die Halle war mit Tierköpfen geschmückt. Ein Rhinozeros, eine Antilope, ein Wasserbüffel und der traurigste von allen, ein Löwe. Wer sie wohl geschossen hatte?

Sie kamen zu einer einzelnen Tür und waren damit wohl am Ende ihrer Reise angelangt. Bisher hatte Alex keinen einzigen Jungen gesehen, aber als er aus dem Fenster sah, erspähte er noch zwei Wachen, die langsam vorbeischlenderten. Beide Männer trugen Maschinenpistolen.

Mrs Stellenbosch klopfte an die Tür.

»Herein.« Alex erkannte bereits in dem einen Wort den südafrikanischen Akzent des Sprechers.

Die Tür ging auf und sie betraten einen riesigen Raum,

dessen Wände nicht parallel zueinander verliefen. Die Decke war ungefähr sieben Meter hoch und eine breite Fensterfront bot einen beeindruckenden Blick auf die Berghänge. Das Zimmer war modern eingerichtet – in die Wände waren Lampen eingelassen, die den Raum in sanftes Licht tauchten. Die Möbel waren hässlich, aber nicht so hässlich wie die Tierköpfe an der Wand und das Zebrafell auf dem Holzboden. Neben einem Kamin standen drei Stühle. Einer davon war goldfarben und sah recht alt aus. Ein Mann saß darauf. Er drehte den Kopf, als Alex eintrat.

»Guten Tag, Alex«, sagte er. »Bitte, nimm Platz.«

Alex schlenderte in das Zimmer und setzte sich auf einen der Stühle. Mrs Stellenbosch nahm auf dem anderen Platz.

»Ich heiße Grief«, fuhr der Mann fort. »Dr. Grief. Ich freue mich außerordentlich, dich kennenzulernen und dich hier zu haben.«

Alex starrte den Direktor von Point Blanc an, die pergamentfarbene Haut und die brennenden Augen hinter der roten Brille. Er hatte das Gefühl, es mit einem Skelett zu tun zu haben. Einen Augenblick lang fehlten ihm die Worte. Dann riss er sich zusammen. »Nett hier«, sagte er.

»Meinst du das wirklich?« Griefs Stimme verriet keinen Hauch von Gefühl. Bisher hatte er lediglich den Hals bewegt. »Das Gebäude wurde 1857 von einem Franzosen entworfen, der sicherlich der schlechteste Architekt der Welt war. Dies hier war sein einziger Auftrag. Als die ersten Eigentümer hier einzogen, ließen sie ihn erschießen.«

»Es gibt hier immer noch eine Menge Männer mit Gewehren.« Alex blickte aus dem Fenster, als zwei bewaffnete Männer vorübergingen.

»Point Blanc ist einmalig«, erklärte Dr. Grief. »Wie du bald herausfinden wirst, stammen alle Jungen, die diese Schule besuchen, aus reichen und bekannten Familien. Wir hatten schon die Söhne von Kaisern und Industriellen hier. Jungen wie du. Das birgt die Gefahr in sich, dass wir leicht die Zielscheibe von Terroristen werden könnten. Die Wachen sind zu eurem Schutz hier.«

»Das ist sehr aufmerksam von Ihnen.« Alex hatte das Gefühl zu höflich zu sein. Es wurde Zeit, dem Mann zu zeigen, was für eine Art Junge er war. »Aber um ehrlich zu sein, ich will eigentlich nicht hier sein. Wenn Sie mir erklären, wie ich am besten in die Stadt komme, kann ich vielleicht den nächsten Zug nach Hause nehmen.«

»Es gibt keinen Weg in die Stadt.« Dr. Grief hob die Hand, damit Alex ihn nicht unterbrach. Alex betrachtete seine langen, skelettartigen Finger und seine glühenden Augen hinter der Brille. Der Mann bewegte sich, als ob jeder seiner Knochen einmal gebrochen gewesen und dann wieder zusammengesetzt worden wäre. Er schien gleichzeitig alt und jung zu sein und irgendwie nicht ganz menschlich. »Die Skisaison ist vorüber ... es ist jetzt zu gefährlich. Es gibt nur den Hubschrauber und er führt dich nur dann von hier weg, wenn ich es zulasse.« Er ließ die Hand wieder sinken. »Du bist hier, weil du deine Eltern enttäuscht hast. Du bist von der Schule geflogen. Hattest Schwierigkeiten mit der Polizei ...«

»Das war nicht meine Schuld!«, protestierte Alex.

»Unterbrich den Doktor nicht«, wies Mrs Stellenbosch ihn zurecht.

Alex warf ihr einen bösen Blick zu.

»Dein Aussehen ist abstoßend«, fuhr Dr. Grief fort. »Deine Sprache ebenfalls. Es ist unsere Aufgabe, dich in einen Jungen umzuformen, auf den seine Eltern stolz sein können.«

»Ich bin glücklich so wie ich bin«, erwiderte Alex.

»Das interessiert hier niemanden.« Dr. Grief schwieg.

Alex war nicht ganz wohl zumute. Irgendetwas an diesem Raum, der so groß, so leer und so formlos war, wirkte bedrückend. »Was wollen Sie also mit mir anstellen?«, fragte Alex.

»Nun, zunächst einmal hast du keinen Unterricht«, sagte Mrs Stellenbosch. »In den ersten Wochen wollen wir, dass du dich assimilierst.«

»Was bedeutet das?«

»Assimilieren, anpassen … so werden wie die anderen.« Es hörte sich an, als zitiere sie aus einem Lexikon. »Im Augenblick sind sechs Jungen hier. Du wirst sie kennenlernen und die Zeit mit ihnen verbringen. Es gibt Möglichkeiten, Sport zu treiben und sich sozial zu betätigen. Es gibt eine gute Bibliothek hier und du wirst viel lesen. Bald wirst du unsere Methoden kennenlernen.«

»Ich will meine Mum und meinen Dad anrufen«, sagte Alex.

»Es ist verboten zu telefonieren«, erklärte Mrs Stellenbosch. Sie versuchte, mitfühlend zu lächeln, was ihr aber misslang. »Wir finden, unsere Schüler bekommen dadurch nur Heimweh«, fuhr sie fort. »Natürlich kannst du Briefe schreiben, wenn du willst.«

»Lieber E-Mails«, erwiderte Alex.

»Aus den gleichen Gründen sind PCs nicht zugelassen.«

Alex zuckte mit den Achseln und fluchte leise.

Dr. Grief hatte es dennoch gehört. »Du wirst höflich zu unserer Vizedirektorin sein«, herrschte er ihn an. Obwohl er die Stimme nicht erhoben hatte, kamen seine Worte messerscharf. »Weißt du, Alex, Mrs Stellenbosch arbeitet jetzt seit sechsundzwanzig Jahren mit mir. Als ich sie kennenlernte, war sie fünf Jahre hintereinander zur Miss Südafrika gewählt worden.«

Alex betrachtete das affenähnliche Gesicht. »Bei einem Schönheitswettbewerb?«, fragte er.

»Nein, beim Gewichtheben.« Dr. Grief starrte in den Kamin. »Zeigen Sie es ihm«, forderte er Mrs Stellenbosch auf.

Diese erhob sich sogleich und ging zum Kamin. Auf dem Feuerrost lag ein Schürhaken, den sie fest mit beiden Händen an den Enden packte. Einen Augenblick lang schien sie sich zu konzentrieren. Alex atmete tief ein. Der massive Metallschürhaken, der mindestens zwei Zentimeter dick war, bog sich langsam, bis er aussah wie ein U. Mrs Stellenbosch vergoss keine einzige Schweißperle. Sie bog die beiden Enden ganz zusammen und warf den Schürhaken klirrend auf den Rost zurück.

»Hier in der Akademie achten wir auf strenge Disziplin«, erklärte Dr. Grief. »Schlafenszeit ist um zehn Uhr – keine Minute später. Wir dulden keine Schimpfwörter.

Ohne unsere Zustimmung darfst du keine Verbindung mit der Außenwelt aufnehmen. Du wirst auch nicht versuchen, hier wegzugehen. Und du befolgst unsere Anweisungen aufs Wort, ohne zu zögern. Und schließlich« – er sah Alex eindringlich an – »darfst du dich nur in bestimmten Teilen dieses Gebäudes aufhalten.« Er machte eine Geste mit der Hand und erst jetzt entdeckte Alex eine zweite Tür am anderen Ende des Raums. »Meine Privaträume liegen dort. Du darfst dich nur im Erdgeschoss und im ersten Stock aufhalten, wo sich die Schlafsäle und Klassenzimmer befinden. Der zweite und der dritte Stock sind tabu, genauso das Untergeschoss. Auch das nur aus Gründen der Sicherheit.«

»Sie befürchten wohl, dass ich auf der Treppe ausrutsche, was?«, fragte Alex.

Dr. Grief überhörte seine Bemerkung. »Du kannst jetzt gehen«, sagte er kurz.

»Alex, warte vor dem Büro«, befahl Mrs Stellenbosch. »Jemand wird dich abholen.«

Alex stand von seinem Stuhl auf.

»Wir machen aus dir den Jungen, den sich deine Eltern wünschen«, sagte Dr. Grief.

»Vielleicht wollen sie mich überhaupt nicht mehr.«

»Auch das können wir regeln.«

Alex ging.

124 Ein unangenehmer Junge ... ein paar Tage ... früher als üblich ... das Gemini-Projekt ... abschließen ...«

Wäre die Tür nicht so schalldicht gewesen, hätte Alex

noch mehr mitbekommen. Nachdem er das Zimmer verlassen hatte, hatte er sein Ohr ans Schlüsselloch gepresst, in der Hoffnung, etwas aufzuschnappen, was für MI6 von Nutzen sein konnte. Dr. Grief und Mrs Stellenbosch unterhielten sich zwar angeregt, aber Alex hörte nur wenig und verstand noch weniger von dem, was sie sprachen.

Eine Hand legte sich schwer auf seine Schulter. Er wirbelte herum, wütend auf sich selbst. Ein sogenannter Spion, der dabei erwischt wurde, wie er am Schlüsselloch lauschte.

Aber es war keine der Wachen. Alex blickte in ein rundes, blasses Jungengesicht mit dunklen Augen. Etwas neidisch bemerkte er das lange, schwarze Haar. Der Junge trug ein sehr altes Star-Wars-T-Shirt, zerrissene Jeans und eine Basketballmütze. Er war offenbar vor Kurzem in eine Rauferei verwickelt gewesen und hatte dabei wohl das meiste abbekommen: unter anderem ein blaues Auge und eine aufgesprungene Lippe.

»Wenn sie dich erwischen, wie du an der Tür lauschst, killen sie dich«, sagte der Junge. Dabei warf er Alex einen feindseligen Blick zu. Alex vermutete, dass er nicht so schnell jemandem vertraute. »Ich bin James Sprintz«, sagte er. »Ich soll dich herumführen.«

»Alex Friend.«

»Was hast du angestellt, dass sie dich in diesen Sauladen verbannt haben?«, fragte James, als sie den Flur hinuntergingen.

125

»Ich wurde in Eton rausgeworfen.«

»Mich hat man aus einer Schule in Düsseldorf rausgeschmissen.« James seufzte. »Ich fand, das war das Beste, was mir passieren konnte. Doch dann schickte mich mein Dad hierher.«

»Was tut dein Dad?«, wollte Alex wissen.

»Er arbeitet an der Börse, liebt eigentlich nur Geld und hat auch jede Menge davon.« James' Stimme klang flach und gleichgültig.

»Dieter Sprintz?« Alex erinnerte sich an den Namen. Vor ein paar Jahren hatte er in England Schlagzeilen gemacht. Er war der Hundert-Millionen-Dollar-Mann. So viel Geld hatte er nämlich in vierundzwanzig Stunden verdient. Gleichzeitig war das britische Pfund auf einen Tiefstand gefallen und die britische Regierung stand kurz vor dem Rücktritt.

»Ja. Verlang aber nicht, dass ich dir ein Foto zeige, denn ich hab keines. Hier lang.«

Sie waren jetzt in der Haupthalle mit dem Drachenkamin angelangt. Von hier aus führte James Alex weiter zum Speisesaal, einem langen Raum mit hoher Decke, sechs Tischen und einer Durchreiche zur Küche. Danach besichtigten sie zwei Wohnzimmer, ein Spielzimmer und eine Bibliothek. Die Akademie erinnerte Alex an ein teures Hotel in einem Wintersportort – und das nicht nur wegen ihrer Lage. Über der Schule lastete eine unheimliche Stimmung, ein Gefühl der völligen Abgeschiedenheit von der übrigen Welt. Die Luft war warm und schien in den Räumen zu stehen, in denen Alex, trotz ihrer Größe, Platzangst verspürte. Wäre die Schule tatsächlich ein Hotel gewesen, hätte es bestimmt kaum Gäste gehabt. Grief hatte gesagt, es seien nur sechs Jungen hier. Das Gebäude hätte sechzig aufnehmen können. Überall nur gähnende Leere.

Niemand befand sich in den Wohnzimmern, die mit ein paar Sesseln, Schreibtischen und Tischen möbliert waren. Aber in der Bibliothek waren ein paar Jungen. Es war ein langer, schmaler Raum mit dunklen, altmodischen Regalen aus Eichenholz, auf denen Bücher in allen möglichen Sprachen standen. In einer Nische am Ende der Bibliothek stand eine Ritterrüstung.

»Das ist Tom und das hier Hugo«, stellte ihm James die Jungen vor. »Sie müssen vermutlich extra Matheaufgaben machen, wir sollten sie besser nicht stören.«

Die beiden Jungen blickten auf und nickten kurz. Der eine von ihnen war in ein Lehrbuch vertieft, der andere mit Schreiben beschäftigt. Beide waren viel ordentlicher gekleidet als James und blickten nicht gerade freundlich drein.

»Fiese Kriecher«, bemerkte James, als sie die Tür der Bibliothek hinter sich geschlossen hatten.

»Wieso?«

»Als man mir von dieser Schule erzählte, hieß es, alle Kids hier hätten Probleme. Ich stellte mir vor, dass es hoch hergehen würde. Hast du 'ne Kippe?«

»Ich rauche nicht.«

»Na prima. Jetzt bin ich hier, und es ist wie in einem Museum oder einem Kloster. Hier ist jeder sehr schweigsam, wahnsinnig beschäftigt und unglaublich langweilig. Keine Ahnung wie Grief es gemacht hat. Hat wohl ihr Gehirn mit einem Strohhalm ausgesogen oder so. Vor ein paar Tagen hatte ich mit ein paar Jungs 'ne Rauferei, wegen nichts und wieder nichts.« Er deutete auf sein Gesicht. »Erst vermöbelten sie mich und dann kümmerten sie sich wieder um ihre Hausaufgaben. Echt fies!«

Sie gingen in das Spielzimmer, das eine Tischtennisplatte, eine Dartscheibe, einen Fernseher und einen Billardtisch enthielt. »Du brauchst es erst gar nicht zu versuchen«, sagte James. »Das Zimmer hat Schräglage und alle Kugeln rollen seitwärts.«

Dann gingen sie die Treppe hoch. Hier waren die Zimmer der Jungen. Jedes war mit einem Bett, einem Sessel, einem Fernseher (»Du kannst aber nur die Programme sehen, die Dr. Grief zulässt«, hatte James erklärt), einem Kleiderschrank und einem Schreibtisch ausgestattet. Eine zweite Tür führte in ein sehr kleines Bad mit Toilette und Dusche. Keines der Zimmer war verschlossen.

»Wir dürfen sie nicht abschließen«, meinte James. »Wir sind hier alle gefangen, können nirgendwo hingehen, also hat niemand Interesse daran, irgendetwas zu klauen. Hugo Vries – der Junge in der Bibliothek – hat früher alles mitgehen lassen, was ihm in die Hände fiel. In Amsterdam wollte er in einem Laden was klauen und hat sich von den Bullen erwischen lassen.«

»Aber jetzt macht er es nicht mehr?«

»Er ist ein erfolgreicher Fall. Nächste Woche fliegt er nach Hause. Sein Vater besitzt Diamantminen. Warum sich mit Ladendiebstahl abgeben, wenn man einfach den ganzen Laden kaufen kann?«

Alex' Zimmer lag am Ende des Flurs, mit Blick auf die Sprungschanze. Seine Koffer waren schon heraufgetragen worden und lagen jetzt auf dem Bett. Alles sah sehr kahl aus, aber von James wusste er, dass die Zimmer von den Jungen selbst ausgeschmückt werden durften. Sie konnten ihre eigene Bettwäsche mitbringen und sogar ihre eigenen Poster aufhängen.

»Sie sagen, es sei wichtig, sich selbst zum Ausdruck zu bringen«, erklärte James. »Wenn du nichts dabei hast, wird Miss Speibeutel mit dir nach Grenoble fahren.«

»Miss Speibeutel?«

»Mrs Stellenbosch. Ich nenne sie so.«

»Und wie nennen die anderen Jungen sie?«

»Einfach Mrs Stellenbosch.« James blieb an der Tür stehen. »Weißt du Alex, das hier ist ein unheimlicher Ort. Ich habe schon viele Schulen erlebt und von den meisten bin ich auch wieder geflogen. Aber die hier ist die Hölle. Ich bin jetzt seit sechs Wochen hier und hatte noch kaum Unterricht. Sie veranstalten Musik- und Diskussionsabende und wollen mich zum Lesen bringen. Aber sonst kann ich machen, was ich will.«

»Sie wollen, dass du dich assimilierst«, meinte Alex, der sich daran erinnerte, was Dr. Grief gesagt hatte.

»Ja, das sind *ihre* Worte. Aber das hier ist keine Schule, es ist ein Gefängnis. Du hast ja sicherlich die Wachen gesehen.«

»Sind die nicht zu unserem Schutz da?«

»Wenn du das glaubst, bist du dämlicher als ich gedacht habe. Denk mal nach! Es sind ungefähr dreißig. Dreißig bewaffnete Wachen für sieben Kids. Hier geht's nicht um Schutz, sondern um Einschüchterung.« James musterte

Alex zum zweiten Mal. »Wäre klasse, wenn ich endlich jemanden hier hätte, auf den ich mich verlassen könnte«, sagte er.

»Vielleicht kannst du das«, erwiderte Alex.

»Ja, aber für wie lange?«

James ging hinaus und schloss die Tür hinter sich.

Alex begann, seine Koffer auszupacken. Der kugelsichere Skianzug und die Infrarotbrille lagen im ersten Koffer obenauf. Es sah nicht danach aus, als würde er sie benötigen, da er wohl keine Skier haben würde. Dann kam der Discman. Er dachte an die Anweisungen, die Smithers ihm erteilt hatte. »Wenn die Bombe platzt, dann drück dreimal die Schnellvorlauftaste.« Am liebsten hätte er es auf der Stelle ausprobiert. Die Atmosphäre an der Schule war irgendwie beunruhigend. Er spürte es bis in sein Zimmer. Als er zur Decke hochblickte, erwartete er beinahe, ein paar Riesenaugen, die über ihm lauerten, zu sehen, und er wusste, sie würden eine Brille mit roten Gläsern tragen. Er nahm den Discman in die Hand. Noch konnte er nicht auf den Alarmknopf drücken, denn es gab nichts, was er MI6 berichten konnte. Noch gab es keine Indizien dafür, dass die Schule etwas mit dem Tod der beiden Männer in New York und auf dem Schwarzen Meer zu tun hatte.

Aber wenn es welche geben sollte, wusste er, wo er sie finden konnte. Warum waren zwei Stockwerke tabu? Vermutlich schliefen die Wachen dort. Doch obwohl Dr. Grief eine kleine Armee engagiert hatte, blieben immer noch viele leere Räume übrig. Wenn hier etwas Ungewöhnliches vor sich ging, dann im zweiten und dritten Stock.

Unten läutete eine Glocke. Alex schloss seinen Koffer, verließ das Zimmer und ging den Flur hinunter. Er begegnete anderen Jungen, die vor ihm hergingen und sich leise unterhielten. Genau wie die Jungen, die er in der Bibliothek gesehen hatte, waren sie spießig gekleidet, hatten kurze Haare und wirkten sehr gepflegt. Laut James waren das die größten Kriecher. Da kann ich ihm nur zustimmen, dachte Alex.

Er kam zur Haupttreppe. Die beiden Jungen waren vor ihm hinuntergegangen. Alex blickte ihnen nach, dann ging er die Treppe hoch, die aber hinter einer Biegung endete. Er stand vor einer Metallwand, die vom Boden bis zur Decke reichte und die Sicht versperrte. Diese Wand war erst vor Kurzem errichtet worden, genauso wie der Hubschrauberlandeplatz. Irgendjemand hatte das Gebäude in zwei Teile unterteilt.

In der Metallwand war eine Tür eingelassen. Daneben befand sich eine Tastatur mit neun Zahlen, für die man einen Code benötigte. Alex fasste nach dem Türgriff und schloss die Hand fest darum. Er hatte nicht damit gerechnet, dass sich die Tür öffnen ließ, war aber auch nicht auf das gefasst, was als Nächstes geschah. Als seine Finger den Griff berührten, ging ein Alarm los, eine schrille Sirene ertönte durch das ganze Gebäude. Ein paar Sekunden später hörte Alex Schritte auf der Treppe. Als er sich umwandte, stand er zwei Wachen gegenüber, die ihre Gewehre auf ihn richteten.

131

Keiner der beiden Männer verlor ein Wort. Einer von ihnen ging an ihm vorbei und gab einen Code in die Tastatur ein. Der Alarm war kaum verstummt, als Mrs Stellenbosch auftauchte und auf ihren kurzen, stämmigen Beinen auf Alex zutippelte.

»Alex!«, rief sie mit misstrauischem Blick. »Was tust du denn hier? Der Direktor hat dir doch erklärt, dass du die oberen Stockwerke nicht betreten darfst.«

»Ja … ich habe es vergessen.« Alex blickte sie unverfroren an. »Als ich die Glocke hörte, machte ich mich auf den Weg zum Speisesaal.«

»Der Speisesaal liegt unten.«

»Stimmt.«

Alex ging an den beiden Wachen vorbei, die zur Seite traten, um ihn durchzulassen. Er spürte Mrs Stelleboschs Blicke im Rücken. Metalltüren, Alarmanlagen und Wachen mit Maschinengewehren. Was zum Teufel ging hier vor? Und dann erinnerte er sich an etwas. Das Gemini-Projekt. Als er an Dr. Griefs Tür gelauscht hatte, waren diese Worte gefallen.

Gemini. Die Zwillinge, eines der zwölf Tierkreiszeichen.

Aber was bedeutete es?

Noch auf dem Weg die Treppe hinunter grübelte Alex über diese Frage nach.

Nächtliches Klicken

Am Ende seiner ersten Woche in Point Blanc erstellte Alex eine Liste der sechs Jungen, die mit ihm auf der Schule waren. Es war nachmittags und er saß allein in seinem Zimmer. Vor ihm lag ein Notizblock. Es hatte ihn nur eine halbe Stunde gekostet, die Namen und die wenigen Einzelheiten, die ihm bekannt waren, zu notieren. Er wünschte sich, er hätte mehr in Erfahrung gebracht.

HUGO VRIES, 14, Niederländer, wohnt in Amsterdam. Braune Haare, grüne Augen. Vater heißt Rudi, besitzt Diamantminen. Schlechtes Englisch. Liest gern und spielt Gitarre. Außenseiter. Kam wegen Ladendiebstahls und Brandstiftung hierher.

TOM MCMORIN, 14, Kanadier aus Vancouver. Eltern geschieden, beide wieder verheiratet. Die Mutter besitzt ein Medienimperium (Zeitungen, Fernsehen). Rötliche Haare, blaue Augen. Gute Figur, spielt Schach. Autodiebstähle und Trunkenheit am Steuer.

NICOLAS MARC, 14, Franzose aus Bordeaux. Flog von einer Privatschule in Paris, Grund unbekannt – vielleicht wegen Alkohol? Braune Haare, braune Augen, Allround-talent. Guter Sportler, kann aber nicht verlieren. Auf der linken Schulter ein Teufel-Tattoo. Vater: Anthony Marc – Fluggesellschaften, Hotels. Mutter wird nie erwähnt.

CASSIAN JAMES, 14, Amerikaner, blonde Haare, braune Augen. Mutter: Jill, Studiochefin in Hollywood. Eltern ge-schieden. Flucht viel. Spielt Klavier, vor allem Jazz. Flog von drei Schulen. Mehrere Drogendelikte – wurde wegen Drogenschmuggels nach Point Blanc geschickt, möchte aber nicht darüber reden. Einer der Jungen, der James ver-prügelt hat. Ist stärker als er aussieht.

JOE CANTERBURY, 14, Amerikaner. Verbringt viel Zeit mit Cassian (half ihm bei der Prügelei mit James). Braune Haare, blaue Augen. Mutter (Name unbekannt) ist Sena-torin in New York. Vater ein hohes Tier im Pentagon. Van-dalismus, Schuleschwänzen, Ladendiebstähle. Nach Point Blanc geschickt, nachdem er einen Wagen gestohlen und kaputt gefahren hatte. Vegetarier. Kaut ständig Kaugummi. Hat er früher geraucht?

JAMES SPRINTZ, 14, Deutscher, kommt aus Düsseldorf. Braune Haare, braune Augen, sehr blass. Vater: Dieter Sprintz, Bankier, berühmter Finanzier (der Hundert-Millio-nen-Dollar-Mann). Mutter lebt in England. Von der Schule geflogen, weil er Lehrer mit einem Luftgewehr bedroht hatte. Mein einziger Freund hier! Und der Einzige, der es wirklich hasst, hier zu sein.

Alex lag auf dem Bett und studierte die Liste. Was konnte er daraus schließen? Nicht viel.

Alle Jungen waren gleich alt – vierzehn. Genauso alt wie er. Zumindest drei von ihnen, vielleicht sogar vier, hatten Eltern, die entweder geschieden waren oder getrennt voneinander lebten. Sie alle stammten aus schwerreichen Familien. Blunt hatte ihm das bereits erzählt, aber Alex war überrascht, wie unterschiedlich ihre Eltern waren. Fluggesellschaften, Diamanten, Politik und Film. Frankreich, Deutschland, Holland, Kanada und Amerika. Alle Eltern nahmen eine Spitzenposition ein und ihre jeweiligen Betätigungsfeldern deckten ziemlich viele menschliche Aktivitäten ab. Er selbst spielte ja den Sohn eines Inhabers von Supermarktketten. Essen … ein weiterer Zweig, den er abhaken konnte.

Mindestens zwei der Jungen waren wegen Ladendiebstahls festgenommen worden. Zwei von ihnen hatten mit Drogen zu tun gehabt. Aber Alex wusste, dass die Liste mehr verbarg als sie enthüllte. Mit Ausnahme von James war es schwierig, herauszufinden, was die Jungen in Point Blanc voneinander unterschied. Auf seltsame Weise sahen sie alle gleich aus.

Sicher, sie hatten unterschiedliche Haar- und Augenfarben und trugen unterschiedliche Kleidung. Auch ihre Gesichter waren verschieden: Tom sah ganz gut aus, Joe war eher unscheinbar. Und natürlich unterschieden sie sich auch durch ihre Stimmen und Sprachen. James hatte davon gesprochen, dass ihre Gehirne mit Strohhalmen ausgesaugt worden waren. Kein schlechter Vergleich. Es kam Alex so vor, als hätten sie alle das gleiche Bewusstsein. Sie schienen wie Marionetten, die alle am selben Faden tanzten.

Unten läutete die Glocke. Alex warf einen Blick auf seine Armbanduhr. Es war genau ein Uhr – Zeit fürs Mittagessen. Das war auch typisch für die Akademie. Alles geschah auf die Minute. Der Unterricht fand von neun bis zwölf statt. Das Mittagessen von eins bis zwei. Und so weiter. James machte sich einen Spaß daraus, prinzipiell zu spät zu kommen und Alex machte es ihm nach. Es war zwar keine große Art der Rebellion, aber Mrs Stellenbosch ärgerte es maßlos. Damit hatten beide noch ein wenig Kontrolle über ihr Leben. Die anderen Jungen dagegen funktionierten wie eine Uhr. Sie saßen schon im Speisesaal und warteten geduldig, dass das Essen serviert wurde.

Alex rollte sich zur Seite, griff nach einem Füller und schrieb unter die Namen ein einziges Wort.

Gehirnwäsche?

Vielleicht war das die Antwort. Von James wusste er, dass die anderen Jungen zwei Monate vor ihm auf die Schule gekommen waren. James selbst war jetzt seit sechs Wochen hier. Das waren insgesamt vierzehn Wochen. Alex wusste, dass man aus ein paar Halbkriminellen nicht durch das Lesen guter Bücher ideale Schüler machen konnte. Dr. Grief musste wohl noch andere Methoden haben. Drogen? Hypnose? Irgendetwas.

Er wartete noch fünf Minuten, versteckte dann das Notizheft unter der Matratze und ging aus dem Zimmer.

136

Er wünschte sich, er hätte es abschließen können. In Point Blanc gab es keine Privatsphäre. Sogar die Bäder hatten kein Schloss. Und Alex wurde das Gefühl nicht los, dass alles, was er tat, sogar alles, was er dachte, irgendwie überwacht und notiert wurde. Als Beweise gegen ihn.

Es war zehn nach eins, als er im Speisesaal anlangte. Natürlich saßen die anderen Jungen bereits auf ihren Plätzen, aßen ihr Mittagessen und unterhielten sich leise. Nicolas und Cassian teilten einen Tisch, Hugo, Tom und Joe ebenfalls einen. Niemand schnippte Erbsen durch die Gegend, ja es stützte nicht einmal jemand die Ellbogen auf dem Tisch auf. Tom erzählte gerade von einem Museumsbesuch in Grenoble. Alex hatte kaum den Raum betreten und schon war ihm der Appetit vergangen.

James war unmittelbar vor ihm gekommen, stand an der Durchreiche und holte sich sein Essen. Die meisten Speisen waren vorgekocht und wurden von einer der Wachen aufgewärmt. Heute gab es Erbseneintopf. Alex holte sein Essen und setzte sich neben James. Sie hatten ihren eigenen Tisch. Beide waren Freunde geworden. Alle anderen ignorierten sie.

»Willst du nach dem Essen ein bisschen rausgehen?«, fragte James.

»Ja, warum nicht.«

»Ich möchte etwas mit dir besprechen.«

Alex warf den anderen Jungen einen Blick zu. Am Tischende saß Tom. Gerade griff er nach dem Wasserkrug. Er trug ein Polohemd und Jeans. Neben ihm saß Joe Canterbury, der Amerikaner. Er unterhielt sich gerade mit Hugo und wedelte mit einem Finger, um seine Worte zu unterstreichen. Wo nur hatte Alex diese Bewegung schon einmal gesehen? Cassian saß direkt hinter ihnen. Er hatte ein rundes Gesicht und dünnes hellbraunes Haar. Er kicherte gerade über einen Witz.

Anders, aber trotzdem gleich. Alex beobachtete die Jungen aufmerksam und versuchte zu verstehen, was das wohl bedeutete.

Es lag in Details, den Dingen, die man nicht bemerkte, wenn man sie nicht alle zusammen sah, wie gerade jetzt. Die Art und Weise, wie sie aufrecht dasaßen, die Ellbogen eng angelegt. Die Art, wie sie Messer und Gabel hielten. Hugo lachte und Alex erkannte, dass er eine Sekunde lang das Abbild von Cassian war. Es war das gleiche Lachen. Er beobachtete Joe, der gerade einen Bissen zum Mund führte. Dann wanderte sein Blick zu Nicolas. Sie waren zwei völlig unterschiedliche Jungen, daran gab es keinen Zweifel. Aber sie hielten Messer und Gabel gleich, als ob sie einander nachäfften.

Hinter der Tür waren energische Schritte zu hören und plötzlich tauchte Mrs Stellenbosch auf. »Guten Tag, Jungs«, begrüßte sie die Anwesenden.

»Guten Tag, Mrs Stellenbosch.« Fünf Stimmen antworteten, aber Alex hörte nur eine Stimme. Er und James schwiegen.

»Der Unterricht beginnt heute Nachmittag um drei Uhr. Die Fächer sind Latein und Französisch.«

Dr. Grief oder Mrs Stellenbosch waren dafür zuständig. Es gab keine anderen Lehrer an der Schule.

Alex hatte bisher überhaupt noch keinen Unterricht gehabt. James besuchte den Unterricht ab und zu, je nach Laune.

»Heute Abend findet in der Bibliothek eine Diskussion statt«, fuhr Mrs Stellenbosch fort. »Das Thema: ›Gewalt in Film und Fernsehen‹. Mr McMorin wird die Diskussion eröffnen. Danach gibt es heiße Schokolade und Dr. Grief hält einen Vortrag über Mozarts Werk. Alle sind herzlich eingeladen.«

James zog mit zwei Fingern den Mund weit auseinander und streckte die Zunge heraus. Alex grinste. Die anderen Jungen hörten unbewegt zu.

»Dr. Grief möchte Cassian James gratulieren. Er hat nämlich beim Lyrikwettbewerb den ersten Preis gewonnen. Sein Gedicht hängt am schwarzen Brett der Haupthalle. Das war alles.«

Sie machte auf dem Absatz kehrt und ging hinaus. James rollte die Augen. »Komm, wir gehen raus und schnappen frische Luft«, sagte er. »Sonst muss ich kotzen!«

Die beiden Jungen gingen die Treppe hoch und holten ihre Mäntel. James' Zimmer lag neben dem von Alex. Er hatte sein Bestes getan, es wohnlicher zu gestalten. An den Wänden hingen Poster von alten Science-Fiction-Filmen und ein Mobile des Sonnensystems baumelte über dem Bett. Auf dem Nachttisch stand eine Lavalampe, die blubberte und oranges Licht verbreitete. Überall lagen seine Klamotten herum. James hielt offensichtlich nicht viel davon, sie ordentlich aufzuhängen. Irgendwie gelang es ihm, einen Schal und einen einzelnen Handschuh aufzutreiben.

139

Eine Hand steckte er in die Manteltasche. »Komm mit!«, forderte er Alex auf.

Sie gingen wieder hinunter, den Flur entlang, vorbei am Spielzimmer. Nicolas und Cassian spielten Tischtennis und Alex blieb an der Tür stehen, um ihnen zuzuschauen. Der Ball sprang hin und her und Alex war wie gebannt. Er stand ungefähr eine Minute so da und sah zu. Kerplink, kerplunk, kerplink, kerplunk – keiner der Jungen machte einen Punkt. Da war es wieder. Anders, aber trotzdem gleich. Unbestreitbar waren hier zwei Jungen. Aber sie spielten völlig gleich, hatten den gleichen Stil. Hätte nur einer den Ball gegen einen Spiegel gespielt, wäre das Ergebnis ähnlich gewesen. Alex fröstelte. James zog an seinem Ärmel und sie gingen weiter.

Hugo saß in der Bibliothek. Der Junge, der wegen wiederholten Ladendiebstahls nach Point Blanc geschickt worden war, war gerade in eine holländische Ausgabe des *National-Geographic*-Magazins vertieft. Sie durchquerten die Haupthalle. Cassians Gedicht hing unübersehbar am Schwarzen Brett. Er war wegen Drogenschmuggels hierhergekommen. Und jetzt schrieb er in Schönschrift Gedichte über Tulpen und Narzissen!

Alex stieß die Haupttür auf und spürte den kalten Wind im Gesicht. Er genoss die frische Luft. Sie erinnerte ihn daran, dass es noch eine Außenwelt gab.

Es hatte wieder angefangen zu schneien. Alex und James gingen langsam um die Schule herum. Ein paar Wachen kamen ihnen entgegen, unterhielten sich leise. Alex hatte insgesamt dreißig von ihnen gezählt. Alle trugen schwarze

Rollkragenpullover und wattierte Westen. Die Wachen unterhielten sich prinzipiell nicht mit den Jungen. Sie hatten blasse Gesichter und einen Bürstenhaarschnitt. Dr. Grief hatte behauptet, sie seien zum Schutz der Schüler anwesend, aber Alex zweifelte immer stärker daran, ob sie tatsächlich da waren, um Eindringlinge abzuwehren – oder nicht eher um dafür zu sorgen, dass die Jungen nicht türmten.

»Hier rum«, sagte James.

Er ging Alex voraus, seine Füße versanken im Schnee. Alex folgte ihm und warf einen Blick zu den Fenstern des zweiten und dritten Stockwerks hinauf. Es war zum Verrücktwerden. Die Hälfte des Gebäudes – vielleicht sogar mehr – war verschlossen und er hatte keine Ahnung, wie er in die oberen Stockwerke gelangen konnte. Er konnte unmöglich hochklettern. Die Ziegel waren zu rutschig und es gab keinen Efeu, an dem er sich hätte festhalten können. Die Abflussrohre sahen viel zu schwach aus, um sein Gewicht zu halten.

Irgendetwas bewegte sich. Alex blieb stehen.

»Was ist los?«, erkundigte sich James.

»Schau mal dort!« Alex deutete zum dritten Stock. Er glaubte, er hätte jemanden gesehen, der sie von einem Fenster aus, zwei Stockwerke über seinem Zimmer, beobachtete. Es war nur ein kurzer Moment. Das Gesicht schien unter einer weißen Maske mit schmalen Schlitzen für die Augen verborgen zu sein. Aber in dem Augenblick, als Alex nach oben deutete, war die Gestalt auch schon wieder verschwunden.

»Ich kann nichts erkennen«, sagte James.

»Er ist verschwunden.«

Sie gingen weiter, schlugen die Richtung zur verlassenen Sprungschanze ein. James erzählte Alex, dass sie erst kurz vor dem Kauf der Akademie durch Dr. Grief errichtet worden war. Es hatte Pläne gegeben, das Gebäude in ein Wintersporttrainingszentrum umzuwandeln. Die Schanze war nie benutzt worden.

Sie gelangten zu den Holzschranken, die den Eingang absperrten und blieben stehen.

»Darf ich dir eine Frage stellen?«, wandte James sich an Alex. Sein Atem bildete in der kalten Luft eine kleine Wolke. »Was hältst du von dem Ganzen?«

»Warum müssen wir uns hier draußen unterhalten?«, fragte Alex. Trotz seines Mantels fing er an zu frösteln.

»In der Akademie habe ich immer das Gefühl, dass man belauscht wird.«

Alex nickte. »Ich weiß, was du meinst.« Er erwog die Frage, die James ihm gestellt hatte. »Ich denke, du hast es bereits am ersten Tag auf den Punkt gebracht«, sagte er. »Dieser Ort ist gruselig.«

»Wie würde dir der Gedanke gefallen, von hier abzuhauen?«

»Kannst du einen Hubschrauber fliegen?«

»Nein, aber ich türme trotzdem.« James schwieg und sah sich um. Die beiden Wachen waren im Gebäude verschwunden. Niemand sonst war zu sehen. »Alex, ich kann dir trauen, weil du noch neu hier bist. Er hat dich noch nicht manipuliert.«

Er, das war Dr. Grief. James brauchte den Namen nicht auszusprechen.

»Aber glaub mir«, fuhr er fort, »es wird nicht lange dauern. Wenn du hier bleibst, endest du wie die anderen. Musterschüler, das ist der passende Ausdruck für sie. Sie scheinen alle aus Gummi zu sein. Ich habe die Nase jedenfalls gestrichen voll und werde nicht zulassen, dass er das Gleiche mit mir macht.«

»Willst du weglaufen?«, fragte Alex.

»Weglaufen? Nein.« James blickte den Hang hinunter. »Ich werde mit den Skiern hinunterfahren.«

Alex besah sich den Hang. Er war sehr steil und schien endlos zu sein. »Kannst du das?«, wollte er wissen. »Ich habe gedacht …«

»Ich weiß, Grief behauptet, es sei zu gefährlich. Sicher, es ist eine schwarze Piste und es wird jede Menge Buckel geben …«

»Und was ist dort, wo der Schnee geschmolzen ist?«

»Ach was, ist er doch erst weiter unten.« James wies mit dem Finger hinab. »Ich bin schon einmal runtergefahren«, erklärte er. »Es war in der ersten Woche. Alle Pisten enden in dem Tal, das La Vallée de Fer genannt wird. Du kannst nicht ganz bis zur Stadt runterfahren, denn Gleise führen quer über die Piste. Aber wenn ich es bis dorthin schaffe, kann ich den Rest zu Fuß gehen.«

»Und dann?«

»Dann nehme ich den Zug nach Düsseldorf. Wenn mein Dad versuchen sollte, mich hierher zurückzuschicken, gehe ich zu meiner Mum nach England. Wenn sie mich nicht will, haue ich ab. Ich habe Freunde in Paris und Berlin. Ist mir egal. Ich weiß nur, dass ich türmen muss, und wenn du weißt, was gut für dich ist, kommst du mit.«

Alex überlegte. Er hätte sich gern James angeschlossen, und sei es nur, um ihm zu helfen. Aber er musste eine Aufgabe erledigen. »Ich habe keine Skier«, wandte er ein.

»Ich auch nicht.« James spuckte in den Schnee. »Nach Saisonende hat Grief alle Skier irgendwo eingeschlossen.«

»Im dritten Stock?«

»Vielleicht. Aber ich werde sie finden. Und dann bin ich weg.« Er griff mit seiner unbehandschuhten Hand nach Alex' Arm. »Komm mit mir.«

Alex schüttelte den Kopf. »Tut mir leid, James. Du musst allein gehen. Ich wünsche dir viel Glück. Aber ich muss noch etwas länger durchhalten und ich habe keine Lust, mit alle Knochen zu brechen.«

»Okay, es ist deine Entscheidung. Ich schicke dir eine Postkarte.«

Dann gingen sie zurück zur Schule. Alex deutete auf das Fenster, hinter dem er das maskierte Gesicht gesehen hatte. »Hast du dir je Gedanken gemacht, was da oben vor sich geht?«, fragte er.

»Nein.« James zuckte mit den Achseln. »Ich nehme an, die Wachen sind dort untergebracht.«

»Auf beiden Stockwerken?«

»Es gibt auch noch ein Erdgeschoss. Und die Räume von Dr. Grief. Glaubst du, dass er mit Miss Speibeutel schläft?« James machte eine Grimasse. »Die beiden zusammen, das ist eine faszinierende Vorstellung. Darth Vader und King Kong. Ich werde jedenfalls meine Skier finden und schauen, dass ich hier rauskomme. Und wenn du vernünftig bist, kommst du mit.«

Alex und James fuhren mit ihren Skiern die Piste hinunter, die Bretter glitten leise durch den Schnee. Es war die ideale Nacht für eine Flucht, eisig und still. Sie hatten die Akademie hinter sich gelassen. Aber dann entdeckte Alex eine Gestalt vor ihnen. Es war Dr. Grief! Er stand bewegungslos da, trug seinen dunklen Anzug. Seine Augen waren hinter einer Brille mit den roten Gläsern verborgen. Alex wich ihm aus, verlor die Kontrolle und jagte immer schneller die Piste hinunter, seine Stöcke wirbelten durch die Luft, seine Skier gehorchten ihm nicht mehr. Vor sich sah er die Sprungschanze. Irgendjemand hatte die Schranken entfernt. Er spürte, wie seine Skier den Schnee unter sich verloren und auf blankem Eis weiter dahinrasten. Und dann stürzte er schreiend die Schanze hinunter, immer tiefer in die Nacht hinein, und er wusste, dass es keinen Weg zurück gab. Dr. Grief lachte, und im gleichen Augenblick gab es ein Klicken und Alex fiel in den Raum, schwebte kilometerweit über dem Boden und fiel dann immer tiefer …

Alex erwachte.

Er lag im Bett, der Mond schien auf die Bettdecke. Er warf einen Blick auf seine Uhr. Zwei Uhr fünfzehn. In Gedanken spulte er den Traum, den er gerade gehabt hatte, zurück. Er hatte versucht, mit James zu fliehen. Aber Dr. Grief hatte sie erwartet. Er musste zugeben, dass ihm

die Akademie allmählich zusetzte. Sonst hatte er nie Alb-
träume. Aber die Schule und die Menschen darin gingen
ihm unter die Haut und machten ihn völlig konfus.

Er dachte über das, was er gehört hatte, nach: Dr. Griefs
Lachen – und noch etwas – einen klickenden Laut. Das war
seltsam. Was bedeutete das? War das wirklich noch Teil
des Traums gewesen?

Plötzlich war Alex hellwach. Er stand leise auf, ging zur
Tür und drehte vorsichtig am Griff. Er hatte Recht gehabt,
hatte sich das Geräusch nicht nur eingebildet. Während er
geschlafen hatte, war die Tür von außen verschlossen worden.

Etwas musste geschehen sein – und Alex war entschlossen, herauszufinden, was es war. Er zog sich schnell an,
dann kniete er nieder und untersuchte das Schloss. Er
entdeckte zwei Bolzen, mindestens einen Zentimeter im
Durchmesser, einen oben und einen unten. Sie waren wohl
automatisch aktiviert worden. Das Eine stand fest: Er hatte
keine Chance, durch die Tür ins Freie zu gelangen.

Blieb also nur das Fenster. Aber alle Fenster waren mit
einer Stahlstange versehen. Dadurch konnte das Fenster
nicht weiter als zehn Zentimeter geöffnet werden. Alex
griff nach seinem Discman, steckte die Beethoven-CD
hinein und schaltete ihn ein. Die CD drehte sich rasend
schnell, dann bewegte sie sich, dabei immer weiter rotie-
rend, langsam aus dem Gehäuse heraus, bis sie schließlich
146   weit genug vorstand. Alex drückte die Kante der CD gegen
die Stahlstange. Es dauerte nur wenige Sekunden. Die CD
schnitt durch den Stahl, wie eine Schere durchs Papier. Die

Stange fiel herunter, sodass das Fenster ganz geöffnet werden konnte.

Draußen schneite es. Alex schaltete den CD-Player aus und warf ihn aufs Bett. Dann schlüpfte er in seine Jacke und kletterte aus dem Fenster. Er war im ersten Stock. Normalerweise brach man sich, wenn man aus dieser Höhe fiel, einen Knöchel oder ein Bein. Aber es hatte seit mindestens zehn Stunden fast ununterbrochen geschneit und direkt unter ihm lag der Schnee wie ein Schaumteppich. Alex hielt sich so lange wie möglich fest, dann fiel er, landete auf dem Schnee und versank bis zur Taille. Er war schon halb erfroren und nass, bevor er überhaupt richtig losgelegt hatte. Aber er war unverletzt.

Er befreite sich aus dem Schnee und arbeitete sich zum Eingang des Gebäudes vor. Er konnte nur hoffen, dass der Haupteingang nicht ebenfalls abgeschlossen war. Aber irgendwie war er sich sicher, dass es nicht so sein würde. Seine Tür war automatisch verschlossen worden. Vermutlich war irgendwo auf einen Schalter gedrückt und alle anderen Zimmer waren ebenfalls verriegelt worden. Die meisten Jungen würden schlafen. Auch diejenigen, die wach waren, würden nirgendwo hingehen. Damit konnte Dr. Grief ungestört schalten und walten, kommen und gehen wie er wollte.

Alex hatte es bis zur Seite des Gebäudes geschafft, als er hörte, wie sich die Wachen näherten, ihre Stiefel knirschten. Er fand kein Versteck, also warf er sich flach in den Schnee. Es waren zwei Männer. Er hörte, wie sie sich leise auf Deutsch unterhielten, aber er wagte es nicht, aufzuschauen. Wenn er sich bewegte, würden sie ihn sofort entdecken. Wenn sie noch näher kamen, würden sie ihn sowieso sehen. Er hielt die Luft an und sein Herz klopfte zum Zerspringen.

Die Wachen gingen an ihm vorbei und verschwanden hinter dem Haus. Ihr Weg würde sie unter seinem Zimmer vorbeiführen. Würden sie das offene Fenster bemerken? Alex hatte das Licht ausgemacht. Wenn er Glück hatte, schauten sie nicht zu seinem Zimmer hoch. Aber trotzdem blieb ihm nicht viel Zeit. Er musste handeln – jetzt.

Er kämpfte sich aus dem Schnee hoch und rannte los. Seine Kleidung war voller Schnee und weiße Flocken fielen ihm in die Augen. Es war der kälteste Teil der Nacht und Alex zitterte, als er bei der Haupttür angelangt war. Was würde er tun, wenn sie abgeschlossen war? Er konnte ja nicht die ganze Nacht draußen in der Kälte bleiben.

Aber die Tür war nicht verschlossen. Alex stieß sie auf und schlüpfte in die warme dunkle Haupthalle. Vor ihm befand sich der Drachenkamin, in dem immer noch ein paar Scheite glommen. Alex hielt die Hände darüber und versuchte, sich etwas aufzuwärmen. Alles war still. Die leeren Flure waren nur durch matte Birnen erleuchtet. Erst jetzt kam Alex in den Sinn, dass er sich vielleicht geirrt hatte. Vielleicht wurden die Türen jede Nacht verschlossen, als Teil der Sicherheitsvorkehrungen. Vielleicht hatte er zu schnell eine falsche Schlussfolgerung gezogen und es war alles in Ordnung.

148

»Nein …!«

Es war die Stimme eines Jungen. Ein langer, qualvoller

Schrei, der durch das Gebäude hallte. Einen Moment später vernahm Alex, wie irgendwo über ihm Füße über einen Holzflur stampften. Er suchte nach einem Versteck und fand es im Kamin, neben den Holzscheiten. Das eigentliche Feuer brannte in einem Metallkorb. Auf beiden Seiten war zwischen dem Korb und dem Backsteinmauerwerk, das sich hinauf zum Schornstein verjüngte, genügend Platz. Alex kauerte sich nieder, spürte die Hitze auf seinem Gesicht und seinen Beinen. Er blickte an den beiden steinernen Drachen vorbei und wartete ab, was geschehen würde.

Drei Personen kamen die Treppe herunter, Mrs Stellenbosch und zwei Wachen. Sie schleppten etwas zwischen sich. Es war ein Junge! Er hielt das Gesicht nach unten, war im Pyjama und seine nackten Füße schleiften über die Steinstufen. Mrs Stellenbosch öffnete die Tür zur Bibliothek und schlüpfte hinein. Die beiden Wachen folgten ihr. Die Tür fiel krachend ins Schloss. Dann war wieder alles still.

Alles hatte sich in Sekundenschnelle abgespielt. Alex hatte das Gesicht des Jungen nicht erkennen können. Aber das war gar nicht nötig gewesen – er hatte ihn an der Stimme erkannt.

James Sprintz.

Alex schlüpfte aus seinem Versteck, durchquerte die Halle und schlich auf die Tür der Bibliothek zu. Von der anderen Seite war nichts zu hören. Er kniete nieder und spähte durchs Schlüsselloch. In der Bibliothek brannte kein Licht. Er konnte nichts erkennen. Was sollte er tun? Wenn er die Treppe hochging, schaffte er es bestimmt, unbemerkt zu seinem Zimmer zu kommen. Dann konnte er warten, bis die Türen wieder entriegelt wurden und ins Bett schlüpfen. Niemand würde wissen, dass er das Zimmer verlassen hatte.

Aber der einzige Mensch in der Schule, mit dem er sich verstand, befand sich auf der anderen Seite der Bibliothekstür. Er war heruntergeschleppt worden. Vielleicht hatte man ihn einer Gehirnwäsche unterzogen, ja sogar geschlagen. Alex konnte ihn nicht einfach seinem Schicksal überlassen.

Er hatte seinen Entschluss gefasst, stieß die Tür auf und ging hinein.

Die Bibliothek war leer.

Er stand blinzelnd im Türrahmen. Die Bibliothek hatte doch nur eine Tür. Alle Fenster waren geschlossen. Nichts deutete darauf hin, dass jemand hier gewesen war. Die Rüstung stand wie immer in ihrer Nische auf der anderen Seite und schien ihn zu beobachten, als er weiterging. Konnte er sich geirrt haben? Waren Mrs Stellenbosch und die Wachen in einen anderen Raum gegangen?

Alex blickte hinter die Rüstung, überlegte, ob sich hier wohl ein zweiter Ausgang befand. Aber nichts. Er klopfte mit dem Knöchel gegen die Wand. Sie schien seltsamerweise aus Metall zu bestehen. Aber im Gegensatz zu der Metallwand über der Treppe gab es keinen Griff, nichts was auf einen Durchgang hindeutete.

150   Hier war für Alex nichts zu tun. Also beschloss er, in sein Zimmer zurückzukehren, bevor er entdeckt wurde.

Aber kaum war er im ersten Stock, hörte er erneut Stimmen ... wieder patrouillierten Wachen langsam den Flur entlang. Alex sah eine Tür und verschwand dahinter. Er befand sich im Wäscheraum, umgeben von einer Waschmaschine, einem Trockner und zwei Bügelbrettern. Es roch beißend nach Seife, aber wenigstens war es hier warm.

Die Wachen waren verschwunden. Plötzlich hörte er ein metallisches Klicken entlang des Flurs. Alex folgerte, dass alle Türen gleichzeitig entriegelt worden waren. Er konnte jetzt zurück in sein Zimmer schleichen und ins Bett schlüpfen.

Er trat auf den Flur und eilte vorwärts, kam dabei an James Sprintz' Zimmer vorbei, das neben seinem lag. Dabei stellte er fest, dass James' Tür offen stand. Und dann hörte er eine Stimme, die ihm aus dem Zimmer zurief:

»Alex?« Es war James.

Nein, das war doch nicht möglich. Aber jemand war in dem Zimmer.

Alex blickte hinein. Das Licht ging an.

Es *war* James. Er saß aufrecht im Bett, mit roten Augen, als ob er gerade aufgewacht wäre. Alex starrte ihn an. Er trug genau den gleichen Pyjama wie der Junge, der gerade in die Bibliothek gezerrt worden war ... aber er konnte es nicht gewesen sein. Es musste jemand anderer gewesen sein.

»Was tust du denn da draußen?«, fragte James.

»Ich habe mir eingebildet, etwas zu hören«, erwiderte Alex.

151

»Aber du bist ja angezogen und pitschnass!« James warf einen Blick auf seine Uhr. »Es ist fast drei Uhr ...«

Alex war überrascht, dass so viel Zeit verstrichen war. Als er aufgewacht war, war es erst zwei Uhr fünfzehn gewesen. »Alles okay?«, fragte er.

»Ja.«

»Du hast nicht ...«

»Was?«

»Ach nichts. Bis später dann.«

Alex ging weiter zu seinem Zimmer, schloss die Tür hinter sich, schlüpfte aus seinen nassen Kleidern, trocknete sich mit einem Handtuch ab und kroch ins Bett. Wenn es nicht James war, der zur Bibliothek geschleppt worden war, wer war es sonst? Aber es musste James gewesen sein. Er hatte den Schrei gehört, die regungslose Gestalt auf der Treppe gesehen. Warum nur log James ihn nun an?

Alex schloss die Augen und versuchte wieder einzuschlafen. Alles, was heute Nacht passiert war, hatte nur noch mehr Rätsel aufgeworfen und nichts gelöst. Aber immerhin hatte er eines ausfindig gemacht.

Er wusste jetzt, wie er in den zweiten Stock gelangen konnte.

Wie ein Ei
dem anderen ...

Als Alex herunterkam, saß James bereits beim Frühstück, das jeden Tag das gleiche war: Eier, Speck, Toast und Tee. Er hob die Hand, als Alex den Speisesaal betrat. Aber Alex spürte sofort, dass etwas nicht stimmte. James grinste, wirkte aber irgendwie abwesend, als ob er in Gedanken woanders wäre.

»Was sollte denn der Terz gestern Nacht?«, fragte James.

»Ich weiß nicht ...« Alex spürte eine Sekunde lang das übermächtige Verlangen, James alles zu berichten – sogar, dass er unter falschem Namen hier war und den Auftrag hatte, die Schule auszuspionieren. Aber er durfte es nicht. Nicht hier, in der Nähe der anderen Jungen. »Ich glaube, ich hatte einen Albtraum.«

»Bist du im Schnee schlafgewandelt?«

»Nein. Ich habe mir nur eingebildet, etwas zu sehen, aber das kann ja nicht sein. Es war einfach eine grauenhafte Nacht.« Er wechselte das Thema und senkte die Stimme. »Hast du noch mal über deinen Plan nachgedacht?«, wollte er wissen.

»Welchen Plan?«

»Das Skilaufen.«

»Wir dürfen nicht Ski laufen.«

»Ich meine doch … zu fliehen.«

James grinste schwach, als ob er erst jetzt kapierte, was Alex meinte. »Oh … ich habe meine Meinung geändert«, erklärte er.

»Wie soll ich das verstehen?«

»Wenn ich wegrenne, würde mich mein Dad sofort zurückschicken. Ich habe keine Chance. Genauso gut kann ich die Zähne zusammenbeißen und durchhalten. Ich würde es sowieso nicht bis unten schaffen, denn es liegt zu wenig Schnee.«

Alex starrte James an. Alles, was James jetzt sagte, war das genaue Gegenteil von dem, was er gestern gesagt hatte. Alex überlegte kurz, ob es sich um den gleichen Jungen handelte. Doch, daran bestand kein Zweifel. Er sah genauso chaotisch aus wie immer und hatte nach wie vor Blutergüsse im Gesicht, die jetzt allmählich verblassten. Dunkle Haare, dunkelbraune Augen, helle Haut – ja, es war James. Und doch – irgendetwas musste passiert sein, Alex war sich ganz sicher.

Mrs Stellenbosch betrat den Raum. Sie trug ein besonders geschmackloses hellgrünes Kleid, das ihr bis zu den Knien reichte. »Guten Morgen, Jungs!«, rief sie. »Der heutige Unterricht beginnt in zehn Minuten. Zuerst habt ihr im Turmzimmer Geschichte.« Sie trat an Alex' Tisch und sagte, an James gewandt: »James, ich hoffe, du nimmst heute auch daran teil.«

154 James zuckte gleichgültig mit den Achseln. »Geht in Ordnung, Mrs Stellenbosch.«

»Ausgezeichnet. Wir beschäftigen uns mit dem Leben

von Adolf Hitler. Ein sehr interessanter Mann. Ich bin sicher, ihr werdet sehr viel dabei lernen.« Dann zog sie sich wieder zurück.

Alex wandte sich an James. »Du besuchst jetzt den Unterricht?«

»Warum nicht?« James hatte inzwischen sein Frühstück beendet. »Ich sitze ja hier fest und es gibt nicht viel Abwechslung. Vielleicht hätte ich schon früher daran teilnehmen sollen. Du solltest nicht alles so negativ sehen, Alex. Du vergeudest deine Zeit«, erwiderte er und untermalte seine Worte durch eine Fingerbewegung.

Alex erstarrte, denn er hatte diese Geste schon einmal gesehen. Gestern hatte Joe Canterbury, der amerikanische Junge, genau dieselbe Fingerbewegung gemacht.

Marionetten, die am selben Faden tanzen.

Was war in der vergangenen Nacht geschehen?

Alex beobachtete, wie James mit den anderen Jungen hinausging. Er hatte das Gefühl, seinen einzigen Freund in Point Blanc verloren zu haben und plötzlich wollte er nur noch weg, weg von den Bergen, zurück in die heile Welt der Brookland-Schule. Vielleicht hatte er sich dieses Abenteuer einmal gewünscht, aber jetzt wollte er es hinter sich haben. Wenn er dreimal auf den Discman drückte, würden die Leute von MI6 ihn holen. Aber er konnte es erst tun, wenn er etwas zu berichten hatte.

Alex wusste jetzt, was er als Nächstes tun musste. Er stand auf und ging hinaus.

Als er sich gestern Nacht im Kamin versteckt hatte, hatte er den Weg entdeckt. Der Kamin wand sich nach oben, hinauf ins Freie. Von unten hatte er einen Lichtschimmer erkennen können. Mondlicht. Die Ziegelsteine außerhalb der Akademie waren vielleicht zu glatt, um daran hochzuklettern, aber innerhalb des Kamins waren sie uneben, mit vielen Winkeln und Ritzen als Halt für Hände und Füße. Vielleicht gab es auch im zweiten und dritten Stock eine Feuerstelle. Aber selbst wenn nicht, würde ihn der Kamin zum Dach hinaufführen und – angenommen, es erwarteten ihn dort keine Wachen –, würde er vielleicht einen Weg nach unten finden.

Alex stand vor den zwei Steindrachen. Er warf einen Blick auf seine Armbanduhr. Neun Uhr. Der Unterricht dauerte bis zum Lunch und niemand würde ihn vermissen. Das Feuer war ausgegangen, aber die Asche schwelte noch. Würde eine der Wachen die Asche wegräumen? Er konnte nur hoffen, dass sie sich erst am Nachmittag darum kümmern würden. Er blickte durch den Kamin nach oben und entdeckte einen blauen Lichtschein. Der Himmel schien sehr weit weg zu sein und der Kamin war enger, als er gedacht hatte. Was würde passieren, wenn er stecken blieb? Schnell verdrängte er diese Vorstellung, hielt sich an einer Ritze in den Ziegelsteinen fest und hievte sich hoch.

Das Innere des Kamins roch verbrannt. Ruß hing in der Luft und Alex atmete ihn ein, ob er wollte oder nicht. Es gelang ihm, einen Halt für seinen Fuß zu finden und er stieß sich einen Meter weiter nach oben. Er war jetzt im Kamin eingeklemmt, zu einer Art Sitzposition gezwungen, den Rücken gegen die eine Wand gestützt, die Füße gegen die andere; seine Beine und sein Hinterteil hingen in der Luft. Er würde seine Hände nicht benützen müssen, brauchte nur die Beine durchzudrücken, um sich hochzuschieben. Und um das Gleichgewicht zu halten, musste er lediglich seine Füße fest gegen die Kaminwand drücken. Er musste aber vorsichtig sein. Bei jeder Bewegung fiel mehr Ruß herunter. Er spürte ihn in den Haaren und wagte nicht hochzublicken. Wenn ihm der Ruß in die Augen fiel, würde er nichts mehr sehen können. Durchdrücken und hochschieben. Nicht zu schnell. Wenn seine Füße abrutschten, würde er herunterstürzen. Er befand sich bereits ein gutes Stück über der Feuerstelle. Wie weit war er jetzt? Ungefähr ein Stockwerk … also war er auf dem Weg zum zweiten. Wenn er jetzt aus dieser Höhe herunterfiel, würde er sich beide Beine brechen.

Der Kamin wurde dunkler und schmaler. Das Licht am Ende schien endlos weit entfernt zu sein. Alex fiel es schwer, sich in eine günstige Position zu manövrieren, er konnte kaum noch atmen. Seine ganze Kehle schien voller Ruß zu sein. Doch er hangelte sich ohne Pause nach oben, und dieses Mal stießen seine Knie mit voller Wucht gegen die Ziegelsteine, sodass ihn ein brennender Schmerz durchlief. Alex versuchte, sich in seiner Position zu halten, griff nach oben, um zu ertasten, wie es weiterging. Er vermutete ein vorspringendes L-förmiges Mauerstück. Seine Knie waren gegen den unteren Teil davon gestoßen. Aber sein Kopf befand sich bereits über dem aufrechten Teil. Was ihm auch immer im Weg war, es teilte auf jeden Fall den

Durchgang, sodass nur noch ein enger Schlauch übrig blieb, durch den sich Alex durchschlängeln musste.

Wieder überfiel ihn die albtraumartige Vorstellung, hier stecken zu bleiben. Niemand würde ihn finden. Er würde in diesem dunklen Kamin ersticken.

Er rang nach Luft und schluckte Ruß. Ein letzter Versuch! Wieder stieß er sich nach oben, hielt die Arme über den Kopf. Er spürte, wie sein Rücken an der Wand hochglitt und die rauen Ziegel sein Hemd aufschlitzten. Dann berührten seine Hände das, was wohl der obere Teil der L-förmigen Mauer sein musste. Er zog sich hoch und befand sich jetzt über einer zweiten Feuerstelle, die mit dem Hauptkamin verbunden war. Das war das Hindernis, um das er gerade herumgeklettert war. Alex manövrierte sich über den oberen Teil und kämpfte sich mühsam weiter. Holzscheite und Asche behinderten ihn. Er war jetzt im zweiten Stock!

Dann kletterte er aus dem Kamin. Erst vor ein paar Wochen hatte er in der Brookland-Schule etwas über viktorianische Kaminfeger gelesen, wie sechsjährige Jungen zu dieser Sklavenarbeit gezwungen worden waren. Er hätte nie gedacht, dass er das einmal am eigenen Leib erleben würde.

Er hustete und spuckte in die Handfläche. Sein Speichel war schwarz. Er fragte sich, wie er wohl gerade aussah. Bevor er sich den anderen wieder zeigte, musste er dringend unter die Dusche.

158

Er rappelte sich auf. Im zweiten Stock war es genauso ruhig wie im Erdgeschoss und im ersten Stock. Ruß sickerte ihm aus den Haaren und einen Moment lang konnte er nichts mehr sehen. Er lehnte sich gegen eine Statue und rieb sich die Augen. Dann sah er, dass es ein Steindrache war, der genauso aussah wie der im Erdgeschoss. Er betrachtete den Kamin. Auch dieser war völlig identisch. Tatsächlich …

Alex fragte sich, ob er nicht einen schrecklichen Fehler begangen hatte. Er stand in einer Halle, die in allen Einzelheiten der im Erdgeschoss glich. Es waren die gleichen Flure, die gleiche Treppe, der gleiche Kamin – sogar die gleichen Tierköpfe glotzten von den Wänden. Er hatte das Gefühl, sich im Kreis bewegt zu haben und jetzt wieder am Ausgangspunkt angelangt zu sein. Er wandte sich um. Doch – etwas war anders. Es gab keinen Haupteingang. Vom Fenster aus konnte er auf den Vorderhof blicken. Eine Wache rauchte gegen die Mauer gelehnt eine Zigarette. Es war der zweite Stock, aber er war völlig identisch mit dem Erdgeschoss.

Alex ging auf Zehenspitzen, beunruhigt, dass vielleicht jemand gehört hatte, wie er aus dem Kamin geklettert war. Aber weit und breit war niemand zu sehen. Er ging den Gang entlang, bis zur ersten Tür. Im Erdgeschoss befände sich hier die Bibliothek. Behutsam öffnete er die Tür. Sie führte in eine zweite Bibliothek – wieder das genaue Abbild der ersten – die gleichen Tische und Stühle, sogar die gleiche Rüstung. Er schaute sich kurz eines der Regale an, auf dem die gleichen Bücher wie in der unteren Bibliothek aufgereiht waren.

Aber er entdeckte einen Unterschied. Es war wie in

einem der Bilderrätsel, bei denen zwei Bilder scheinbar identisch sind, was aber nicht stimmt, denn auf dem zweiten wurden zehn Veränderungen vorgenommen. Und hier bestand der Fehler darin, dass ein großer Fernseher auf einer Konsole in die Wand eingelassen war. Der Fernseher lief. Alex sah das Bild einer weiteren Bibliothek vor sich. Allmählich wurde ihm schwindelig. Was war das für eine Bibliothek auf dem Bildschirm? Es konnte ja wohl nicht diese hier sein, da Alex nicht zu sehen war. Also war es wohl die im Erdgeschoss.

Zwei identische Bibliotheken. Man konnte in der einen Platz nehmen und die andere überwachen. Aber warum? Was für ein Sinn steckte dahinter?

Es dauerte keine zehn Minuten und Alex war klar geworden, dass der gesamte zweite Stock das genaue Abbild des Erdgeschosses war, mit dem gleichen Speisesaal, Wohnzimmer und Spielzimmer. Alex trat an den Billardtisch und legte eine Kugel in die Mitte. Sie rollte in die Seitentasche. Der Raum hatte die gleiche Neigung. Auf dem Fernsehschirm sah man das Spielzimmer im Erdgeschoss. Es verhielt sich hier genauso wie bei der Bibliothek; ein Raum diente zur Überwachung des anderen.

Er rannte den Weg zurück und stieg die Treppe zum dritten Stock hoch. Er wollte sein eigenes Zimmer finden, aber zuerst betrat er das von James. Es war eine weitere perfekte Nachbildung; die gleichen Science-Fiction-Poster, das gleiche Mobile über dem Bett, die gleiche Lavalampe auf dem gleichen Nachttisch. Sogar die gleichen Kleidungsstücke waren über den Boden verstreut. Diese Zimmer

waren also nicht nur wie die anderen gebaut und eingerichtet worden, sie wurden auch sorgfältig in Stand gehalten. Was auch immer sich unten abspielte, spielte sich genauso hier oben ab. Aber sollte das bedeuten, dass jemand
hier oben wohnte und jede Bewegung von James Sprintz
beobachtete, alles nachäffte, was er tat? Und wenn es wirklich so war, gab es auch jemanden, der ihn nachahmte?

Alex betrat das nächste Zimmer und hatte das Gefühl,
sein eigenes zu betreten. Der Raum war genauso eingerichtet, hatte den gleichen Fernseher. Er schaltete ihn an und
sah sein Zimmer im ersten Stock. Sein Discman sowie
seine nassen Kleidungsstücke, die er letzte Nacht getragen
hatte, lagen auf dem Bett. Hatte ihn jemand beobachtet, als
er durch das Fenster in die Nacht hinausgeklettert war?
Alex bekam allmählich Panik, zwang sich aber, einen kla-
ren Kopf zu bewahren. Dieses Zimmer – das Abbild seines
eigenen – war anders. Es war noch unbewohnt. Das erkannte er, als er sich umsah. Das Bett war noch unberührt.
Und auch die kleineren Details waren nicht nachgeahmt
worden. In diesem Zimmer gab es weder einen Discman
noch nasse Kleidungsstücke. Unten hatte er den Kleiderschrank offen gelassen. Hier war er geschlossen.

Das Ganze wirkte wie ein irrwitziges Rätsel. Alex versuchte nachzudenken. Jeder Junge, der auf die Schule kam,
wurde beobachtet und alles, was er tat, nachgeahmt. Wenn
er ein Poster an die Wand seines Zimmers hing, wurde in
einem identisch aussehenden Zimmer ebenfalls ein Poster
aufgehängt. Jemand würde in diesem Zimmer wohnen und
Alex in allem nachahmen. Er erinnerte sich an die Gestalt,

die er am Tag zuvor gesehen hatte … jemand, der etwas Ähnliches wie eine weiße Maske trug. Vielleicht wollte sich diese Person hier gerade einrichten, was dann aber aus irgendeinem Grund nicht geschehen war.

Und genau das warf die größte Frage auf: Was für einen Sinn hatte das Ganze? Die Jungen auszuspionieren war eine Sache, warum aber alles, was sie taten, nachgeahmt wurde, eine andere.

Eine Tür wurde zugeschlagen und er hörte Stimmen. Zwei Männer gingen draußen den Flur entlang. Alex schlich zur Tür und schaute hinaus. Er sah, wie Dr. Grief in Begleitung eines anderen Mannes, eines stämmigen Mannes im weißen Kittel, durch eine Tür in den Wäscheraum trat. Alex schlich sich aus dem Zimmer und folgte ihnen.

»… Sie haben die Arbeit beendet, wofür ich Ihnen dankbar bin, Mr Baxter.«

»Danke, Dr. Grief.«

Sie hatten die Tür offen gelassen. Alex kauerte nieder und spähte hinein. Zumindest dieser Teil des dritten Stocks war kein Abbild des ersten. Hier standen keine Waschmaschinen oder Bügelbretter. Stattdessen gab es eine ganze Reihe von Waschbecken. Ein zweites Paar Türen führte in einen komplett eingerichteten Operationssaal, der mindestens zweimal so groß war wie der Wäscheraum im ersten Stock. In der Mitte stand ein Operationstisch. An den Wänden standen Regale mit chirurgischen Instrumenten, Chemikalien und überall verstreut lagen Schwarz-Weiß-Fotos.

162

Ein Operationssaal! Was für eine Rolle spielte dieser in

diesem bizarren, teuflischen Rätselspiel? Die beiden Männer hatten jetzt den Raum betreten und unterhielten sich. Grief stand da, eine Hand in der Hosentasche. Alex nutzte die Gelegenheit, schlüpfte in den Vorraum und kauerte sich neben einem der Waschbecken nieder. Von hier aus konnte er die beiden Männer hören und beobachten.

»Ich hoffe, Sie sind mit der letzten Operation zufrieden«, sagte Mr Baxter. Er hatte sich halb der Tür zugewandt und Alex sah ein rundes, schlaffes Gesicht mit einem spärlichen Schnurrbart, umrahmt von fahlem Haar. Baxter trug eine Fliege und einen Anzug mit Karomuster unter seinem weißen Kittel. Alex hatte den Mann noch nie zuvor gesehen, da war er sich absolut sicher. Und doch hatte er das unbestimmte Gefühl, ihn zu kennen. Ein weiteres Rätsel!

»Voll und ganz«, erwiderte Dr. Grief. »Ich habe ihn gesehen, als der Verband abgenommen wurde. Sie haben sehr gute Arbeit geleistet.«

»Ich war immer der Beste. Aber dafür haben Sie ja gezahlt.« Baxter kicherte. Seine Stimme war ölig. »Und da wir schon beim Thema sind, sollten wir uns vielleicht über mein Abschlusshonorar unterhalten.«

»Sie haben bereits eine Million Dollar erhalten.«

»Ja, das stimmt, Dr. Grief«, lächelte Baxter. »Aber ich dachte, Sie würden vielleicht einen kleinen Bonus drauflegen.«

»Ich dachte, wir hätten eine Abmachung.« Dr. Grief wandte den Kopf wie im Zeitlupentempo. Die roten Brillengläser richteten sich wie zwei Suchscheinwerfer auf den Mann.

»Ja, wir hatten eine Abmachung über meine Arbeit, aber nicht über mein Schweigen. Ich dachte an eine Viertelmillion. Angesichts der Größe und des Umfangs Ihres Gemini-Projekts ist das nicht zu viel verlangt. Dann ziehe ich mich in mein kleines Haus in Spanien zurück und Sie werden nie mehr von mir hören.«

»Ich werde nie mehr von Ihnen hören?«

»Das verspreche ich.«

Dr. Grief nickte. »Ja, ich glaube, das ist eine gute Idee.«

Er zog die Hand aus der Hosentasche. Alex sah, dass sie eine Automatik mit einem Schalldämpfer hielt. Baxter lächelte immer noch, als Grief ihm mitten durch die Stirn schoss. Der Mann fiel direkt auf den Operationstisch.

Dr. Grief senkte die Waffe, griff zum Telefonhörer und wählte eine Nummer. Es herrschte Totenstille, während Dr. Grief auf die Verbindung wartete.

»Hier Grief. Im Operationssaal muss Müll beseitigt werden. Könnten Sie bitte das Entsorgungsteam benachrichtigen?«

Er legte den Hörer auf, warf einen letzten Blick auf die leblose Gestalt auf dem Operationstisch und ging zur anderen Seite des Raums. Alex sah, wie er auf einen Knopf drückte. Ein Teil der Wand öffnete sich, auf der anderen Seite befand sich ein Aufzug. Dr. Grief stieg ein und die Aufzugstüren schlossen sich hinter ihm.

164   Alex stand auf, war aber zu schockiert, um klar denken zu können. Er stolperte vorwärts und betrat den Operationssaal. Er wusste, er musste schnell sein. Die Männer, die Dr. Grief gerufen hatte, waren sicherlich schon unter-

wegs. Aber er wollte herausfinden, was für Operationen hier vorgenommen wurden. Mr Baxter war vermutlich der ausführende Chirurg gewesen. Aber für welche Art Arbeit hatte er eine Million Dollar erhalten?

Alex versuchte, nicht auf die Leiche zu schauen. Er blickte sich im Saal um. Auf einem Regal lagen Skalpelle in allen Größen. Er hatte noch nie etwas so Grauenhaftes gesehen. Ihre Klingen waren so scharf, dass er beim bloßen Hinschauen glaubte, sie auf seiner Haut zu spüren. Außerdem gab es Verbandsrollen, Spritzen und Flaschen, die alle möglichen Flüssigkeiten enthielten. Aber sie gaben keinen Hinweis darauf, worin Baxters Arbeit bestanden hatte. Alex gab die Hoffung auf, hinter das Geheimnis zu kommen. Er hatte keine Ahnung von Medizin. Dieser Raum konnte für alle möglichen Operationen benutzt werden, vom Entfernen eingewachsener Zehennägel bis zu Herzoperationen.

Und dann entdeckte er die Fotos. Er erkannte sich selbst, wie er auf einem Bett lag, das er irgendwie kannte. Es war in Paris. Zimmer 13 im *Hôtel du Monde*. Er erinnerte sich an die schwarz-weiße Überdecke und an die Kleidung, die er an diesem Abend getragen hatte. Auf den meisten Fotos war er jedoch nackt. Jeder Zentimeter seines Körpers war fotografiert worden, manchmal in Nahaufnahme, manchmal aus weiterer Entfernung. Auf jedem Bild hatte er die Augen geschlossen. Als Alex sich betrachtete, erkannte er, dass er wohl unter Drogen gestanden haben musste und erinnerte sich, wie das Dinner mit Mrs Stellenbosch ausgegangen war.

Die Fotos widerten ihn an. Er war von Menschen manipuliert worden, für die er nur eine Sache war. Dr. Grief und seine Vizedirektorin waren ihm von Anfang an nicht ganz geheuer gewesen. Nun empfand er nur noch Abscheu. Er wusste nicht, was sie vorhatten. Aber sie planten auf jeden Fall nichts Gutes und mussten aufgehalten werden.

Erst als er Schritte auf der Treppe hörte, schreckte er aus seinen Gedanken hoch. Die Entsorgungsmänner! Er blickte sich um und fluchte lautlos. Er hatte keine Zeit mehr, unentdeckt aus dem Raum zu schlüpfen und es gab hier kein Versteck. Dann fiel ihm der Aufzug ein. Er sprang darauf zu und drückte auf den Knopf. Die Schritte kamen näher und er hörte Stimmen. Die Aufzugstüren öffneten sich. Alex betrat eine kleine silberfarbene Kabine. Es gab fünf Knöpfe: S, R, 1, 2, 3. Er drückte auf R. Er konnte genug Französisch, um sich zu erinnern, dass R wohl *Rez-de-chaussée* oder Erdgeschoss bedeutete. Hoffentlich würde ihn der Aufzug dorthin zurückbringen.

Die Türen schlossen sich, kurz bevor die Wachen den Operationssaal betraten. Als Alex nach unten fuhr, spürte er, wie sich ihm der Magen umdrehte. Dann wurde der Aufzug langsamer. Alex wusste, dass die Türen jederzeit irgendwo aufgehen konnten und er vielleicht von Wachen umringt sein würde – oder von den anderen Jungen der Schule. Nun, es war jetzt auf jeden Fall zu spät. Er hatte seinen Entschluss gefasst und musste mit dem, was ihn erwartete, fertig werden.

166

Aber er hatte Glück. Die Türen öffneten sich zur Bibliothek. Alex vermutete, dass dies die echte Bibliothek war und nicht wieder eine Nachahmung. Der Raum war leer. Er stieg aus dem Lift und drehte sich um. Er stand direkt vor der Nische mit der Rüstung. Die Aufzugstüren bildeten die Rückwand. Sie waren hervorragend durch die Rüstung kaschiert, die jetzt aus zwei Teilen bestand, links und rechts befand sich jeweils eine Hälfte. Als sich die Türen automatisch schlossen, war die Rüstung wieder ganz. Guter Trick, dachte Alex anerkennend. Das gesamte Gebäude war eine einzige fantastische Trickkiste.

Alex betrachtete seine Hände. Sie waren immer noch schmutzig. Er hatte vergessen, dass er völlig rußbedeckt war. Er schlich aus der Bibliothek, bemüht, keine schwarzen Fußspuren auf dem Teppich zu hinterlassen. Dann rannte er in sein Zimmer zurück. Er vergewisserte sich, dass es wirklich seines war und nicht der nachgebildete Raum zwei Stockwerke höher. Auf jeden Fall war der Discman hier – und genau den brauchte er jetzt.

Er wusste jetzt genug. Es wurde höchste Zeit, die Leute von MI6 zu benachrichtigen. Er drückte dreimal auf die Schnellvorlauftaste, dann ging er duschen.

Verzögerungstaktik

In London herrschte mal wieder Dauerregen. Der frühe Abendverkehr stürzte die Stadt ins Chaos, nichts ging mehr. Alan Blunt stand am Fenster und blickte auf die Straße, als es an der Tür klopfte. Er wandte sich nur widerstrebend ab, als ob die Stadt mit ihrem deprimierenden Dauerregen irgendeine geheime Anziehungskraft auf ihn ausübte. Mrs Jones kam herein. Sie hielt ein Stück Papier in der Hand. Als sich Blunt hinter seinen Schreibtisch setzte, entdeckte er, dass ganz oben auf dem Blatt »Äußerst dringend« stand – rot umrandet.

»Wir haben Nachricht von Alex«, sagte Mrs Jones.

»Tatsächlich?«

»Smithers hat ihm einen Euro-Satelliten-Sender in einen tragbaren CD-Player eingebaut. Alex hat uns heute Morgen … zehn Uhr siebenundzwanzig nach seiner Zeit, ein Signal gesandt.«

»Und was bedeutet es?«

»Entweder steckt er selbst in der Klemme oder er hat genug herausgefunden, dass wir eingreifen können. Wie auch immer, wir müssen ihn rausholen.«

»Ich überlege …« Blunt lehnte sich in seinem Stuhl zurück und dachte nach. Als junger Mann hatte er an der

Cambridge University in Mathematik eine große Auszeichnung erhalten. Noch dreißig Jahre später bestand das Leben für ihn aus einer Reihe komplizierter Berechnungen.

»Wie lange ist Alex schon in Point Blanc?«, fragte er.

»Eine Woche.«

»Wenn ich mich recht erinnere, wollte er unter keinen Umständen auf die Akademie. Laut Sir David Friend war sein Benehmen auf Haverstock Hall, also gelinde gesagt, asozial. Wussten Sie, dass er Friends Tochter mit einem Betäubungspfeil außer Gefecht gesetzt hat? Außerdem hat er sie bei einem Vorfall in einem Eisenbahntunnel fast umgebracht.«

»Er hat eine Rolle gespielt«, verteidigte sie den Jungen. »Genau das, was Sie ihm aufgetragen haben.«

»Vielleicht hat er seine Rolle zu gut gespielt«, murmelte Blunt. »Vielleicht ist Alex nicht mehr hundertprozentig zuverlässig.«

»Er hat uns ein Signal geschickt.« Mrs Jones' Stimme verriet deutliche Erregung. »Jedenfalls könnte er in ernsthaften Schwierigkeiten stecken. Wir haben ihm das Gerät als Alarmsignal mitgegeben. Damit er uns informiert, wenn er Hilfe benötigt. Und er hat es benutzt. Wir können uns nicht einfach zurücklehnen und Däumchen drehen.«

»Das habe ich auch nicht gesagt.« Alan Blunt warf ihr einen neugierigen Blick zu.

»Sie hängen doch nicht etwa an Alex Rider, oder?«, erkundigte er sich.

169

Mrs Jones mied seinen Blick. »Sie reden Unsinn.«

»Sie scheinen sich Sorgen um ihn zu machen.«

»Alan, er ist erst vierzehn. Er ist doch noch ein Kind, um Himmels willen.«

»Sie haben schon öfter mit Kindern gearbeitet.«

»Ja.« Mrs Jones blickte ihm fest in die Augen. »Vielleicht macht das einen Unterschied. Aber selbst Sie müssen zugeben, dass er etwas Besonderes ist. Wir haben keinen Agenten, der mit ihm vergleichbar wäre. Ein vierzehnjähriger Junge! Die ideale Geheimwaffe! Meine Empfindungen haben nichts damit zu tun. Wir können es uns nicht leisten, ihn zu verlieren.«

»Ich will nur nicht in Point Blanc einbrechen, ohne Genaueres zu wissen«, sagte Blunt. »Erstens haben wir es hier mit Frankreich zu tun – und Sie wissen, wie die Franzosen sind. Wenn wir auf ihrem Territorium ertappt werden, setzen sie Himmel und Hölle in Bewegung. Zweitens hat Grief Jungen aus den reichsten Familien der Welt in seiner Akademie aufgenommen. Wenn wir mit der SAS-Einheit dort eindringen, könnte das Ganze zu einem größeren internationalen Konflikt ausarten.«

»Sie wollten Beweise dafür, dass die Schule mit dem Tod von Roscoe und Iwanow zu tun hatte«, sagte Mrs Jones. »Alex kann sie möglicherweise jetzt vorlegen.«

»Vielleicht ja, vielleicht nein. Ein Aufschub von vierundzwanzig Stunden dürfte nicht viel ausmachen.«

»Vierundzwanzig Stunden?«

»Wir stellen eine Einheit in Bereitschaft, die das Ganze unter Kontrolle hat. Wenn Alex in Schwierigkeiten steckt, werden wir es bald herausfinden. Es könnte uns von Nutzen sein, wenn es ihm gelänge, die Dinge ein wenig aufzumischen. Das ist es doch, was wir erreichen wollen: Grief dazu zu zwingen, seine Karten auf den Tisch zu legen.«

»Und was ist, wenn Alex nochmals Kontakt mit uns aufnimmt?«

»Dann greifen wir ein.«

»Vielleicht kommen wir dann zu spät.«

»Für Alex?« Blunt zeigte keinerlei Gemütsregung. »Aber Mrs Jones, ich bin davon überzeugt, dass Sie sich um ihn keine Sorgen zu machen brauchen. Er kann auf sich selbst aufpassen.«

Das Telefon läutete und Blunt griff nach dem Hörer. Das Gespräch mit Mrs Jones war beendet. Sie erhob sich und machte sich auf den Weg, um alles zu arrangieren, damit eine SAS-Einheit nach Genf fliegen konnte. Natürlich hatte Blunt Recht. Eine Verzögerungstaktik konnte vielleicht von Vorteil für sie sein. Man musste zuerst die Dinge mit den Franzosen klären und herausfinden, was vor sich ging. Es waren ja nur vierundzwanzig Stunden.

Sie konnte nur hoffen, dass Alex so lange am Leben bleiben würde.

Alex frühstückte heute ganz allein. Zum ersten Mal hatte James Sprintz sich dazu durchgerungen, mit den anderen Jungen zusammenzusitzen. Die sechs Jungen waren plötzlich die besten Freunde. Alex musterte den Jungen, der einst sein Freund gewesen war, nachdenklich und versuchte herauszufinden, was sich an ihm verändert hatte. Aber er kannte ja die Antwort. Es war alles und nichts. James war noch immer derselbe und doch völlig verändert.

Alex beendete sein Frühstück und stand auf. James rief ihm zu: »Alex, warum kommst du heute Morgen nicht zum Unterricht? Wir haben Latein.«

Alex winkte ab. »Latein ist reine Zeitvergeudung.«

»Meinst du das wirklich?«, fragte James mit unverhohlenem Spott in der Stimme. Eine Sekunde lang war Alex verblüfft. Es war ja gar nicht James, der gesprochen hatte. James hatte lediglich die Lippen bewegt. Dr. Grief hatte die Worte gesprochen.

»Viel Spaß«, rief Alex zurück und rannte hinaus.

Es waren fast vierundzwanzig Stunden vergangen, seit er am Discman die Schnellvorlauftaste betätigt hatte. Alex wusste nicht genau, was er erwartete. Eine Schwadron von britischen Helikoptern wäre beruhigend gewesen. Aber er hatte noch nichts von den Leuten von MI6 gehört. Er fragte sich sogar schon, ob das Alarmsignal überhaupt funktioniert hatte. Gleichzeitig war er wütend auf sich selbst. Er hatte gesehen, wie Grief Baxter im Operationssaal erschossen hatte und war in Panik geraten. Er wusste, dass Grief ein Killer war. Er wusste außerdem auch, dass die Akademie viel mehr als ein normales Pensionat war. Aber es fehlten ihm noch einige wichtige Antworten. Was genau tat Dr. Grief? War er auch für den Tod von Michael J. Roscoe und Victor Iwanow verantwortlich? Und wenn ja, warum?

Tatsache war, dass er nicht genug wusste. Und bis die Leute von MI6 hier sein würden, war Baxters Leiche sicher längst irgendwo in den Bergen begraben und es gab keine Beweise mehr, dass etwas nicht stimmte. Alex würde wie ein Idiot dastehen. Er konnte sich geradezu lebhaft vorstellen, wie Dr. Grief seine eigene Version der Geschichte vorbringen würde …

»Ja, es gibt hier einen Operationssaal, der schon vor Jahren eingerichtet worden ist. Der zweite und dritte Stock sind unbenutzt. Ja, es gibt auch einen Aufzug, der lange vor unserer Zeit installiert wurde. Wir haben Alex erklärt, was es mit den bewaffneten Wachen auf sich hat. Sie sind hier zu seinem Schutz. Aber wie Sie sich selbst überzeugen können, meine Herren, geschieht hier nichts, was Anlass zur Beunruhigung geben könnte. Den anderen Jungen geht es gut. Baxter? Nein, ich kenne niemanden dieses Namens. Alex hat offensichtlich schlecht geträumt. Ich kann mich nur wundern, dass er hierhergeschickt wurde, um uns auszuspionieren. Und ich würde Sie daher doch sehr bitten, ihn mitzunehmen, wenn Sie gehen …

Alex musste noch mehr herausfinden – und das bedeutete, dass er nochmals in den zweiten Stock gehen musste. Oder vielleicht hinunter. Alex erinnerte sich an die Buchstaben in dem geheimen Lift. R stand für *Rez-de-chaussée*, also Erdgeschoss. S bedeutete dann wohl *Sous-sol*, das französische Wort für Untergeschoss.

Er ging zu dem Klassenzimmer, in dem gerade Latein gebüffelt wurde, und warf einen Blick durch die halb offene Tür. Dr. Grief war nicht zu sehen, aber Alex vernahm seine Stimme.

»Felix qui potuit rerum cognoscere causas …«

Alex hörte das Quietschen der Kreide an der Tafel. Sechs Jungen saßen an ihren Tischen und lauschten aufmerksam. James saß zwischen Hugo und Tom und machte sich Notizen. Alex warf einen Blick auf seine Armbanduhr. Der Unterricht dauerte noch eine Stunde. Und diese Zeit musste er nutzen.

Er ging wieder den Gang hinunter und schlüpfte in die Bibliothek. Als er heute Morgen aufgewacht war, hatte er immer noch einen leichten Rußgeschmack im Mund gehabt. Er wollte unter keinen Umständen nochmals den Kamin hochklettern. Stattdessen ging er zur Rüstung. Er wusste jetzt, dass in der Nische zwei Aufzugstüren verborgen waren, die von innen geöffnet werden konnten. Sicher gab es auch von außen eine Steuerungsmöglichkeit.

Er brauchte nur ein paar Minuten, um die drei Knöpfe zu finden, die in die Brustplatte der Rüstung eingelassen waren. Selbst aus der Nähe wirkten sie wie ein Teil der Rüstung – etwas, was der mittelalterliche Ritter benutzt haben könnte, um die Rüstung zu schließen. Aber als Alex auf den mittleren Knopf drückte, bewegte sich die Rüstung. Einen Augenblick später teilte sie sich und er sah in den offenen Aufzug.

Dieses Mal wählte er den unteren Knopf. Der Aufzug schien einen langen Weg zurückzulegen, als ob das Kellergeschoss des Gebäudes sehr tief unten liegen würde. Endlich glitten die Türen wieder auf. Alex schaute in einen gewölbten Gang mit gefliesten Wänden, die ihn ein wenig an die Londoner U-Bahn erinnerten. Es war kühl hier unten. Der Durchgang wurde von nackten Glühbirnen, die an die Decke geschraubt waren, beleuchtet.

Er beugte sich aus dem Aufzug heraus und zuckte sofort

wieder zurück. Am Ende des Gangs saß eine Wache an einem Tisch und las Zeitung. Hatte der Mann gehört, wie sich die Aufzugstüren geöffnet hatten? Alex beugte sich erneut vor. Der Mann war in die Sportseite vertieft und hatte sich nicht gerührt. Alex trat aus dem Lift und ging auf Zehenspitzen den Gang hinunter, aus dem Blickfeld der Wache. Er bog um eine Ecke in einen zweiten Gang, in dem es verschiedene Stahltüren gab. Weit und breit war niemand in Sicht.

Wo befand er sich? Offenbar gab es hier unten etwas, was bewacht werden musste. Alex steuerte die nächste Tür an. Er blickte durch das Guckloch in eine kahle, weiße Zelle mit zwei Pritschen, einer Toilette und einem Waschbecken. In der Zelle hielten sich zwei Jungen auf. Den einen hatte er noch nie zuvor gesehen, aber den anderen kannte er. Es war der rothaarige Junge namens Tom McMorin. Aber den hatte er doch erst vor ein paar Minuten im Lateinunterricht gesehen! Was um Himmels willen tat er jetzt hier?

Alex ging weiter zur nächsten Zelle. Auch hier befanden sich zwei Jungen. Der eine war ein blonder, sportlich aussehender Junge mit blauen Augen und Sommersprossen. Den anderen kannte er. Es war James Sprintz. Alex untersuchte die Tür. Es gab zwei Bolzen, aber soweit er erkennen konnte, keinen Schlüssel. Er schob die Bolzen zurück und drückte die Klinke hinunter. Die Tür öffnete sich und er ging hinein.

175

James erhob sich, erstaunt, ihn zu sehen. »Alex, was tust du denn hier?«

Alex schloss die Tür hinter sich. »Wir haben nicht viel Zeit«, sagte er. Er senkte die Stimme zu einem Flüstern, obwohl kaum Gefahr bestand, belauscht zu werden. »Was ist mit dir passiert?«

»Vorgestern Nacht zerrten sie mich aus dem Bett«, sagte er, »und schleppten mich in die Bibliothek. Es gab da eine Art Aufzug …«

»Hinter der Rüstung.«

»Genau. Ich wusste nicht, was sie vorhatten, dachte, sie wollten mich töten. Aber dann schlossen sie mich hier ein.«

»Du bist schon seit zwei Tagen hier?«

»Ja.«

Alex schüttelte den Kopf. »Vor fünfzehn Minuten habe ich dich noch oben beim Frühstück gesehen.«

»Sie haben Doppelgänger von uns gemacht.« Der andere Junge im Raum hatte zum ersten Mal das Wort ergriffen. Er sprach mit einem amerikanischen Akzent. »Von uns allen. Ich weiß nicht, wie oder warum sie es gemacht haben. Doch fest steht, dass sie es getan haben.« Er warf einen wütenden Blick zur Tür. »Ich bin schon seit Monaten hier. Mein Name ist Paul Roscoe.«

»Roscoe? Dein Dad ist …«

»Michael Roscoe.«

Alex schwieg. Er brachte es nicht fertig, dem Jungen zu berichten, was seinem Vater zugestoßen war, und blickte betreten auf seine Fußspitzen, weil er Angst hatte, Paul könnte die Wahrheit in seinen Augen erkennen.

176

»Wie bist du hierhergekommen?«, erkundigte sich James.

»Hör zu«, sagte Alex. Er sprach jetzt sehr schnell. »Ich wurde von MI6 hierhergeschickt. Ich heiße nicht Alex Friend, sondern Alex Rider. MI6 hat alles im Griff. Sie werden schon bald Leute hierherschicken und euch dann alle befreien.«

»Du bist … ein *Spion*?« James war völlig verblüfft.

Alex nickte. »Ja, so könnte man es wohl nennen«, erwiderte er.

»Du hast ja die Tür geöffnet, also können wir rausgehen!« Paul Roscoe erhob sich, bereit, das Zimmer zu verlassen.

»Nein!« Alex machte eine abwehrende Geste. »Ihr müsst warten. Es gibt keinen Weg den Berg hinunter. Wartet ab, ich komme zurück und bringe Hilfe. Versprochen! Das ist unsere einzige Chance.«

»Ich kann nicht …«

»Aber du musst. Vertrau mir, Paul. Ich muss euch wieder einschließen, damit niemand weiß, dass ich hier gewesen bin. Aber es wird nicht lange dauern. Ich komme zurück.«

Alex durfte sich nicht länger auf Diskussionen einlassen. Also machte er kehrt und öffnete die Tür.

Vor ihm stand Mrs Stellenbosch.

Er hatte kaum Zeit zu registrieren, wie sehr er durch ihren Anblick schockiert war. Er versuchte, sich mit einer Hand zu schützen und seinen Körper in Stellung zu bringen, um ihr einen Karatetritt zu versetzen. Aber es war bereits zu spät. Sie ließ ihren Arm wie ein Geschoss vorschnellen und versetzte ihm einen Handkantenschlag mitten ins Gesicht. Alex hatte das Gefühl, als wäre er gegen eine Wand gelaufen. Er spürte alle Knochen. Weißes Licht explodierte hinter seinen Augen und dann verlor er das Bewusstsein.

Wie man die Welt beherrscht

Los, mach die Augen auf, Alex. Dr. Grief will dich sofort sprechen.«

Alex hörte die Worte wie aus weiter Ferne. Er stöhnte und versuchte, den Kopf zu heben. Er saß auf dem Boden, die Arme auf dem Rücken gefesselt. Sein Gesicht fühlte sich zerschlagen und geschwollen an und er hatte Blutgeschmack im Mund. Er öffnete die Augen und wartete, dass er den Raum erkennen würde.

Mrs Stellenbosch stand vor ihm, eine Faust leicht geballt. Alex erinnerte sich an den Schlag, der ihn außer Gefecht gesetzt hatte. Sein Kopf dröhnte und er fuhr sich mit der Zunge über die Zähne, um zu prüfen, ob welche fehlten. Zum Glück hatte er sich mit dem Schlag nach hinten geworfen, sonst hätte sie ihm möglicherweise das Genick gebrochen.

Dr. Grief saß in seinem goldenen Stuhl und musterte Alex mit einem Blick, der vielleicht Neugier oder Abscheu oder vielleicht etwas von beidem zeigte. Außer ihnen war niemand im Raum. Draußen schneite es noch und im Kamin brannte ein schwaches Feuer. Die roten Flammen wirkten jedoch im Vergleich zu Dr. Griefs rot glühenden Augen farblos.

»Du hast uns großen Ärger bereitet«, sagte Grief vorwurfsvoll.

Alex hob den Kopf. Er versuchte, die Hände zu bewegen, aber sie waren an den Stuhl gefesselt.

»Dein Name ist nicht Alex Friend. Du bist nicht der Sohn von Sir David Friend. Du heißt Alex Rider und stehst im Dienst des britischen Geheimdienstes.« Dr. Grief stellte lediglich Fakten fest. Seine Stimme verriet keinerlei Gefühlsregung.

»Wir haben in den Zellen Mikrofone versteckt«, erklärte Mrs Stellenbosch. »Manchmal ist es nützlich für uns, die Unterhaltungen zwischen unseren jungen Gästen abzuhören. Die Wache hat jedes deiner Worte mitgehört und mich benachrichtigt.«

»Du hast unsere Zeit und unser Geld verschwendet«, fuhr Dr. Grief fort. »Dafür wirst du jetzt bestraft. Und diese Bestrafung wirst du nicht überleben.«

Die Worte klangen kalt und endgültig und Alex fühlte grässliche Angst in sich hochkriechen. Er holte tief Luft und zwang sich, Ruhe zu bewahren. Er hatte die Leute von MI6 benachrichtigt, sie waren bestimmt auf dem Weg nach Point Blanc, würden sicherlich jeden Augenblick hier eintreffen. Er musste also nur versuchen, Zeit zu schinden.

»Sie können mir nichts tun«, sagte er.

Mrs Stellenbosch versetzte ihm mit dem Handrücken einen heftigen Schlag gegen den Kopf, sodass er rückwärts geschleudert wurde. Lediglich der Stuhl hielt ihn fest. »Wenn du mit dem Direktor sprichst, rede ihn gefälligst mit Dr. Grief an«, herrschte sie ihn an.

Alex kämpfte mit den Tränen, die ihm in die Augen traten. »Sie können mir nichts tun, Dr. Grief«, wiederholte er. »Ich weiß alles über das Gemini-Projekt. Und ich habe London bereits informiert. Wenn Sie mir irgendetwas antun, werden sie Sie töten. Sie sind bereits auf dem Weg hierher.«

Dr. Grief lächelte spöttisch und Alex erkannte blitzartig, dass keines seiner Worte irgendetwas an seinem Schicksal ändern würde. Der Mann war zu selbstsicher. Er erinnerte an einen Pokerspieler, dem es nicht nur gelungen war, sämtliche Karten zu sehen, sondern der auch noch die vier Asse gestohlen hatte.

»Es kann durchaus sein, dass deine Freunde auf dem Weg hierher sind«, sagte er. »Aber ich glaube nicht, dass du ihnen etwas gesagt hast. Wir haben dein Gepäck durchsucht und den im Discman verborgenen Sender gefunden. Ich habe auch festgestellt, dass der Discman als geniale Säge verwendet werden kann. Was aber den Sender angeht, so kann er wohl ein Signal aussenden, aber keine Botschaft übermitteln. Es ist uninteressant für mich, wie du von dem Gemini-Projekt erfahren hast. Ich nehme an, du hast an der Tür gelauscht. Wir hätten vorsichtiger sein sollen. Aber wir konnten ja nicht damit rechnen, dass der britische Geheimdienst ein Kind losschicken würde.

Nehmen wir mal an, deine Freunde tauchen hier auf. Dann werden Sie nichts Auffälliges vorfinden. Du selbst wirst verschwunden sein. Ich werde ihnen erklären, dass du weggerannt bist und meine Männer immer noch auf der Suche nach dir sind. Aber dass ich befürchte, du seist einen kalten, langsamen Tod irgendwo in den Bergen gestorben. Niemand wird herausfinden, was ich hier getan habe. Das Gemini-Projekt wird erfolgreich zu Ende geführt. Es ist bereits abgeschlossen. Und selbst wenn deine Freunde mich töten sollten, macht das keinen Unterschied. Weißt du, Alex, man kann mich nicht töten, die Welt gehört bereits mir.«

»Sie meinen, sie gehört den Jungen, die Sie als Doppelgänger engagiert haben«, bemerkte Alex.

»Engagiert?« Dr. Grief flüsterte Mrs Stellenbosch ein paar Worte in einer rau klingenden Sprache zu. Alex vermutete, dass es Afrikaans war. Ihre wulstigen Lippen öffneten sich und sie lachte. Dabei zeigte sie große, verfärbte Zähne. »Stellst du dir das etwa so vor?«, fragte Dr. Grief. »Glaubst du das?«

»Ich habe sie ja gesehen.«

»Du weißt nicht, was du gesehen hast. Du weißt nichts über meine Genialität. Dein kleiner Verstand kann nicht ermessen, was ich erreicht habe.« Dr. Grief atmete schwer. Dann schien er einen Entschluss gefasst zu haben. »Es kommt selten vor, dass ich dem Feind direkt gegenüberstehe«, meinte er. »Ich habe es immer als enttäuschend empfunden, dass ich nie in der Lage sein werde, der Welt zu verkünden, welch brillante Leistung ich vollbracht habe. Da ich dich aber nun schon mal hier habe – als unfreiwilliges Publikum sozusagen – gestatte ich mir den Luxus, dir das Gemini-Projekt zu erklären. Und wenn du schreiend in den Tod gehst, wirst du begreifen, dass du nie die geringste Chance hattest. Dass du nicht hoffen konntest, es mit einem

Mann wie mir aufzunehmen und zu gewinnen. Vielleicht erleichtert dies das Ganze für dich.«

»Wenn es Ihnen nichts ausmacht, Doktor, werde ich rauchen«, sagte Mrs Stellenbosch und holte ihre Zigarren heraus und zündete eine an. Der Rauch verschleierte ihren Blick.

»Ich bin, wie du sicherlich schon bemerkt hast, Südafrikaner«, begann Dr. Grief. »Die Tiere in der Empfangshalle und in diesem Raum sind Erinnerungen an meine Zeit dort. Ich habe sie selbst erlegt. Nach wie vor sehne ich mich nach meiner Heimat zurück, dem schönsten Land der Welt. Was du vielleicht nicht wissen kannst, ist, dass ich viele Jahre lang einer der bekanntesten Biochemiker Südafrikas war. Ich war Leiter des Fachbereichs Biologie an der Universität von Johannesburg. Später leitete ich das *Cyclops Institute* für Genetische Forschung in Pretoria. Aber den Höhepunkt meiner Karriere erlebte ich in den 60er-Jahren, als mich Premierminister John Vorster trotz meiner Jugend – ich war Anfang zwanzig – zum Wissenschaftsminister ernannte ...«

»Sie haben mir zwar angekündigt, dass Sie mich töten werden«, unterbrach Alex ihn, »aber nicht, dass ich mich zu Tode langweilen würde.«

Mrs Stellenbosch hustete und ging mit geballter Faust auf Alex los. Aber Dr. Grief gebot ihr Einhalt. »Lassen Sie dem Jungen ruhig seinen kleinen Spaß«, sagte er. »Er wird später noch genug leiden.«

Die Vizedirektorin warf Alex einen finsteren Blick zu.

Dr. Grief fuhr fort. »Ich erzähle dir das lediglich zum

besseren Verständnis. Vermutlich weißt du nichts über Südafrika. Ich habe herausgefunden, dass die englischen Schüler die faulsten und dümmsten der Welt sind. All das wird sich bald ändern. Aber ich will dir jetzt ein bisschen von meinem Land erzählen, wie es in meiner Jugend war.

Die Weißen in Südafrika beherrschten alles. Die Gesetze, die die Welt als Apartheid kennt, verboten den Schwarzen, neben Weißen zu wohnen. Ehen zwischen Schwarzen und Weißen waren verboten. Die Schwarzen durften weder die Toiletten der Weißen benutzen noch Restaurants, Sporthallen oder Bars betreten, in denen Weiße verkehrten. Sie mussten sogar spezielle Ausweise mit sich führen, wurden wie Tiere behandelt.«

»Wie widerlich«, sagte Alex.

»Wie wunderbar«, widersprach Mrs Stellenbosch.

»Das war es tatsächlich«, stimmte Dr. Grief ihr zu. »Aber im Lauf der Jahre stellte ich fest, dass das Ganze auf wackeligen Beinen stand. Der Aufstand in Soweto, der zunehmende Widerstand und die Art, wie die ganze Welt, einschließlich deines eigenen, beschissenen Landes, auf uns losging, zeigte mir, dass das Südafrika der Weißen dem Untergang geweiht war und ich sah schon den Tag voraus, an dem ein Mann wie Nelson Mandela an die Macht kommen würde.«

»Ein Verbrecher!«, fügte Mrs Stellenbosch, aus deren Nasenlöchern Rauch waberte, hinzu.

184   Alex schwieg. Es war eindeutig, dass Dr. Grief und seine Assistentin verrückt waren, was sie mit jedem weiteren Wort bewiesen.

»Ich sah mir die Welt an«, fuhr Dr. Grief fort, »und ich fing an zu begreifen, wie schwach und erbärmlich sie allmählich wurde. Wie war es möglich, dass ein Land wie meines in die Hände von Menschen fiel, die keine Ahnung hatten, wie sie es regieren sollten? Und warum war die übrige Welt so entschieden dafür? Ich blickte mich um und erkannte, dass die Menschen in Amerika und Europa dumm und schwach geworden waren. Der Fall der Berliner Mauer machte alles nur noch schlimmer. Meine Bewunderung hatte immer den Russen gegolten, aber sie ließen sich schnell von der gleichen Krankheit anstecken. Und ich kam zu dem Schluss, dass die Welt viel stärker sein würde, wenn ich sie beherrschte. Und um so vieles besser …«

»Vielleicht für Sie, Dr. Grief«, wandte Alex ein. »Aber für sonst niemand.«

Grief ignorierte ihn. Die Augen hinter seinen roten Brillengläsern funkelten. »Es war von jeher der Traum einiger weniger Männer, die ganze Welt zu beherrschen«, sagte er. »Hitler war einer davon. Auch Napoleon, vielleicht auch Stalin. Große Männer! Bemerkenswerte Männer! Aber im 21. Jahrhundert die Welt zu beherrschen erfordert mehr als militärische Stärke. Die Welt ist heutzutage viel komplizierter geworden. In wessen Händen liegt die wirkliche Macht? In den Händen von Premierministern und Präsidenten. Aber man findet auch Macht in der Industrie, in der Wissenschaft, in den Medien, im Ölgeschäft und im Internet … Das moderne Leben gleicht einem großen Wandteppich und wenn man ihn unter Kontrolle haben möchte, muss man jeden einzelnen Faden in der Hand halten. Genau das nahm ich mir vor. Und auf Grund meiner einmaligen Stellung im ehemaligen Südafrika konnte ich es versuchen.« Grief holte tief Luft. »Was weißt du über Kerntransfer?«, fragte er.

»Gar nichts«, erwiderte Alex. »Aber wie Sie ja bereits gesagt haben, bin ich ein englischer Schüler. Faul und dumm.«

»Es gibt noch einen anderen Begriff dafür. Hast du schon mal etwas von Klonen gehört?«

Alex musste sich beherrschen, um nicht loszulachen. »Sie meinen … wie Dolly, das Schaf?«

»Für dich ist das vielleicht lustig, etwas aus Science-Fiction-Filmen. Aber die Wissenschaftler haben seit mehr als hundert Jahren nach einer Möglichkeit gesucht, genaue Abbilder von sich selbst zu schaffen. Der Begriff kommt aus dem Griechischen und steht für ›Zweig‹. Stell dir vor, wie ein Zweig aus einem Ast entsteht, sich in zwei Teile spaltet. Das genau wurde mit Eidechsen, Seeigeln, Kaulquappen, Fröschen, Mäusen und am 5. Juli 1996 sogar mit einem Schaf durchgeführt. Die Theorie ist ganz einfach. Kerntransfer. Der Kern wird einem Ei entnommen und durch den Zellkern eines Erwachsenen ersetzt. Ich will dich nicht mit Einzelheiten langweilen, Alex, aber es ist kein Scherz. Dolly war die perfekte Nachahmung eines Schafs, das sechs Jahre vor Dollys Geburt gestorben war. Über hundert Jahre wurde daran experimentiert und das war das Ergebnis. Und in all der Zeit hatten die Wissenschaftler den Traum, einen erwachsenen Menschen zu klonen. Und ich habe diesen Traum verwirklicht.«

Er schwieg.

»Wenn ich jetzt klatschen soll, müssen Sie mir die Handschellen abnehmen«, sagte Alex.

»Ich will keinen Applaus«, schnarrte Grief. »Nicht von dir. Ich will dein Leben und das werde ich mir nehmen.«

»Was also haben Sie geklont?«, erkundigte sich Alex. »Doch hoffentlich nicht Mrs Stellenbosch. Eine von ihrer Sorte reicht aus.«

»Wo denkst du denn hin? Ich habe mich selbst geklont!« Dr. Grief umklammerte die Lehnen des Stuhls, ein König auf dem Thron seiner eigenen Wahnvorstellung. »Ich habe mit meiner Arbeit vor zwanzig Jahren begonnen«, erklärte er. »Ich habe dir ja erzählt, dass ich Wissenschaftsminister war. Ich besaß die Ausrüstung und das nötige Geld. Und zudem war ich in Südafrika. Die Regeln, die andere Wissenschaftler in anderen Ländern behinderten, galten nicht für mich. Ich konnte für meine Experimente Menschen – politische Gefangene – benutzen. Alles geschah im Geheimen. Ich arbeitete zwanzig Jahre lang ohne Unterbrechung. Und dann war ich bereit. Ich erleichterte die Regierung Südafrikas um etwas Geld und zog hierher.

Das war 1981. Und sechs Jahre später, fast ein Jahrzehnt bevor ein englischer Wissenschaftler die Welt durch das Klonen eines Schafs überraschte, machte ich hier in Point Blanc etwas viel Spektakuläreres. Ich klonte mich selbst. Und zwar nicht nur einmal, sondern sechzehnmal. Ich schuf sechzehn genaue Abbilder von mir selbst. Mit meinem Aussehen, meinem Verstand, meinem Ehrgeiz und meiner Entschlossenheit.«

»Waren die auch alle so irre wie Sie?«, fragte Alex und ging in Deckung, als Mrs Stellenbosch ihm erneut einen Schlag versetzte, dieses Mal in die Magengrube. Er wollte Dr. Grief reizen. Wenn die beiden wütend wurden, würden sie vielleicht Fehler machen.

»Anfangs waren es Babys«, fuhr Dr. Grief fort. »Sechzehn Babys von sechzehn Müttern, die als solche biologisch völlig unbedeutend waren. Aber die Babys sollten als meine Ebenbilder aufwachsen. Ich musste vierzehn Jahre warten, bis aus den Babys Jungen geworden waren. Eva hat sich um alle gekümmert. Du bist ihnen begegnet – einigen von ihnen.«

»Tom, Cassian, Nicolas, Hugo, Joe. Und James …« Jetzt begriff Alex, weshalb sie irgendwie alle gleich ausgesehen hatten.

»Verstehst du, Alex? Kannst du dir auch nur ansatzweise vorstellen, was ich geleistet habe? Ich werde nie sterben, niemals, denn selbst wenn ich tot bin, werde ich in ihnen weiterleben. Ich bin sie und sie sind ich. Wir bilden eine Einheit.«

Lächelnd fuhr er fort: »Bei allem hat mir Eva Stellenbosch geholfen. Im Übrigen hat sie gemeinsam mit mir für die südafrikanische Regierung gearbeitet und war eine der führenden Vernehmungsbeamtinnen unseres eigenen Geheimdiensts, des SASS.«

»Eine glückliche Zeit!«, lächelte Mrs Stellenbosch.

188   »Gemeinsam haben wir die Akademie ins Leben gerufen. Das war der zweite Teil meines Plans. Ich habe wohl sechzehn Abbilder von mir geschaffen, aber das war noch

nicht genug. Erinnerst du dich, was ich eben über die Fäden des Wandteppichs gesagt habe? Ich musste sie hierherbringen, sie zusammenzufügen ...«

»Um uns durch die Abbilder von Ihnen selbst zu ersetzen!« Plötzlich begriff Alex alles. Es war totaler Wahnsinn. Aber es war tatsächlich die einzige Möglichkeit, dass alles, was er gesehen hatte, einen Sinn ergab.

Dr. Grief nickte. »Ich habe festgestellt, dass Familien mit Geld und Einfluss häufig gestörte Kinder haben. Eltern, die keine Zeit für ihre Söhne haben. Söhne, die ihre Eltern nicht lieben. Diese Kinder wurden zu meiner Zielscheibe. Denn ich wollte das, was diese Kinder hatten.

Nehmen wir einen Jungen wie Hugo Vries. Eines Tages wird ihm sein Vater fünfzig Prozent vom Weltdiamantenmarkt hinterlassen. Oder Tom McMorin, seine Mutter besitzt Zeitungen überall auf der Welt. Oder Joe Canterbury, sein Vater sitzt im Pentagon, seine Mutter ist Senatorin. Gibt es eine bessere Ausgangsposition für eine politische Karriere? Oder sogar für den zukünftigen Präsidenten der Vereinigten Staaten? Fünfzehn der vielversprechendsten Kinder, die nach Point Blanc geschickt wurden, habe ich durch Ebenbilder von mir selbst ersetzt. Dank plastischer Operationen wurden sie eine genaue Kopie des Originals.«

»Und Baxter, der Mann, den Sie erschossen haben, war der Chirurg.«

»Respekt, Alex, du hast deine Aufgaben wirklich gut gemacht.« Zum ersten Mal blickte Dr. Grief überrascht drein. »Der verstorbene Mr Baxter war plastischer Chirurg. Er hat in der Harley Street in London praktiziert. Da er hohe

Spielschulden hatte, war es ein Leichtes für mich, ihn gefügig zu machen. Er hatte die Aufgabe, meine Kinder zu operieren, ihre Gesichter zu verändern – und wenn erforderlich, ihren Körper –, damit sie haargenau den Jungen ähnelten, an deren Stelle sie traten. Die richtigen Jungen wurden vom ersten Augenblick ihres Eintreffens hier unter Beobachtung gestellt ...«

»Mit identischen Zimmern im zweiten und dritten Stock.«

»Ja. Meine Doppelgänger konnten ihre Vorbilder auf dem Bildschirm beobachten, jede ihrer Bewegungen nachahmen, ihre Besonderheiten erlernen. Außerdem lernten sie, wie sie zu essen und zu sprechen. Kurzum, sie lernten ihre Rolle.«

»Es kann niemals funktionieren!« Alex rutschte auf seinem Stuhl hin und her und versuchte, den Druck der Handschellen zu erleichtern, aber sie saßen fest. Er konnte sich nicht rühren. »Die Eltern werden erkennen, dass die Kinder, die Sie zurückschicken, nicht ihre sind«, beharrte Alex. »Jede Mutter wird sofort merken, dass der Junge nicht ihr Sohn ist.«

Mrs Stellenbosch kicherte. Sie hatte ihre Zigarre aufgeraucht und zündete sich die nächste an.

»Du täuschst dich, Alex«, sagte Dr. Grief. »Erstens handelt es sich um vielbeschäftigte, hart arbeitende Eltern, die wenig oder gar keine Zeit für ihre Kinder haben. Und du vergisst, dass der Hauptgrund, weshalb sie ihre Söhne hierhergeschickt haben, der war, dass sie wollten, dass sie sich veränderten. Das ist der Grund, weshalb Eltern ihre

Kinder auf Privatschulen schicken. Oh ja – sie glauben, diese Schulen könnten ihre Kinder besser, klüger und selbstsicherer machen. Sie wären sehr enttäuscht, wenn die Kinder wieder genauso wie sie waren nach Hause zurückkehrten.

»Und auch die Natur ist auf unserer Seite. Ein vierzehnjähriger Junge geht für sechs oder sieben Wochen von zu Hause weg. Wenn er zurückkehrt, hat er sich zwangsläufig verändert. Der Junge wird größer sein, dünner oder dicker. Sogar seine Stimme wird sich verändert haben. Das gehört zur Pubertät. Und wenn die Eltern ihn sehen, werden sie sagen: »Oh Tom, du bist ja so gewachsen – und so erwachsen.« Und sie schöpfen keinen Verdacht. Im Gegenteil, sie wären beunruhigt, wenn sich der Junge nicht verändert hätte.«

»Aber Roscoe hat die Wahrheit erraten, nicht wahr?« Alex wusste nun, er war endlich am Ziel angelangt, hatte die Frage gelöst, wegen der er hierhergeschickt worden war. Er wusste, warum Roscoe und Iwanow getötet worden waren.

»Nur zweimal glaubten die Eltern nicht, was sie sahen«, räumte Dr. Grief ein. »Es handelte sich um Michael J. Roscoe in New York und General Victor Iwanow in Moskau. Keiner der beiden wusste genau, was passiert war. Aber sie waren unglücklich. Sie stritten mit ihren Söhnen und stellten zu viele Fragen.«

»Und die Söhne haben Ihnen davon berichtet?«

»Man könnte sagen, ich habe es mir selbst mitgeteilt, denn die Söhne sind ja quasi identisch mit mir. Ja, Michael

Roscoe wusste, dass etwas nicht stimmte und rief beim MI6 in London an. Ich nehme an, das ist der Grund, weshalb du – Pech für dich – eingeschleust wurdest. Ich musste für Roscoe und Iwanow einen Killer bestellen. Aber es war damit zu rechnen, dass es Probleme geben würde. Zwei von sechzehn ist ja noch keine Katastrophe und natürlich ändert das nichts an meinen Plänen. Ja, es hilft mir sogar. Michael J. Roscoe hinterließ sein gesamtes Vermögen seinem Sohn. Und der russische Präsident ist sogar persönlich an Dimitry Iwanow interessiert, nachdem dieser seinen Vater verloren hat.

Kurzum, das Gemini-Projekt hat sich als überragender Erfolg erwiesen. In wenigen Tagen werden die letzten Jungen Point Blanc verlassen und in den Schoß ihrer Familien heimkehren. Aber ich befürchte, dass ich mich, wenn ihre Familien sie anstandslos wieder aufgenommen haben, der Originale entledigen muss. Sie werden einen schmerzlosen Tod sterben.

Das gilt jedoch nicht für dich, denn du hast mir viel Ärger bereitet. Deshalb habe ich vor, ein Exempel an dir zu statuieren.« Dr. Grief griff in seine Tasche und holte ein Gerät heraus, das wie ein Pieper aussah. Es hatte nur eine Taste, die er betätigte. »Eva, welches Fach ist morgen als Erstes dran?«, fragte er.

»Zwei Stunden Biologie«, erwiderte Mrs Stellenbosch.

»Wie ich vermutet hatte. Vielleicht hast du im Biologieunterricht schon mal erlebt, wie ein Frosch oder eine Ratte seziert worden sind«, sagte Dr. Grief. »Seit einiger Zeit schon bestürmen mich meine Kinder, einen Menschen zu sezieren. Das überrascht mich nicht. Ich habe mit vierzehn das erste Mal der Sezierung eines Menschen beigewohnt. Morgen um neun Uhr dreißig wird ihr Wunsch erfüllt werden. Man wird dich in den Operationssaal bringen und wir werden dich aufschneiden. Dabei werden wir auf ein Narkosemittel verzichten und genussvoll beobachten, wie lange du durchhältst, bis dein Herz versagen wird. Und dann werden wir natürlich dein Herz sezieren.«

»Sie sind ja geisteskrank!«, brüllte Alex. Er schaukelte jetzt auf dem Stuhl hin und her, versuchte, das Holz zu zerbrechen und die Handschellen zu lösen. Aber es war hoffnungslos. Das Metall schnitt ihm ins Fleisch und der Stuhl wippte hin und her, blieb aber heil. »Sie sind ein Irrer!«

»Ich bin Wissenschaftler«, konterte Dr. Grief. »Und deshalb wirst du einen wissenschaftlichen Tod erleiden. Wenigstens am Ende deines kümmerlichen Lebens wirst du mir noch von Nutzen sein.« Er blickte an Alex vorbei. »Führen Sie ihn hinaus und untersuchen Sie ihn gründlich. Dann sperren Sie ihn über Nacht ein. Morgen Früh werde ich ihn mir vornehmen.«

Inzwischen hatten die Wachen, die Dr. Grief gerufen hatte, lautlos den Raum betreten. Alex wurde unsanft von hinten gepackt, die Handschellen wurden geöffnet und er wurde rückwärts hinausbugsiert. Er sah gerade noch, wie Dr. Grief die Hände ausstreckte und sie über dem Feuer wärmte. Die züngelnden Flammen spiegelten sich in seiner Brille. Mrs Stellenbosch lächelte und blies Rauchkringel in die Luft.

Dann fiel die Tür ins Schloss und Alex wurde den Gang

hinuntergezerrt. Obwohl er wusste, dass Blunt und die Männer vom Geheimdienst auf dem Weg nach Point Blanc waren, hatte er so seine Zweifel, ob sie noch rechtzeitig kommen würden.

Schwarze Piste

Die Zelle war etwa zwei mal vier Meter groß. Sie enthielt eine Pritsche ohne Matratze und einen Stuhl. Die Tür bestand aus hartem Stahl. Nachdem sie hinter ihm zugefallen war, hatte Alex gehört, wie ein Schlüssel umgedreht wurde. Man hatte ihm bisher weder etwas zu essen noch zu trinken gebracht. Obwohl es im Raum kalt war, gab es keine Decken.

Wenigstens hatten ihm die Wachen die Handschellen abgenommen. Sie hatten Alex von Kopf bis Fuß durchsucht und ihm alles, was sie in seinen Hosentaschen gefunden hatten, weggenommen. Sie hatten ihm sogar den Gürtel abgenommen und seine Schnürsenkel. Vielleicht befürchtete Dr. Grief, er könnte sich erhängen. Er brauchte Alex frisch und lebendig für seinen Biologieunterricht.

Es war ungefähr zwei Uhr morgens, aber Alex hatte noch kein Auge zugetan. Er hatte versucht, alles, was Grief ihm erzählt hatte, zu verdrängen. Er musste unbedingt bis halb zehn hier raus sein. Ob es ihm gefiel oder nicht, es schien so, als wäre er auf sich selbst gestellt. Mehr als sechsunddreißig Stunden waren vergangen, seit er den Alarmknopf gedrückt hatte, den Smithers ihm gegeben hatte – und nichts war passiert. Entweder hatte es nicht funktioniert oder die Leute von MI6 hatten aus irgendeinem Grund beschlossen, ihm nicht zu Hilfe zu kommen. Natürlich konnte bis zum nächsten Tag noch viel passieren. Aber Alex konnte sich nicht darauf verlassen. Er musste hier raus, und zwar so schnell wie möglich.

Zum x-ten Mal ging er zur Tür, kniete sich hin und lauschte. Die Wachen hatten ihn zurück ins Untergeschoss geschleppt. Er befand sich in einem Gang, der von den anderen Gefangenen isoliert war. Obwohl sich alles sehr schnell abgespielt hatte, versuchte Alex, sich zu erinnern, wohin er gebracht worden war. Als sie aus dem Aufzug traten, waren sie zuerst links weitergegangen, dann um eine Ecke, einen zweiten Flur entlang, bis sie an einer Tür am Ende anlangten. Er war hier allein. Als er an der Tür lauschte, war er sich ziemlich sicher, dass sie keinen Posten vor der Tür aufgestellt hatten.

Es musste jetzt, mitten in der Nacht, geschehen. Als die Wachen ihn durchsucht hatten, hatten sie ihm nicht alles abgenommen. Keiner der Männer hatte seinen goldenen Ohrstecker beachtet. Was hatte Smithers gesagt? »Es ist ein sehr wirkungsvoller Sprengstoff. Werden die beiden Teile auseinandergenommen, wird er aktiviert. Zähl bis zehn und es entsteht ein Loch in fast allem …«

Es war jetzt an der Zeit zu überprüfen, ob es tatsächlich klappte.

Alex nahm den Ohrring ab, steckte die beiden Teile in das Schlüsselloch, trat zurück und zählte bis zehn.

Nichts geschah. War der Ohrstecker etwa kaputt, so wie

der Discman-Sender? Alex wollte schon aufgeben, als es plötzlich zischte und eine leuchtend orangene Flamme aufflackerte. Zum Glück vollkommen lautlos. Die Flamme loderte noch ungefähr fünf Sekunden, dann erlosch sie. Alex schaute sich die Tür genauer an. Der Ohrstecker hatte ein Loch in der Größe einer Zweipfundmünze in die Tür gefressen. Das geschmolzene Metall glühte noch. Alex stieß mühelos die Tür auf.

Alex war überglücklich, aber er zwang sich, ruhig zu bleiben. Auch wenn er jetzt aus der Zelle heraus war, befand er sich immer noch im Untergeschoss der Akademie. Überall wimmelte es von Wachen. Er war oben auf einem Berg, ohne Skier und ohne Piste. Noch war er nicht in Sicherheit, noch lange nicht.

Er schlüpfte aus der Zelle und ging zurück zum Aufzug. Am liebsten hätte er die anderen Jungen freigelassen, aber er wusste, sie waren keine Hilfe. Und wenn er sie jetzt aus ihren Zellen holte, würde er sie nur in Gefahr bringen. Er kam zum Lift und entdeckte, dass die Wache, die er heute Morgen gesehen hatte, nicht mehr da war. Entweder war der Mann unterwegs, um sich einen Kaffee zu holen, oder Dr. Grief hatte die Sicherheitsmaßnahmen in der Akademie gelockert. Da Alex und die anderen Jungen alle eingeschlossen waren, blieb niemand mehr übrig, der bewacht werden musste. Dachten sie zumindest. Alex eilte weiter. Das Glück schien auf seiner Seite zu sein.

Er nahm den Aufzug in den ersten Stock. Er wusste, dass die einzige Hoffnung, vom Berg herunterzukommen, in seinem Zimmer lag. Grief hatte bestimmt all seine

Sachen untersucht. Aber was hatte er dann wohl damit angestellt? Alex schlich den schwach beleuchteten Gang entlang und verschwand in seinem Zimmer. Und da lag alles auf dem Bett. Der kugelsichere Skianzug, die Schutzbrille, sogar der Discman mit der Beethoven-CD. Alex seufzte tief auf vor Erleichterung. Er würde das alles dringend benötigen.

Er hatte bereits einen Plan ausgeklügelt, was er tun würde. Er konnte nicht auf Skiern den Berg hinunterfahren, da er keine Ahnung hatte, wo sie versteckt wurden. Aber es gab ja noch mehr Möglichkeiten, sich einen Weg durch den Schnee zu bahnen. Alex erstarrte, als draußen auf dem Gang eine Wache vorbeiging. Also schliefen nicht alle in der Akademie! Er musste schnell handeln. War die aufgebrochene Zellentür erst einmal entdeckt, würden sie sofort Alarm schlagen.

Er wartete, bis die Wache vorbei war, dann huschte er ein paar Türen weiter in die Wäschekammer. Als er herauskam, trug er einen langen flachen Gegenstand aus leichtem Aluminium. Er nahm ihn mit in sein Zimmer, schloss die Tür hinter sich und knipste eine kleine Lampe an. Er hatte Angst, die Wache könnte, wenn sie zurückkäme, das Licht entdecken. Aber er konnte nicht im Dunkeln arbeiten. Das Risiko musste er eingehen.

Er hatte ein Bügelbrett gestohlen.

Alex hatte erst dreimal in seinem Leben auf einem Snowboard gestanden. Das erste Mal war er mehr gefallen als gefahren. Snowboarding ist nicht ganz einfach. Aber wenn man erst einmal den Dreh raus hat, kommt man rasant voran. Am dritten Tag hatte Alex endlich kapiert, wie es funktionierte, wie man in die Kurven ging und kantete, und war elegant die Anfängerpiste hinuntergefahren. Ein Snowboard war genau das, was er jetzt brauchte. Da er hier aber keines hatte, musste das Bügelbrett herhalten.

Er griff nach dem Discman und schaltete ihn ein. Die Beethoven-CD drehte sich und schob sich dann heraus, bis die diamantene Scheibe hervorstand.

Alex überlegte kurz und fing dann an zu schneiden. Das Brett war breiter als ihm lieb war. Er wusste, je länger es war, desto schneller kam er voran. Aber wenn es zu lang war, würde er die Kontrolle darüber verlieren. Das Brett war flach und da es an der Vorderkante nicht abgerundet war, würde er jeden Buckel oder jede Wurzel spüren. Aber das konnte er nicht ändern. Er drückte die Scheibe nach unten und beobachtete, wie die sich drehende Disc das Metall durchtrennte. Alex schnitt vorsichtig einen Bogen und trennte ungefähr das halbe Bügelbrett ab. Die andere Hälfte nahm er hoch. Sie reichte ihm fast bis zur Brust. An einem Ende war sie rund und am anderen spitz zulaufend. Perfekt.

Jetzt schnitt er die Stützen bis auf eine Länge von ungefähr sechs Zentimetern ab. Er wusste, dass er sich nur dann halbwegs auf dem Brett halten konnte, wenn die Bindung richtig angelegt war. Aber er besaß absolut nichts: keine Stiefel, keine Riemen, keine Fersenstütze. Er musste wild improvisieren. Er zerriss das Bettlaken in zwei Streifen und schlüpfte in seinen Skianzug. Er würde seine Turnschuhe an die Reste der Stützen binden müssen. Das

Ganze war ganz schön riskant. Wenn er stürzte, würde er sich den Fuß mindestens verrenken.

Aber er war jetzt fast fertig. Schnell zog er den Reißverschluss des Skianzugs hoch. Smithers hatte gesagt, er sei kugelsicher. Das würde sicher noch wichtig werden. Dann zog er sich die Schutzbrille über den Kopf, sodass sie um seinen Hals baumelte. Zu seinem Glück hatte man das Fenster noch nicht repariert. Er ließ das umgebaute Bügelbrett hinausfallen und kletterte ins Freie.

Heute Nacht schien kein Mond. Alex fand den in der Brille verborgenen Schalter und knipste ihn an. Er hörte an einem leisen Summen, das die Batterie aktiviert wurde. Plötzlich war der Berghang in leuchtendes Grün getaucht und Alex konnte die Bäume und die verlassen daliegende Sprungschanze erkennen.

Er trug das Bügelbrett bis zu dem schneebedeckten Hang und band es mit den Bettlakenstreifen an seine Füße. Vorsichtig stellte er sich in Startposition, den rechten Fuß im Vierzig-Grad-, den linken im Zwanzig-Grad-Winkel. Er hatte ziemlich krumme Beine, worüber sich schon sein Skilehrer lustig gemacht hatte. Aber jetzt war keine Zeit, sich über die richtige Technik Gedanken zu machen. Bisher war er nur auf grünen und blauen Pisten gefahren – also den Pisten für Anfänger und durchschnittliche Fahrer. Von James wusste er, dass es sich hier um eine schwarze Piste handelte, nur für echte Skiasse! Sein Atem bildete in der Kälte vor seinen Augen einen grünen Nebel. Konnte er es schaffen? Konnte er sich das zutrauen?

Hinter ihm gellte der Alarm und in der Akademie gingen die Lichter an. Alex schob sich nach vorn und startete. Mit jeder Sekunde gewann er mehr an Fahrt. Die Entscheidung war ihm abgenommen worden. Was auch immer passierte, es gab keinen Weg zurück.

Dr. Grief, der einen langen, silbergrauen Morgenmantel trug, stand neben dem offenen Fenster in Alex' Zimmer. Auch Mrs Stellenbosch war anwesend. Sie trug einen pinkfarbenen Seidenmorgenmantel, der wie ein Sack an ihrem plumpen Körper hing. Drei Wachen warteten auf ihre Befehle.

»Wer hat den Jungen durchsucht?«, fragte Dr. Grief. Man hatte ihm inzwischen die Tür mit dem runden, ins Schloss gebrannten Loch gezeigt.

Keiner der Männer antwortete, aber sie waren aschfahl geworden.

»Nun, diese Frage kann noch warten«, fuhr Dr. Grief fort. »Im Augenblick ist nur wichtig, dass wir ihn finden und töten.«

»Vermutlich klettert er den Berg zu Fuß hinunter«, bemerkte Mrs Stellenbosch. »Er hat keine Skier. Er wird es nicht schaffen. Wir können bis morgen warten und ihn dann mit dem Hubschrauber auflesen.«

»Ich denke, der Junge ist gerissener als wir glaubten.« Dr. Grief griff nach den Resten des Bügelbretts. »Sehen Sie? Er hat sich eine Art Schlitten gebastelt. Nun gut …« Er hatte einen Entschluss gefasst. Mrs Stellenbosch war froh, als sie wieder die alte Selbstsicherheit in seinem Blick bemerkte. »Ich brauche zwei Männer, die ihm mit dem

Schneemobil folgen. Aber dalli!« Eine der Wachen eilte aus dem Zimmer.

»Und was ist mit dem Posten unten im Tal?«, fragte Mrs Stellenbosch.

»Ja genau.« Dr. Grief lächelte. Er hatte eine ständige Wache und einen Fahrer dort belassen, für den Fall, dass ein Schüler versuchen sollte, auf Skiern zu fliehen. Diese Vorsichtsmaßnahme würde sich jetzt auszahlen. »Alex Rider wird nach La Vallée de Fer müssen. Auf was auch immer er hinunterfährt, er kann damit unmöglich die Gleise überqueren. Wir werden ihn mit einem Maschinengewehr erwarten. Wenn er überhaupt so weit kommt, ist er eine leichte Beute.«

»Ausgezeichnet«, schnurrte Mrs Stellenbosch.

»Es hätte mir so viel Spaß gemacht, ihn sterben zu sehen. Aber der Junge hat keine Chance. Und wir können uns getrost wieder schlafen legen.«

Alex befand sich im freien Fall, scheinbar den sicheren Tod vor Augen. Er schwebte in der Luft, hatte den Boden unter den Füßen verloren. Er schoss zehn Meter nach vorn, während der Hang unter ihm verschwand. Alles schien sich um ihn zu drehen. Der Wind peitschte ihm ins Gesicht. Endlich gelang es ihm wieder, die Kontrolle zu gewinnen und er raste mit seinem Bügelbrett die Piste hinunter, immer weiter weg von Point Blanc. Er fuhr mit atemberaubender Geschwindigkeit, Bäume und Felsen erschienen ihm durch seine Infrarotbrille wie leuchtende grüne Blitze. Irgendwie kam er mit den steileren Abschnitten besser zurecht. Einmal hatte er auf einem flacheren Stück zu landen versucht, um etwas Tempo wegzunehmen. Aber er war mit solcher Wucht gelandet, dass er glaubte, es breche ihm alle Knochen. Die nächsten zwanzig Meter war er fast blind gefahren.

Das Bügelbrett wackelte und ruckelte gnadenlos, und Alex musste seine ganze Kraft aufwenden, um die Kurven zu fahren. Er versuchte, dem natürlichen Verlauf der Piste zu folgen, aber es gab zu viele Hindernisse. Am meisten fürchtete er den geschmolzenen Schnee. Wenn das Bügelbrett mit dieser Geschwindigkeit im Schneematsch landete, würde er sich unweigerlich zu Tode stürzen. Und er wusste, je mehr er sich dem Tal näherte, desto größer wurde die Gefahr.

Aber in den fünf Minuten, die er bisher unterwegs war, war er erst zweimal gestürzt – beide Male in dichte Schneewehen, die ihn geschützt hatten. Wie weit unten war er jetzt wohl? Er versuchte, sich zu erinnern, was James Sprintz ihm erzählt hatte. Aber bei dieser Geschwindigkeit fiel ihm das Denken schwer. Er musste seine ganze Konzentration darauf verwenden, sich aufrechtzuhalten und nicht zu stürzen.

Er kam zu einer Stelle, wo die Oberfläche eben war, und fuhr mit der Kante in den Schnee, sodass er schlingernd zum Halten kam. Vor ihm ging es bedrohlich steil weiter abwärts. Er wagte es kaum, einen Blick hinunter zu werfen. Links und rechts standen dichte Baumgruppen. In der Ferne sah er lediglich einen grünen Schimmer. Die Infrarotgläser reichten nicht weiter.

Und dann hörte er das Geräusch, das sich hinter ihm näherte. Das Dröhnen von mindestens zwei, wenn nicht mehr Motoren. Alex blickte über die Schulter zurück. Einen Moment sah er nichts, aber dann entdeckte er sie – wie schwarze Fliegen, die in seinem Blickfeld summten. Zwei kamen direkt auf ihn zu.

Griefs Männer fuhren speziell ausgerüstete Yamaha-Mountain-Max-Schneemobile, die mit 700cc-Dreizylinder-Motoren ausgestattet waren. Auf ihren 141-Inch-Kufen flogen sie über den Schnee und waren dabei mühelos fünfmal so schnell wie Alex. Mit ihren 300-Watt-Scheinwerfern hatten sie ihn bereits geortet. Die Männer steuerten jetzt mit Höchstgeschwindigkeit auf ihn zu und verringerten mit jeder Sekunde den Abstand.

Alex machte einen Satz nach vorn hinein in den nächsten Steilhang. Im nächsten Moment hörte er mehrere Male ein knatterndes Geräusch, eine Serie von Einschlägen. Um ihn herum spritzte Schnee auf. Griefs Männer hatten auf ihren Schneemobilen Maschinengewehre installiert! Alex schrie auf, als er den Hang hinunterraste, kaum mehr in der Lage, das Stück Metall unter seinen Füßen zu kontrollieren. Die improvisierte Bindung zerrte an seinen Knöcheln. Das Ganze wackelte bedrohlich. Er konnte nicht darauf achten, nur noch versuchen, das Gleichgewicht zu halten und hoffen, dass die Piste vor ihm frei war.

Die Scheinwerfer des Mobils, das ihm am nächsten war, blitzten auf und Alex sah seinen eigenen Schatten vor sich im Schnee. Erneut wurde eine Salve aus dem Maschinengewehr abgefeuert und Alex duckte sich, spürte fast den

Luftzug der Kugeln, die über seinen Kopf hinwegfegten. Das zweite Schneemobil heulte auf und fuhr jetzt direkt parallel neben ihm. Er musste unbedingt von der Piste weg. Andernfalls würde man ihn erschießen oder überfahren. Oder beides.

Er kantete das Bügelbrett und fuhr eine Schleife. Zwischen den Bäumen hatte er eine Lücke entdeckt und steuerte darauf zu. Er raste durch den Wald wie durch ein riesiges Computerspiel. Konnten ihm die Schneemobile hier noch folgen? Die Frage wurde mit einer neuerlichen Maschinengewehrsalve beantwortet, deren Kugeln Zweige und Rinde zerfetzten. Alex suchte einen schmaleren Pfad. Das Bügelbrett ruckelte und er wurde fast vorwärts geschleudert, mit dem Kopf zuerst. Der Schnee wurde jetzt dünner. Er kantete und steuerte auf zwei der dicksten Baumstämme zu. Mit Ach und Krach schaffte er es, sich zwischen ihnen hindurchzuschlängeln. Das sollten ihm die Schneemobile erst einmal nachmachen!

Das Yamaha-Mobil hatte keine Chance. Der Fahrer war von der Spur abgekommen und zu schnell, um noch anhalten zu können. Er versuchte, Alex zu folgen, aber das Schneemobil war zu breit. Alex hörte den Aufprall. Es gab einen fürchterlichen Knall, dann einen Schrei und eine Explosion. Ein feuerroter Ball erhob sich über die Bäume. Alex sah einen weiteren Buckel vor sich und dahinter eine Lücke zwischen den Bäumen. Es wurde höchste Zeit, wieder aus dem Wald herauszukommen.

205

Er raste den Buckel hinauf und hob wieder ab. Zwei Meter über dem Boden durch die Luft segelnd sah er die

Bäume hinter sich verschwinden und das zweite Schnee-mobil neben sich auftauchen. Einen Moment lang befand es sich direkt neben ihm. Alex warf sich nach vorn und griff nach der Rundung seines Bügelbretts. Immer noch in der Luft schleuderte er die Spitze des Bretts zur Seite und wirbelte damit das hintere Ende herum. Sein Timing war perfekt. Der hintere Teil knallte direkt gegen den Kopf des zweiten Fahrers und warf ihn fast vom Sitz. Der Mann schrie auf und verlor die Kontrolle über sein Fahrzeug. Das Schneemobil brach zur Seite aus, dann wurde es hochge-rissen und überschlug sich mehrfach. Der Fahrer stürzte heraus und schrie gellend auf, als das Fahrzeug nach dem letzten Überschlag auf ihm landete. Mensch und Maschine blieben reglos im Schnee liegen. Alex verkantete das Brett, um kurz stehen zu bleiben. Sein Atem bildete grüne Wol-ken vor seinen Augen.

Sofort fuhr er weiter. Er sah, dass alle Abfahrten in ein einziges Tal mündeten. Das war wohl der Engpass namens Vallée de Fer. Er hatte es also tatsächlich geschafft und das Tal erreicht. Aber er saß jetzt auch in der Falle, denn es gab keinen anderen Weg. In der Ferne sah er Lichter. Eine Stadt. Sicherheit. Aber er sah auch die Eisenbahnlinie, die sich quer vor ihm durch das Tal zog, von beiden Seiten durch eine Böschung und einen Stacheldrahtzaun ge-schützt. Die Lichter der Stadt erhellten alles. Auf einer Seite kamen die Gleise aus einer Tunnelöffnung. Sie verlie-fen ungefähr hundert Meter in gerader Linie. Dann mach-ten sie eine scharfe Kurve hin zur anderen Seite des Tales, wo sie aus dem Blickfeld verschwanden.

Die beiden Männer im grauen Van sahen, wie Alex mit seinem Snowboard auf sie zuraste. Sie hatten auf einer Straße auf der anderen Seite der Eisenbahnlinie geparkt und warteten seit ein paar Minuten. Sie hatten die Explosion nicht gesehen und fragten sich, was aus den beiden Wachen auf ihren Schneemobilen geworden war. Aber das war nicht ihr Problem. Sie hatten den Auftrag, den Jungen zu töten. Und da war er, raste den letzten Abschnitt der schwarzen Piste durch das Tal herunter. Jede Sekunde brachte ihn näher an sie heran. Er war ungeschützt, konnte sich nirgendwo verstecken. Das Maschinengewehr war eine belgische FN MAG und würde ihn durchlöchern wie ein Sieb.

Da entdeckte Alex den Van und das Maschinengewehr, das auf ihn gerichtet war. Er konnte nicht anhalten. Es war zu spät, um die Richtung zu ändern. Er war so weit gekommen, aber jetzt war er erledigt. Er spürte, wie ihn die Kraft verließ. Wo nur waren die Leute von MI6? Warum musste er ganz allein hier draußen sterben?

Und dann donnerte plötzlich ein Zug aus dem Tunnel. Es war ein Güterzug, der ungefähr dreißig Kilometer die Stunde fuhr. Er hatte mindestens dreißig Waggons, die von einer Diesellok gezogen wurden. Der Zug bildete eine bewegliche Wand zwischen Alex und dem Gewehr und schützte ihn. Aber sicher nur für ein paar Sekunden! Alex musste schnell handeln.

Er suchte nach einem letzten Schneehügel, nahm ihn als Sprungschanze und segelte durch die Luft. Alex war jetzt auf Höhe des Zugs … und dann genau über ihm. Er verlagerte sein Gewicht und landete auf dem Dach eines der

207

Waggons. Die Oberfläche war vereist und einen Moment lang befürchtete er, er würde auf der anderen Seite wieder herunterfallen, aber er konnte sich gerade noch fangen. Er glitt mit seinem Brett über die Waggondächer, sprang von einem zum anderen. Gleichzeitig wurde er in der eiskalten Luft außer Reichweite des lebensbedrohlichen Gewehrs gebracht.

Er hatte es geschafft! Er war entkommen! Immer noch glitt er vorwärts, wobei die Geschwindigkeit des Zuges seine eigene noch erhöhte. Noch nie war ein Snowboarder so schnell gewesen. Aber dann erreichte der Zug die Biegung. Das Brett fand keinen Halt mehr auf der eisglatten Oberfläche. Als der Zug nach links schwenkte, schleuderte die Zentrifugalkraft Alex nach rechts. Und wieder flog er durch die Luft. Aber hier gab es keinen Schnee mehr.

Alex schlug wie ein Sack auf dem Boden auf. Das Bügelbrett wurde ihm von den Füßen gerissen. Er überschlug sich zweimal und stürzte dann in einen Stacheldrahtzaun. Aus einer klaffenden Kopfwunde floss Blut. Seine Augen waren geschlossen.

Der Zug donnerte inzwischen weiter durch die Nacht.

Alex aber lag da wie tot.

Nach der Trauerfeier

Der Krankenwagen brauste über die Avenue Marquis de Gresivaudan im Norden von Grenoble in Richtung Fluss. Es war fünf Uhr morgens und die Straßen waren noch leer, sodass er die Sirene nicht einschalten musste. Kurz vor dem Fluss bog er in ein Viertel mit hässlichen, modernen Gebäuden ein. Dies war das zweitgrößte Krankenhaus der Stadt. Der Krankenwagen hielt vor dem *Service des Urgences*, der Notaufnahme. Sanitäter rasten herbei, als die Hintertüren aufflogen.

Mrs Jones stieg aus ihrem Mietwagen und beobachtete, wie der schlaffe, bewegungslose Körper auf eine Trage herabgelassen, auf einen Rollwagen verlegt und schnell durch die Doppeltüren geschoben wurde. An seinem Arm war bereits eine Tropfinfusion mit Kochsalzlösung befestigt. Eine Sauerstoffmaske bedeckte sein Gesicht. Oben in den Bergen hatte es geschneit, doch hier unten ging der Schnee in Nieselregen über. Ein Arzt im weißen Kittel beugte sich über die Trage. Er seufzte laut und schüttelte den Kopf. Mrs Jones bemerkte es. Sie überquerte die Straße, ging hinein und folgte der Trage.

Ein hagerer Mann mit kurz geschorenem Haar, der einen schwarzen Rollkragenpullover und eine wattierte Weste

209

trug, hatte das Krankenhaus ebenfalls beobachtet. Er sah Mrs Jones, ohne zu wissen, wer sie war. Er hatte auch Alex gesehen. Nun holte er ein Handy heraus und telefonierte. Dr. Grief würde es wissen wollen …

Drei Stunden später war die Sonne über der Stadt aufgegangen. Grenoble ist eine recht moderne Stadt, die aber außer ihrer Lage in den Bergen wenig zu bieten hat, besonders nicht an einem nasskalten, bewölkten Tag wie diesem.

Vor dem Krankenhaus fuhr ein Wagen vor und Eva Stellenbosch stieg aus. Sie trug ein silbergrau-weiß kariertes Kostüm und einen Hut auf dem kupferroten Haar. Eine Lederhandtasche und das Make-up, das sie ausnahmsweise aufgelegt hatte, sollten ihrem Aussehen Eleganz verleihen, aber sie wirkte eher wie ein Mann in Frauenkleidung.

Eva Stellenbosch ging ins Krankenhaus hinein, direkt zum Empfang.

Eine junge Krankenschwester saß hinter Telefonen und Computerbildschirmen. Mrs Stellenbosch sprach sie in fließendem Französisch an.

»Entschuldigen Sie bitte«, sagte sie. »Ich habe gehört, dass heute Morgen ein Junge hier eingeliefert wurde. Sein Name ist Alex Friend.«

»Einen Moment bitte.« Die Krankenschwester gab den Namen in ihren Computer ein. Sie las die Informationen, die auf dem Bildschirm erschienen, und ihr Gesicht wurde ernst. »Darf ich fragen, wer Sie sind?«

»Ich bin die Vizedirektorin der Akademie in Point Blanc. Er ist einer unserer Schüler.«

»Sind Sie sich denn der Schwere seiner Verletzungen bewusst, Madame?«

»Man hat mir gesagt, dass er einen Snowboard-Unfall hatte.« Mrs Stellenbosch nahm ein kleines Taschentuch heraus und betupfte sich die Augen.

»Er hat versucht, nachts mit dem Snowboard die Piste herunterzufahren und ist mit einem Zug zusammengestoßen. Er ist schwer verletzt, Madame. Die Ärzte operieren ihn gerade.«

Mrs Stellenbosch nickte und versuchte, die Tränen zurückzuhalten. »Mein Name ist Eva Stellenbosch«, sagte sie. »Darf ich hier warten?«

»Selbstverständlich, Madame.«

Mrs Stellenbosch suchte einen ungestörten Platz im Empfangsbereich. Eine Stunde lang beobachtete sie die Menschen, die kamen und gingen, einige zu Fuß, einige im Rollstuhl. Es gab noch mehr Leute, die auf Nachrichten von anderen Patienten warteten. Eine von ihnen war, wie Mrs Stellenbosch bemerkte, eine ernst aussehende Frau mit schlecht geschnittenem schwarzem Haar und sehr dunklen Augen. Sie kam aus England und warf gelegentlich einen Blick in eine Ausgabe der Londoner *Times*.

Dann öffnete sich eine Tür und ein Arzt kam heraus. Ärzte setzen, wenn sie schlechte Nachrichten zu verkünden haben, eine ganz bestimmte Miene auf. Dieser Arzt hatte sie aufgesetzt. »Madame Stellenbosch?«, fragte er.

»Ja?«

»Sie sind die Direktorin der Schule?«

»Die Vizedirektorin.«

Der Arzt setzte sich neben sie. »Es tut mir sehr leid, Madame. Alex Friend ist vor wenigen Minuten gestorben.« Er ließ ihr Zeit, die Nachricht aufzunehmen. »Er hatte sehr viele Brüche. Die Arme, das Schlüsselbein, das Bein. Hinzu kam ein Schädelbruch. Wir haben operiert, aber leider gab es schwere innere Blutungen. Er hatte eine Schockreaktion. Es gab keine Rettung mehr.«

Mrs Stellenbosch nickte und rang um Fassung. »Ich muss seine Familie benachrichtigen«, flüsterte sie.

»Stammt er aus Frankreich?«

»Nein, er ist Engländer. Sein Vater … Es ist Sir David Friend … Ich werde es ihm sagen müssen.« Mrs Stellenbosch erhob sich. »Danke, Doktor. Ich bin sicher, Sie haben alles in Ihrer Macht Stehende getan.«

Aus dem Augenwinkel heraus sah Mrs Stellenbosch, dass die Frau mit dem schwarzen Haar ebenfalls aufgestanden war und die Zeitung auf den Boden fallen ließ. Sie hatte die Unterhaltung mit angehört und sah schockiert aus.

Die beiden Frauen verließen das Krankenhaus gemeinsam und schweigsam.

Das Flugzeug, das auf dem Runway stand, war eine Lockheed Martin C-130 Hercules. Es war kurz nach Mittag gelandet. Nun wartete es unter dem wolkenverhangenen Himmel, während drei Fahrzeuge auf es zufuhren – ein Polizeiauto, ein Jeep und ein Krankenwagen.

Auf dem Saint-Geoirs-Flughafen in Grenoble landen nicht viele internationale Flüge, aber dieses Flugzeug war morgens von London aus gestartet. Von der anderen Seite des Umgrenzungszauns aus beobachtete Mrs Stellenbosch durch ein Fernglas das Geschehen. Eine kleine Militäreskorte hatte sich formiert. Vier Männer in französischen Uniformen. Sie hatten einen Sarg hochgehoben, der ganz zierlich aussah, als sie ihn auf ihren breiten Schultern balancierten. Es war ein schlichter Sarg. Kiefernholz mit silbernen Griffen. Darüber war in der Mitte der Union Jack, die britische Flagge, zu einem Quadrat gefaltet.

Im Gleichschritt trugen sie den Sarg zum wartenden Flugzeug hin. Mrs Stellenbosch stellte das Fernglas schärfer ein und entdeckte die Frau aus dem Krankenhaus. Sie war im Polizeiauto mitgekommen und beobachtete, wie der Sarg in das Flugzeug geladen wurde. Dann stieg sie wieder in den Wagen ein, der sich sogleich entfernte. Inzwischen wusste Mrs Stellenbosch, wer diese Frau war. Dr. Grief verfügte über ein ausgezeichnetes Informationssystem und hatte sie schnell als Mrs Jones identifizieren können. Sie war die Assistentin von Alan Blunt, dem Leiter der Abteilung für Spezialoperationen von MI6.

Mrs Stellenbosch blieb bis zum Schluss. Die Türen des Flugzeugs wurden geschlossen. Der Jeep und der Krankenwagen fuhren davon. Die Propeller begannen, sich zu drehen, und das Flugzeug rollte auf der Startbahn an. Wenig später hob es ab. Als es donnernd in die Luft stieg, lichteten sich die Wolken, so als wollten sie es aufnehmen, und einen Moment waren seine silbernen Flügel in strahlendes Sonnenlicht getaucht. Dann schloss sich die Wolkendecke wieder und das Flugzeug verschwand.

Mrs Stellenbosch holte ihr Handy heraus. Sie wählte eine Nummer und wartete auf die Verbindung. »Das kleine Schwein ist weg«, sagte sie.

Dann kletterte sie wieder in ihren Wagen und fuhr davon.

Nachdem Mrs Jones den Flughafen verlassen hatte, kehrte sie ins Krankenhaus zurück und stieg die Treppe in den zweiten Stock hinauf. Sie ging auf eine Tür zu, die von einem Polizisten bewacht wurde. Der Beamte nickte und ließ sie durch. Auf der anderen Seite führte ein Gang zu einer Privatstation. Mrs Jones steuerte auf eine Tür zu, die ebenfalls bewacht wurde. Ohne anzuklopfen ging sie hinein.

Alex Rider stand am Fenster und blickte über die Isère hinüber nach Grenoble. Draußen, hoch über ihm, bewegten sich fünf Stahl- und Glaskabinen an einem Kabel langsam aufwärts und brachten Touristen zum Fort de la Bastille. Als Mrs Jones den Raum betrat, drehte Alex sich um. Er trug einen Verband um den Kopf, schien sonst aber unverletzt zu sein.

»Du kannst von Glück sagen, dass du noch lebst«, sagte Mrs Jones.

»Ich dachte, ich sei tot«, antwortete Alex.

»Wir können nur hoffen, dass Dr. Grief das glaubt.« Gegen ihren Willen blickte Mrs Jones besorgt drein. »Es war wirklich ein Wunder«, sagte sie. »Du hättest dir sämtliche Knochen brechen können.«

»Der Skianzug hat mich geschützt.« Er versuchte, sich

wieder an den entsetzlichen Moment zu erinnern, als er vom Zug durch die Luft gewirbelt worden war. »Da war ein Gebüsch. Und der Zaun hat mich irgendwie abgefangen.« Er rieb sich das Bein und zuckte zusammen. »Auch wenn er aus Stacheldraht war.«

Alex ging zum Bett zurück und setzte sich. Nach der Untersuchung hatten ihm die französischen Ärzte saubere Kleidungsstücke gebracht. Militärische Kleidung, wie er bemerkte. Feldjacke und Hose. Er hoffte, dass das nichts zu bedeuten hatte.

»Ich habe drei Fragen«, sagte er. »Aber am besten fangen wir mit der wichtigsten an. Ich habe vor zwei Tagen um Hilfe gebeten. Wo waren Sie?«

»Es tut mir sehr leid, Alex«, sagte Mrs Jones. »Es gab … logistische Probleme.«

»Ja? Nur während Sie Ihre logistischen Probleme hatten, bereitete Dr. Grief sich darauf vor, mich zu zerstückeln!«

»Wir konnten doch nicht einfach die Akademie stürmen. Dabei hättest du getötet werden können. Ihr hättet alle getötet werden können. Wir mussten uns langsam nähern, versuchen herauszufinden, was vor sich ging. Was glaubst du denn, warum wir dich so schnell gefunden haben?«

»Das war meine zweite Frage.«

Mrs Jones zuckte mit den Schultern. »Wir hatten Leute in den Bergen postiert, seit wir dein Signal erhalten hatten. Sie haben die Akademie umzingelt, hörten das Maschinengewehrfeuer, als die Schneemobile dich jagten, und sind dir auf Skiern nach unten gefolgt. Sie haben den Zwischenfall mit dem Zug gesehen und per Funk einen Hilferuf durchgegeben.«

»Okay. Warum dann das ganze Theater mit der Trauerfeier? Warum soll Dr. Grief glauben, dass ich tot bin?«

»Das ist ganz einfach, Alex. Deinen Erzählungen zufolge hält er fünfzehn Jungen in der Akademie gefangen. Das sind die Jungen, die er ausgetauscht hat.« Sie schüttelte den Kopf. »Ich muss sagen, es ist die unglaublichste Sache, die ich je gehört habe. Und ich würde sie nicht glauben, wenn ich sie von jemand anderem als von dir gehört hätte.«

»Zu liebenswürdig«, murmelte Alex.

»Würde Dr. Grief annehmen, du hättest die letzte Nacht überlebt, würde er als Erstes diese Jungen umbringen. Oder vielleicht würde er sie als Geiseln benutzen. Uns blieb nur noch eine Hoffnung, wie wir ihn vielleicht überrumpeln könnten. Er musste glauben, du seist tot.«

»Sie wollen ihn überrumpeln?«

»Ja, heute Abend. Ich hab dir ja gesagt, dass wir hier in Grenoble ein Angriffskommando haben. Die Männer waren gestern Abend schon in den Bergen und werden wieder aufbrechen, sobald es dunkel ist. Sie sind bis an die Zähne bewaffnet und sehr erfahren.« Mrs Jones zögerte. »Ihnen fehlt nur eins.«

»Und das wäre?«, fragte Alex, der sich plötzlich irgendwie unbehaglich fühlte.

»Sie brauchen jemanden, der das Gebäude kennt«, sagte Mrs Jones. »Den Geheimlift, die Stellen, an denen die Wachen postiert sind, den Gang mit den Zellen –«

»Ausgeschlossen!«, schrie Alex. Jetzt verstand er den Zweck der Militärkleidung. »Vergessen Sie es! Ich gehe nicht dorthin zurück! Bei dem Versuch, dort wegzukommen, bin ich fast draufgegangen! Ich bin doch nicht verrückt.«

»Alex, man wird auf dich aufpassen. Du wirst völlig sicher sein –«

»Nein!«

Mrs Jones nickte. »In Ordnung. Ich verstehe deine Gefühle. Aber da ist jemand, mit dem ich dich bekannt machen möchte.«

Wie auf ein Zeichen hin klopfte es an der Tür. Herein kam ein junger Mann, der ebenfalls einen Kampfanzug trug. Der Mann war athletisch gebaut, hatte schwarzes Haar, breite Schultern und ein dunkles, waches Gesicht. Er war Ende zwanzig. Als er Alex sah, schüttelte er den Kopf. »Na, so was. Das ist ja vielleicht eine Überraschung«, sagte er. »Wie geht's, Junge?«

Alex erkannte ihn sofort. Es war der Soldat, den er unter dem Namen Wolf gekannt hatte. Als die Leute von MI6 ihn für elf Tage zum SAS-Training nach Wales geschickt hatten, war Wolf für seine Einheit verantwortlich gewesen. War das Training schon die Hölle, so hatte Wolf alles nur noch schlimmer gemacht, von Anfang an auf Alex herumgehackt und es beinahe geschafft, dass man ihn rausgeworfen hätte. Aber schließlich war es Wolf gewesen, der beinahe seinen Posten bei der Spezialeinheit verloren hatte, wenn Alex ihn nicht rausgepaukt hätte. Dennoch war Alex sich jetzt nicht sicher, woran er mit ihm war.

»Hallo, Wolf!«, begrüßte Alex ihn.

»Hab gehört, dass du Probleme hattest.« Wolf zuckte mit den Schultern. »Tut mir leid. Ich hab die Blumen und den Multivitaminsaft vergessen.«

»Was machst du hier?«, fragte Alex.

»Ich soll den Schlamassel, den du angerichtet hast, wieder in Ordnung bringen.«

»Und wo warst du, als sie mich den Berg runtergejagt haben?«

»Du bist ja ganz gut alleine zurechtgekommen.«

Mrs Jones ergriff jetzt das Wort. »Alex hat seine Sache bisher sehr gut gemacht«, sagte sie. »Aber Tatsache ist, dass es in Point Blanc fünfzehn junge Gefangene gibt, die wir unbedingt retten müssen. Aus dem, was Alex uns erzählt hat, wissen wir, dass es in der Schule etwa dreißig Wachen gibt. Die Jungen haben nur dann eine Chance, wenn eine SAS-Einheit die Schule stürmt. Das wird heute Abend passieren.« Sie wandte sich an Alex. »Wolf wird das Kommando führen.«

Bei aktiven Einsätzen sind bei der SAS alle gleich. Mrs Jones achtete darauf, nur Wolfs Codenamen zu verwenden.

»Und was hat der Junge damit zu tun?«, wollte Wolf wissen.

»Er kennt die Schule. Er weiß, wo die Wachen postiert sind und wo sich die Gefängniszellen befinden. Er kann Sie zu dem Aufzug führen –«

»Er kann uns alles, was wir wissen müssen, hier und jetzt erzählen«, fuhr Wolf dazwischen. »Babys haben hier nichts zu suchen«, spöttelte er. »Alex stört nur. Wir werden uns der Schule auf Skiern nähern. Vielleicht fließt Blut. Ich kann nicht einen meiner Männer dafür abstellen, Kindermädchen zu spielen –«

»Ich brauche kein Kindermädchen«, erwiderte Alex wütend. »Sie hat Recht. Ich weiß mehr über Point Blanc als irgendeiner von euch. Ich war dort – und bin wieder rausgekommen, ohne eure Hilfe. Außerdem hab ich ein paar von diesen Jungen kennengelernt. Einer von ihnen ist ein Freund von mir. Ich habe versprochen, ihm zu helfen, und das werde ich auch.«

»Schön und gut, aber nicht, wenn du getötet wirst.«

»Ich kann selbst auf mich aufpassen.«

»Dann ist die Sache abgemacht«, sagte Mrs Jones. »Alex wird euch dort hineinführen, aber dann nicht weiter an der Operation teilnehmen. Und was seine Sicherheit angeht: Ich mache Sie, Wolf, persönlich dafür verantwortlich.«

»In Ordnung«, brummte Wolf.

Alex konnte sich das Grinsen nicht verkneifen. Er hatte sich nicht unterkriegen lassen und er würde mit der SAS wieder dort hineingehen. Obwohl er nur wenige Augenblicke zuvor heftigst dagegen protestiert hatte. Er blickte zu Mrs Jones hinüber. Dadurch, dass sie Wolf mit Alex zusammengebracht hatte, hatte sie ihn natürlich rumgekriegt. Und sie hatte es von vornherein gewusst.

Wolf nickte. »Okay, Junge«, sagte er. »Sieht so aus, als ob du dabei bist. Gehen wir also spielen.«

»Klar, Wolf«, seufzte Alex. »Gehen wir spielen.«

Nächtlicher Überfall

Sie fuhren auf Skiern den Berg hinunter. Sie waren zu siebt. Wolf war der Anführer. Alex hielt sich an seiner Seite. Dann folgten die anderen fünf Männer. Sie trugen weiße Hosen, Jacken und Mützen – Tarnkleidung, die ihnen helfen sollte, im Schnee unentdeckt zu bleiben, und sie waren mit Nachtsichtbrillen ausgestattet. Ein Helikopter hatte sie einen Kilometer nördlich und zweihundert Meter oberhalb von Point Blanc abgesetzt. Das Wetter war besser geworden und der Mond schien. Trotz allem genoss Alex die Fahrt, das leise Geräusch der Skier auf dem Eis, den in weißes Licht getauchten, menschenleeren Hang. Und er war Teil einer SAS-Eliteeinheit. Er fühlte sich sicher.

Doch dann sah er unter sich die Akademie aufragen und erneut überlief es ihn kalt. Vor ihrem Aufbruch wollte er ja unbedingt eine Pistole – doch Wolf hatte den Kopf geschüttelt.

»Tut mir leid, Junge. Befehl ist Befehl. Du bringst uns rein und dann verschwindest du.«

In dem Gebäude brannte kein Licht. Der Helikopter kauerte auf seinem provisorischen Landeplatz wie ein riesiges, glitzerndes Insekt. Daneben war die Sprungschanze zu sehen, dunkel und leer. Niemand war in Sicht. Wolf hob die Hand und sie kamen rutschend zum Stehen.

»Wachen?«, flüsterte er.

»Zwei auf Patrouille. Eine auf dem Dach.«

»Den Typ knöpfen wir uns als Ersten vor.«

Mrs Jones hatte klare Anweisungen gegeben. Wenn nicht unbedingt nötig, sollte kein Blut vergossen werden. Der Auftrag lautete lediglich, die Jungen herauszuholen. Um Dr. Grief, Mrs Stellenbosch und die Wachen konnte sich die SAS später kümmern.

Wolf streckte die Hand aus und einer der anderen Männer reichte ihm eine Armbrust – nicht von der altmodischen Sorte, sondern eine raffinierte Hightech-Waffe mit einem superleichten Aluminiumlauf und einem Laser-Teleskop. Er lud sie mit einem Betäubungspfeil, hob sie hoch und zielte. Alex sah, dass er dabei lächelte. Dann drückte er ab, sein Finger krümmte sich und der Pfeil schoss durch die Nacht mit einer Geschwindigkeit von hundert Metern pro Sekunde. Vom Dach der Akademie drang ein schwaches Ächzen herüber. So als hätte jemand gehustet. Wolf ließ die Armbrust sinken.

»Einer weniger«, sagte er trocken.

»Fein«, murmelte Alex. »Bleiben nur noch ungefähr neunundzwanzig.«

Wolf gab ein Zeichen und sie setzten ihren Weg fort, diesmal etwas langsamer. Als sie noch etwa zwanzig Meter von der Schule entfernt waren, sahen sie, dass sich die Haupteingangstür öffnete. Zwei Männer traten heraus, ein Maschinengewehr über der Schulter. Sofort drehten die

SAS-Männer nach rechts ab und verschwanden hinter dem Gebäude. Sie hielten in Reichweite der Mauer an, ließen sich fallen und legten sich flach auf den Bauch. Zwei der Männer gingen voraus. Alex bemerkte, dass die Männer ihre Skier abgeschnallt hatten, sobald sie zum Stehen gekommen waren.

Die zwei Wachen näherten sich. Einer der Männer sagte leise etwas. Alex' Gesicht war halb im Schnee vergraben. Er wusste, dass die Kampfanzüge sie unsichtbar machten. Er hob vorsichtig den Kopf, gerade rechtzeitig, um zu sehen, wie von unten zwei Gestalten wie Geister aus ihrem Grab auftauchten. Zwei Totschläger schwangen im Mondlicht. Die Wachen brachen lautlos zusammen. Innerhalb von Sekunden waren sie gefesselt und geknebelt. In dieser Nacht würden sie nirgendwo mehr patrouillieren.

Wolf gab erneut ein Zeichen. Die Männer standen auf und rannten in Richtung des Haupteingangs. Alex schnallte schnell seine Skier ab und folgte ihnen. Hintereinander und mit dem Rücken zur Wand erreichten sie die Tür. Wolf vergewisserte sich, dass die Luft rein war, und nickte. Dann huschten die Männer hinein.

Sie befanden sich in der Eingangshalle mit den Steindrachen und Tierköpfen. Alex ging neben Wolf, wies ihn schnell ein und deutete auf die verschiedenen Türen.

»Die Bibliothek?«, flüsterte Wolf. Er war jetzt sehr ernst. Alex sah die Anspannung in seinen Augen.

222 »Hier durch.«

Wolf trat einen Schritt vor. Dann duckte er sich und seine Hand glitt in eine seiner Jackentaschen. Eine weitere

Wache, die den unteren Korridor kontrollierte, war aufgetaucht. Dr. Grief ging kein Risiko mehr ein. Wolf wartete, bis der Mann vorbeigegangen war, dann nickte er. Einer der anderen SAS-Männer folgte der Wache. Alex hörte einen dumpfen Schlag und das Scheppern eines zu Boden fallenden Gewehrs.

»So weit, so gut«, flüsterte Wolf.

Dann betraten sie die Bibliothek. Alex zeigte Wolf, wie man den Aufzug bediente und Wolf pfiff leise durch die Zähne, als sich die Rüstung geräuschlos in zwei Teile teilte. »Die Bude hat's in sich«, murmelte er. »Nach oben oder nach unten?«

»Nach unten. Mal sehen, wie es den Jungen geht.«

Die sieben Männer passten nur mit Mühe in den Aufzug. Alex hatte Wolf vor der Wache an dem Tisch, der in Sichtweite des Aufzugs stand, gewarnt, und Wolf ging kein Risiko ein – er feuerte. Tatsächlich waren dort sogar zwei Wachen postiert. Eine hielt einen Kaffeebecher in der Hand, die andere zündete sich gerade eine Zigarette an. Wolf feuerte zweimal. Zwei weitere Betäubungspfeile flogen den Korridor entlang – und fanden ihr Ziel. Wieder war alles fast völlig geräuschlos vor sich gegangen. Die zwei Wachen brachen zusammen, lagen still da, und die SAS-Männer traten auf den Gang hinaus.

Plötzlich fiel es Alex wieder ein. Er war wütend auf sich selbst, dass er nicht früher daran gedacht hatte. »Wir können nicht in die Zellen«, flüsterte er. »Beim geringsten Geräusch geht der Alarm los.«

Wolf nickte. »Zeig sie mir trotzdem!«

Alex zeigte Wolf den Gang mit den Stahltüren. Wolf deutete auf einen der Männer. »Ich möchte, dass du hier bleibst. Wenn wir entdeckt werden, wird Grief als Erstes hierherkommen.«

Der Mann nickte. Er verstand. Die anderen gingen zurück zum Aufzug, fuhren hoch zur Bibliothek und traten wieder hinaus auf den Gang.

Wolf wandte sich an Alex. »Wir müssen den Alarm deaktivieren«, erklärte er. »Hast du eine Idee?«

»Hier lang. Griefs Privaträume liegen auf der anderen Seite …«

Doch bevor er seinen Satz beenden konnte, tauchten drei weitere Wachen auf und spazierten den Gang hinunter. Wolf zielte auf eine von ihnen – mit einem weiteren Betäubungspfeil – und einer seiner Männer setzte die beiden anderen außer Gefecht. Aber dieses Mal waren sie den Bruchteil einer Sekunde zu langsam. Alex sah, wie eine der Wachen das Gewehr anlegte. Wahrscheinlich war der Mann zwar bereits bewusstlos, bevor er schießen konnte. Doch im letzten Moment drückte er doch noch ab. Kugeln schlugen in die Decke ein, Verputz und Holzsplitter regneten herab. Keiner war getroffen worden, aber der Schaden war unübersehbar. Sofort ging überall das Licht an und der Alarm ging los.

Zwanzig Meter von ihnen entfernt öffnete sich eine Tür und weitere Wachen strömten heraus.

224 »Runter!«, schrie Wolf.

Er hatte eine Handgranate herausgeholt, zog den Sicherungsstift heraus und warf sie. Alex ging in Deckung, und eine Sekunde später gab es eine leise Explosion. Eine große Tränengaswolke verbreitete sich am anderen Ende des Gangs. Die Wachen waren blind und hilflos, sodass die SAS-Männer sie schnell außer Gefecht setzen konnten.

Wolf packte Alex und brüllte ihm zu: »Versteck dich irgendwo! Du hast uns hier reingebracht. Wir erledigen den Rest.«

»Geben Sie mir eine Pistole!«, brüllte Alex zurück. Das Gas hatte nun auch diesen Teil des Gangs erreicht und seine Augen brannten.

»Nein. Ich habe meine Befehle. Beim ersten Anzeichen eines Problems sollst du verschwinden. Such dir einen sicheren Platz. Wir holen dich später.«

»Wolf …!«

Aber Wolf war schon auf und davon. Von irgendwo unten drang das Rattern von Maschinengewehrfeuer herauf. Wolf hatte also Recht gehabt. Eine der Wachen war nach unten geschickt worden, um sich um die Gefangenen zu kümmern – wurde dort aber von einem SAS-Mann erwartet. Und nun hatten sich die Regeln geändert. Die SAS konnte es sich nicht leisten, das Leben der Gefangenen zu gefährden. Es würde Blut fließen. Alex musste sich verstecken und konnte sich den unten tobenden Kampf lediglich vorstellen.

Weitere Explosionen donnerten durch das Haus. Weitere Schüsse. Alex war einigermaßen verbittert, als er zurück zur Treppe ging. Typisch MI6. Einerseits war es ihnen egal, wenn er getötet würde, andererseits behandelten sie ihn wie ein Kind.

Plötzlich tauchte eine Wache auf und rannte in Richtung der Kampfgeräusche. Alex' Augen brannten noch immer und das nutzte er aus. Er legte die Hand vors Gesicht und tat so, als würde er weinen. Der Mann sah einen vierzehnjährigen Jungen, der heulte, und blieb unwillkürlich stehen. Alex drehte sich auf dem linken Fuß um und rammte dem Mann seitlich das rechte Knie in den Magen. Diesen effektstarken *Mawashi-Geri-Tritt* hatte er beim Karate gelernt. Der Mann hatte nicht einmal Zeit aufzuschreien. Er verdrehte die Augen und brach zusammen. Danach fühlte sich Alex ein wenig besser.

Aber sonst gab es nichts zu tun für ihn. Er hörte noch weitere Schüsse und dann die leise Explosion einer zweiten Granate. Alex ging in den Speisesaal. Vom Fenster aus konnte er den Helikopterlandeplatz sehen. Er bemerkte, dass sich die Flügel des Helikopters drehten. Jemand saß im Cockpit. Alex trat näher ans Fenster heran. Es war Dr. Grief! Er musste unbedingt Wolf informieren.

Schnell drehte er sich um.

Und blickte direkt in das Gesicht von Mrs Stellenbosch.

Sie hatte noch nie so unmenschlich ausgesehen. Ihr Gesicht war wutverzerrt, die Lippen aufgeworfen und ihre Augen glühten.

»Du bist also nicht tot!«, schrie sie. »Du lebst noch!« Sie wimmerte fast, wie ein unfair behandeltes Kind. »Du hast sie hierhergebracht. Du hast alles zerstört!«

»Das ist mein Job«, sagte Alex gleichgültig.

»Was hat mich wohl dazu bewogen, hier reinzuschauen?« Mrs Stellenbosch kicherte hysterisch in sich hinein. Alex glaubte, dass sie allmählich den Verstand verlor. »Nun, zumindest kann ich diese Sache hier endlich zu Ende bringen.«

Alex spannte die Muskeln an und stellte sich breitbeinig hin, den Körperschwerpunkt nach unten gesenkt. So wie man es ihm beigebracht hatte. Aber es war zwecklos. Mrs Stellenbosch stürzte sich mit beängstigender Geschwindigkeit auf ihn. Es war, als würde er von einem Bus überfahren. Alex spürte die Wucht ihres Körpergewichts und schrie auf, als zwei kräftige Hände ihn packten und mit dem Kopf voran durch den Raum schleuderten. Er krachte gegen einen Tisch, fiel um und rollte dann zur Seite, als Mrs Stellenbosch ihrem ersten Angriff einen Tritt folgen ließ, der ihm wohl unweigerlich den Kopf zermatscht hätte, hätte sie ihn nicht um knapp einen Zentimeter verfehlt.

Alex rappelte sich auf und rang nach Luft. Einen Moment lang sah er alles nur noch verschwommen. Blut tropfte aus seinem Mundwinkel. Dann ging Mrs Stellenbosch erneut auf ihn los. Alex warf sich nach vorn und benutzte einen der anderen Tische zum Abstützen. Seine Füße wirbelten durch die Luft, sodass er mit den Hacken Mrs Stellenbosch am Hinterkopf erwischte. Jeder andere wäre davon bewusstlos geworden. Aber während Alex einen schmerzhaften Ruck durch den ganzen Körper verspürte, zeigte Mrs Stellenbosch kaum eine Reaktion. Als Alex den Tisch losließ, drosch sie darauf ein und durchschlug das dicke Holz mit bloßen Händen. Der Tisch fiel in zwei Hälften auseinander. Sie kam zwischen den Teilen hindurch und packte Alex am Genick. Er spürte, wie er den Boden unter den Füßen verlor. Grunzend schleuderte Mrs Stellenbosch ihn gegen die Wand. Alex stieß einen Schrei aus und fragte sich, ob er das Rückgrat gebrochen hatte. Er glitt zu Boden und konnte sich nicht mehr bewegen.

Mrs Stellenbosch blieb stehen und keuchte. Sie blickte aus dem Fenster. Die Flügel des Helikopters drehten sich nun mit voller Geschwindigkeit. Er schaukelte vorwärts und erhob sich dann in die Luft. Es war höchste Zeit für sie zu gehen.

Sie griff nach unten, hob ihre Handtasche auf, zog eine Pistole heraus und zielte auf Alex. Alex starrte sie an. Er war völlig wehrlos.

Mrs Stellenbosch lächelte. »Und das ist *mein* Job«, sagte sie.

In diesem Augenblick flog die Tür des Speisesaals auf.

»Alex!« Es war Wolf, der ein Maschinengewehr im Anschlag hatte.

Mrs Stellenbosch hob die Pistole und feuerte dreimal. Jeder Schuss fand sein Ziel. Wolf wurde in Schulter, Arm und Brust getroffen. Aber während er nach hinten fiel, eröffnete er selbst das Feuer. Der Kugelhagel traf Mrs Stellenbosch, die nach hinten geschleudert wurde und ins Fenster krachte. Durch den Aufprall ging das Fenster in tausend Scherben. Mit einem Schrei verschwand sie in der Nacht und im Schnee, den Kopf voraus, und ihre stämmigen Beine mit den Wollstrümpfen waren das Letzte, was Alex von Mrs Stellenbosch sah.

Der Schock saß tief, gab Alex aber neue Energie. Er rappelte sich auf und rannte zu Wolf hinüber. Der SAS-Mann war nicht tot, aber schwer verwundet. Er röchelte.

»Alles okay«, brachte er hervor. »Wollte nach dir sehen. Bin froh, dass ich dich gefunden habe.«

»Wolf ...«

»Okay.« Er klopfte sich auf die Brust und Alex sah, dass er unter seiner Jacke Schutzkleidung trug. Sein Arm blutete, aber die beiden anderen Kugeln hatten ihn nicht verletzt. »Grief ...«, sagte er.

Wolf gestikulierte und Alex drehte sich um. Der Helikopter war gestartet und flog jetzt sehr tief. Alex sah Dr. Grief im Pilotensitz. Er hatte eine Waffe und feuerte. Man hörte einen Schrei und ein Körper fiel von irgendwo oben herab. Es war einer der SAS-Männer.

Plötzlich wurde Alex wütend. Grief war eine widerwärtige Missgeburt, ein Monster. Er war für all das hier verantwortlich – und er sollte nicht ungestraft davonkommen. Ohne erst lange zu überlegen, schnappte er sich Wolfs Waffe, schwang sich durch das zerbrochene Fenster, vorbei an der toten Mrs Stellenbosch, hinaus in die dunkle Nacht und versuchte zu zielen. Die Flügel des Helikopters wirbelten Schnee auf, der Alex die Sicht nahm, aber er hielt das Gewehr hoch und feuerte. Nichts passierte. Er drückte erneut ab. Immer noch nichts. Entweder hatte Wolf die ganze Munition aufgebraucht oder das Gewehr blockierte.

Dr. Grief zog die Steuerung herum und der Helikopter stieg dem Berghang folgend in die Höhe. Es war zu spät. Nichts konnte ihn mehr aufhalten.

Es sei denn …

Alex warf das Gewehr weg und rannte los. Wenige Meter von ihm entfernt stand ein Schneemobil, dessen Motor noch lief. Der Mann, der damit gefahren war, lag mit dem Gesicht nach unten im Schnee. Alex sprang auf den Sitz und gab Vollgas. Das Schneemobil donnerte davon, glitt über das Eis und folgte dem Helikopter.

Dr. Grief sah ihn jetzt. Der Helikopter wurde langsamer und wendete. Grief hob die Hand – und winkte zum Abschied.

Alex sah die rote Brille, die schlanken in einer letzten herausfordernden Geste erhobenen Finger. Alex umklammerte die Lenkstange, stellte sich auf die Fußstützen und konzentrierte sich auf das, was er jetzt tun musste. Der Helikopter entfernte sich wieder und gewann an Höhe. Vor Alex tauchte die Sprungschanze auf. Der Tacho zeigte siebzig, achtzig an. Schnee und Wind wirbelten an ihm vorbei. Plötzlich sah er eine hölzerne Barriere vor sich.

Alex fuhr mit Vollgas darauf zu und ließ sich dann im letzten Augenblick von dem Motorschlitten fallen.

Das Schneemobil stürzte nach unten. Der Motor heulte auf.

Alex rollte im Schnee, Eis und Holzsplitter in Augen und Mund. Dann gelang es ihm, sich aufzurappeln.

Das Schneemobil erreichte jetzt das Ende der Sprungschanze.

230   Alex beobachtete, wie es von der riesigen Metallrutsche wie eine Rakete in die Luft schoss.

In seinem Helikopter beobachtete Dr. Grief, wie mehr

als 225 Kilogramm Stahl mit flammenden Scheinwerfern und heulendem Motor durch die Nacht auf ihn zurasten. Entsetzt riss er die glühenden roten Augen auf.

Die Explosion tauchte den gesamten Berg in helles Licht. Das Schneemobil war zu einem Torpedo geworden, das sein Ziel mit absoluter Genauigkeit traf. Der Helikopter stürzte als riesiger Feuerball ab. Er brannte noch, als er auf den Boden krachte.

Alex bemerkte, dass das Schießen hinter ihm eingestellt worden war. Die Schlacht war vorüber. Langsam ging er durch die kalte Nachtluft zurück zur Akademie. Er fröstelte. Als er näher kam, erschien ein Mann am zerbrochenen Fenster und winkte. Es war Wolf, der sich zwar gegen die Wand stützte, aber sonst ganz lebendig wirkte. Alex ging zu ihm.

»Was ist mit Grief passiert?«, fragte Wolf.

»Sieht ganz so aus, als hätte ich ihm den Garaus gemacht.«

Die auf den Hängen verstreuten Wrackteile des Helikopters flackerten und brannten noch, als die Morgensonne langsam aufging.

Der Doppelgänger

Ein paar Tage später saßen sich Alex und Alan Blunt in dem nichtssagenden Büro in der Liverpool Street gegenüber. Auch Mrs Jones war da und spielte mal wieder mit einem Bonbon. Es war der Erste Mai, ein Feiertag, aber irgendwie wusste Alex, dass es in dem Gebäude, das als *Royal & General Bank* bezeichnet wurde, niemals Urlaub gab. Sogar der Frühling schien vor dem Fenster haltgemacht zu haben. Obwohl draußen die Sonne schien, war es im Innern des Gebäudes düster.

»Anscheinend schulden wir dir mal wieder Dank«, sagte Blunt gerade.

»Sie schulden mir gar nichts«, erwiderte Alex barsch.

Blunt blickte ehrlich überrascht drein. »Aber du hast womöglich die Zukunft der Erde verändert«, bemerkte er. »Natürlich war Griefs Plan total verrückt. Aber Tatsache bleibt, dass seine ...« Er suchte nach einem Wort, um die Kreaturen aus der Retorte zu beschreiben, die aus dem Point Blanc hervorgegangen waren. »... seine *Abkömmlinge* noch viel mehr Probleme hätten verursachen können. Zumindest hätten sie Geld gehabt. Weiß der Himmel, was sie alles angerichtet hätten, wenn sie unentdeckt geblieben wären.«

»Was ist mit ihnen geschehen?«, fragte Alex.

»Wir haben alle fünfzehn aufgespürt und hinter Schloss und Riegel gebracht«, erwiderte Mrs Jones. »Sie wurden ohne großes Aufsehen in dem jeweiligen Land, in dem sie lebten, vom Geheimdienst festgenommen. Wir werden uns um sie kümmern.«

Alex fröstelte. Irgendwie ahnte er, was Mrs Jones damit sagen wollte. Und er war davon überzeugt, dass niemand mehr die fünfzehn Doppelgänger zu Gesicht bekommen würde.

»Wir haben die ganze Sache mal wieder vertuschen müssen«, fuhr Blunt fort. »Die Geschichte mit dem Klonen könnte viel Unruhe unter der Bevölkerung schaffen. Schafe zu klonen, ist schon schlimm genug, aber Menschen, das ist ein unglaublicher Skandal.« Er hüstelte. »Die darin verwickelten Familien haben kein Interesse an Publicity, also werden sie den Mund halten. Sie sind froh, dass sie ihre echten Söhne wieder zurückhaben. Das Gleiche gilt natürlich für dich, Alex. Du hast ja bereits die Geheimhaltungsakte unterzeichnet. Ich bin davon überzeugt, dass wir mit deiner Diskretion rechnen können.«

Es entstand eine Pause. Mrs Jones musterte Alex interessiert. Sie musste sich eingestehen, dass sie sich ernsthafte Sorgen um ihn gemacht hatte. Sie wusste alles, was sich in Point Blanc abgespielt hatte – wie er nur knapp einem grauenhaften Tod entronnen war, um trotzdem noch ein zweites Mal in die Akademie zurückgeschickt zu werden. Der Junge, der aus den französischen Alpen zurückgekehrt war, war nicht mehr derselbe wie vorher. Er strömte eine Kühle aus, die so greifbar war wie der Schnee auf den Bergen.

»Alex, du hast dich tapfer geschlagen«, sagte sie.

»Wie geht es Wolf?«, lenkte Alex von sich ab.

»Es geht ihm gut. Er ist noch in der Klinik, aber die Ärzte sagen, dass er voll wiederhergestellt wird. Wir hoffen, dass wir ihn in ein paar Wochen wieder einsetzen können.«

»Das ist ja prima.«

»Beim Sturm auf Point Blanc mussten wir nur einen Todesfall beklagen. Es war der Mann, den du vom Dach hast fallen sehen. Wolf und ein anderer Mann wurden verletzt. Ansonsten war es ein voller Erfolg.« Sie schwieg einen Moment. »Möchtest du sonst noch etwas wissen?«

»Nein.« Alex schüttelte den Kopf und stand auf. »Sie haben mich hängen lassen«, sagte er plötzlich. »Ich habe Hilfe angefordert, aber Sie haben niemanden geschickt. Grief war im Begriff, mich zu töten, aber es war Ihnen egal.«

»Das stimmt nicht, Alex«, protestierte Mrs Jones und warf Blunt einen Hilfe suchenden Blick zu. Aber er wich ihrem Blick aus. »Es gab Schwierigkeiten …«

»Das spielt keine Rolle. Ich möchte nur, dass Sie wissen, dass ich die Nase voll habe. Ich habe keine Lust mehr, den Spion zu spielen, und wenn Sie mich wieder einspannen wollen, spiele ich nicht mit. Sie glauben vielleicht, Sie könnten mich erpressen, aber ich weiß jetzt zu viel über Sie, sodass das nicht mehr zieht.« Entschlossen ging er zur Tür. »Ich dachte, die Arbeit eines Spions wäre aufregend –

wie in den Filmen. Aber Sie haben mich nur benutzt. In gewisser Weise sind Sie beide auch nicht besser als Grief. Sie tun alles, um Ihr Ziel zu erreichen. Nun, ich will auf jeden Fall zurück zur Schule. Das nächste Mal müssen Sie sich einen anderen Dummen suchen.«

Nachdem Alex gegangen war, herrschte langes Schweigen. Dann ergriff Blunt das Wort: »Er wird zurückkommen.«

Mrs Jones runzelte die Stirn. »Glauben Sie das wirklich?«

»Er ist zu gut ... zu gut in diesem Job. Und es liegt ihm im Blut.« Dann erhob er sich. »Es ist schon seltsam«, sagte er. »Die meisten Schüler träumen davon, Geheimagenten zu sein. Alex aber ist ein Agent, der davon träumt, Schüler zu sein.«

»Werden Sie ihn wirklich wieder einsetzen?«, fragte Mrs Jones.

»Natürlich. Erst heute Morgen habe ich eine Akte über eine knifflige Situation in den Zagros-Bergen im Irak auf den Tisch bekommen. Alex ist vielleicht die einzige Antwort.« Er lächelte Mrs Jones zu. »Wir lassen ihn eine Weile in Ruhe, dann holen wir ihn wieder.«

»Er wird Nein sagen.«

»Mal sehn«, erwiderte Blunt.

Alex ging zu Fuß von der Bushaltestelle zu dem eleganten Haus in Chelsea, das er mit seiner Haushälterin und engsten Freundin, Jack Starbright, bewohnte. Alex hatte Jack nur kurz berichtet, wo er gewesen war und was er erlebt hatte. Zwischen ihnen bestand eine Abmachung, nie über seinen Job für MI6 zu reden. Sie mochte es nicht und sie machte sich bloß Sorgen um ihn. Aber schließlich wussten sie beide, dass im Grunde auch alles gesagt worden war.

Jack schien überrascht, ihn zu sehen. »Ich dachte, du seist gerade erst gegangen«, sagte sie.

»Nein.«

»Hat man dir die Nachricht telefonisch übermittelt?«

»Was für eine Nachricht?«

»Mr Bray will dich heute Nachmittag sprechen. Um drei Uhr in der Schule.«

Henry Bray war der Direktor der Brookland-Schule. Alex war nicht überrascht, zu ihm zitiert zu werden. Bray war nicht nur daran interessiert, seine Schule gut zu führen, sondern nahm auch persönlich Anteil an jedem seiner Schüler. Alex' lange Fehlzeiten hatten ihn beunruhigt. Deshalb hatte er ihn zu sich bestellt.

»Willst du etwas essen?«, fragte Jack.

»Nein, danke.« Alex wusste genau, dass er wieder so tun musste, als wäre er krank gewesen. Die Leute von MI6 würden ihm ein ärztliches Attest verschaffen. Aber die Vorstellung, dass er seinen Direktor anlügen musste, verdarb ihm den Appetit.

Eine Stunde später schwang er sich auf sein Rad, das die Polizei von Putney zurückgebracht hatte. Er fuhr langsam und genoss es, wieder in London zu sein, ein normales Leben zu führen. Er bog von der King's Road ab und fuhr die Seitenstraße hinunter, wo er – es schien eine Ewigkeit her zu sein – dem Mann im weißen Skoda gefolgt war. Das

Schulgebäude ragte verlassen vor ihm auf. Alle Schüler waren in den Ferien.

Als Alex vor dem Gebäude hielt, entdeckte er eine Gestalt, die über den Hof auf die Schultore zuging. Es war Mr Lee, der Hausmeister, ein älterer Mann.

»Du schon wieder.«

»Hallo, Bernie«, begrüßte Alex den Hausmeister.

»Bist du auf dem Weg zu Mr Bray?«

»Ja.«

Der Hausmeister schüttelte den Kopf. »Er hat mir gar nicht gesagt, dass er heute hier sein würde. Aber er sagt mir ja nie etwas! Ich gehe nur mal schnell runter zum Laden. Um fünf bin ich wieder da, um abzuschließen. Also schau, dass du bis dahin verduftet bist.«

»In Ordnung, Bernie.«

Auf dem Schulhof war kein Mensch zu sehen. Es war ein seltsames Gefühl, so ganz allein hier. Ohne Schüler wirkte die Schule viel größer, der Hof schien sich zwischen den roten Ziegelgebäuden endlos hinzuziehen. Die Sonne brannte herab und spiegelte sich in den Fenstern. Alex war verblüfft. Noch nie hatte er erlebt, dass es hier so leer und ruhig war. Das Gras auf dem Sportplatz wirkte fast zu grün. Jede Schule ohne Schüler besitzt eine ganz eigentümliche Atmosphäre und die Brookland-Schule bildete da keine Ausnahme.

Mr Bray hatte sein Büro in Block D, direkt neben dem Gebäude, in dem die naturwissenschaftlichen Fächer unterrichtet wurden. Alex öffnete die Flügeltüren. Gewöhnlich waren hier die Wände mit Postern bedeckt, aber am Ende des Schuljahrs waren sie alle abgenommen worden. Alles war kahl und weiß. Auf einer Seite stand eine Tür offen. Bernie hatte das Hauptlabor gereinigt und seinen Mopp und Eimer zur Seite gestellt, um einkaufen zu gehen. Alex vermutete, dass er sich Zigaretten holen wollte. Der Mann war sein Leben lang Kettenraucher gewesen und würde bestimmt mal mit einer Zigarette zwischen den Lippen sterben.

Alex stieg die Steintreppe hinauf und gelangte zu einem Flur – links waren die Klassen für Biologie, rechts für Physik – und ging geradeaus weiter. Ein zweiter Flur mit einer hohen Fensterfront auf beiden Seiten führte zu Block D. Brays Büro lag direkt vor ihm. Alex blieb vor der Tür stehen und überlegte kurz, ob er sich mehr hätte herausputzen müssen. Bray tadelte immer Jungen, bei denen das Hemd aus der Hose hing oder deren Krawatte schief hing. Alex trug eine Jeansjacke, T-Shirt, Jeans und Nike-Trainers. Dasselbe hatte er heute Morgen bei den MI6-Leuten getragen. Seine Haare waren für seinen Geschmack immer noch zu kurz, auch wenn sie inzwischen nachgewachsen waren. Alles in allem sah er immer noch aus wie ein jugendlicher Krimineller, aber es war jetzt zu spät. Und schließlich wollte Bray ihn ja nicht sprechen, um über sein Aussehen zu diskutieren. Seine häufige Abwesenheit in der Schule war ein viel heißeres Thema.

Er klopfte an die Tür.

»Herein!«, rief eine Stimme.

Alex öffnete die Tür und betrat das Büro des Direktors, ein überladener Raum mit Blick auf den Schulhof. Es gab einen Schreibtisch, auf dem sich Papiere stapelten und einen schwarzen Chefsessel, dessen Rückenlehne zur Türe wies. An einer Wand stand ein Schrank voller Trophäen. Die anderen Wände waren durch Bücherregale ausgefüllt.

»Sie wollten mich sprechen«, begann Alex.

Langsam drehte sich der Sessel.

Alex erstarrte.

Es war nämlich nicht Henry Bray, der hinter dem Schreibtisch saß.

Es war er selbst.

Er sah einen vierzehnjährigen Jungen mit kurz geschorenem hellen Haar, braunen Augen und einem schmalen bleichen Gesicht. Der Junge war sogar genauso gekleidet wie er selbst. Er glaubte, seinen Augen nicht zu trauen. Alex stand in einem Zimmer und sah sich selbst in einem Sessel sitzen. Der Junge *war* er selbst.

Es gab nur einen Unterschied. Der Junge hielt eine Waffe in der Hand.

»Setz dich«, befahl er.

Alex rührte sich nicht. Er wusste, was er vor sich hatte, und er war wütend auf sich selbst, weil er nicht damit gerechnet hatte. Als er in der Akademie mit Handschellen gefesselt gewesen war, hatte Dr. Grief sich ja damit gebrüstet, dass er sich selbst sechzehnmal geklont hatte. Aber Mrs Jones hatte heute Morgen nur fünfzehn Doppelgängern erwähnt, die sie aufgespürt hatten. Also blieb einer übrig – ein Junge, der darauf gewartet hatte, in der Familie von Sir David Friend Alex' Platz einzunehmen. Alex hatte ihn einmal in der Akademie gesehen. Er erinnerte sich jetzt an das Gesicht mit der weißen Maske, das ihn vom Fenster aus beobachtet hatte, als er zur Sprungschanze spaziert war. Die weiße Maske war in Wirklichkeit ein Verband gewesen. Der neue Alex hatte ihm nachspioniert, während er sich von der plastischen Operation erholte, die ihn zum Doppelgänger von Alex gemacht hatte.

Und sogar heute hatte es Hinweise gegeben. Vielleicht lag es an der Hitze oder an dem Ärger mit den Leuten von MI6. Aber er hatte zu sehr seinen eigenen Gedanken nachgehangen, um sie richtig zu deuten. Als er nach Hause gekommen war, hatte Jack zu ihm gesagt: »Ich dachte, du seist gerade erst gegangen«, und Bernie hatte vorhin erst bemerkt: »Du schon wieder.«

Beide hatten also angenommen, ihn erst vor Kurzem gesehen zu haben. Und in gewisser Weise war es ja so. Sie hatten den Jungen gesehen, der ihm jetzt gegenübersaß und eine Waffe auf ihn richtete.

»Ich habe mich darauf gefreut«, sagte der andere Junge. Trotz des Hasses in seiner Stimme wunderte sich Alex. Die Stimme war nicht die gleiche wie seine. Er hatte wohl nicht genug Zeit gehabt, das auf die Reihe zu bringen. Aber im Übrigen war er das genaue Ebenbild von Alex.

»Was tust du denn hier?«, wollte Alex wissen. »Es ist alles vorbei. Das Gemini-Projekt ist beendet. Du solltest dich der Polizei stellen. Du brauchst Hilfe.«

»Ich brauche nur eines«, schnarrte sein Ebenbild. »Ich will dich tot sehen. Ich werde dich erschießen, jetzt gleich. Du hast meinen Vater getötet.«

»Dein Vater war ein Reagenzglas«, erwiderte Alex. »Du

hast nie einen Vater gehabt. Du bist eine Missgeburt, die in den französischen Alpen hergestellt wurde … Was willst du tun, wenn du mich getötet hast? Willst du meinen Platz einnehmen? Du würdest es keine Woche durchhalten. Auch wenn du aussiehst wie ich, wissen zu viele Menschen, was Grief vorhatte. Es tut mir leid, aber das Wort ›Fälschung‹ steht dir deutlich auf die Stirn geschrieben.«

»Wir hätten alles gehabt! Wir hätten die ganze Welt beherrscht!« Der falsche Alex schrie die Worte fast heraus. Einen Augenblick lang glaubte Alex, Dr. Grief zu hören, der ihn noch aus seinem Grab heraus beschimpfte. Aber das Geschöpf vor ihm war ja Dr. Grief … zumindest ein Teil von ihm. »Es ist mir egal, was aus mir wird«, fuhr es jetzt fort, »Hauptsache, du bist tot.«

Die Hand mit der Waffe zielte direkt auf Alex. Dieser blickte den Jungen unverwandt an.

Und er entdeckte die Unsicherheit.

Der falsche Alex konnte es nicht so einfach über sich bringen, den echten zu töten. Sie waren einander zu ähnlich. Hatten die gleiche Größe, die gleiche Statur – das gleiche Gesicht. Für den anderen Jungen musste dies ein Gefühl sein, als ob er sich selbst erschießen würde. Alex hatte die Tür offen gelassen und zog sich schnell auf den Flur zurück. Im selben Augenblick ging die Waffe los und die Kugel schlug ein paar Millimeter über seinem Kopf in die Wand ein. Alex fiel auf den Rücken und rollte sich zur Seite, weg von der Tür, als eine zweite Kugel in den Boden einschlug. Und dann rannte Alex los, versuchte, seinem Doppelgänger zu entfliehen.

Als er den Flur hinuntersprintete, peitschte ein dritter Schuss auf und das Fenster neben ihm zersplitterte. Alex erreichte die Treppe, nahm drei Stufen auf einmal und hatte Angst, er könnte stolpern und sich den Knöchel brechen.

Aber dann war er endlich unten und rannte auf den Haupteingang zu. Als ihm klar wurde, dass er eine perfekte Zielscheibe abgeben würde, wenn er über den Schulhof lief, drehte er ab und hastete ins Labor, wobei er fast über Bernies Eimer und Mopp gefallen wäre.

Das Labor war lang und rechteckig, unterteilt in zwei Arbeitsbereiche mit Bunsenbrennern, Glaskolben und Dutzenden von Flaschen mit Chemikalien auf den Regalen, die die ganze Länge des Raums einnahmen. Am anderen Ende befand sich noch eine Tür. Alex hechtete hinter den am weitesten vom Eingang entfernten Schreibtisch. Hatte sein Doppelgänger ihn hereinkommen sehen? Oder suchte er ihn draußen im Hof?

Vorsichtig hob Alex den Kopf über den Tisch, ging aber sofort wieder auf Tauchstation, als ihm vier Kugeln um die Ohren flogen. Holz splitterte und eine Gasleitung wurde getroffen. Alex hörte das fiese Zischen des ausströmenden Gases. Dann ertönte ein Schuss und gleich darauf gab es eine Explosion, die ihn nach hinten warf. Die letzte Kugel hatte das Gas entzündet. Flammen züngelten bis zur Decke hoch und die Sprinkleranlage ging an.

242

Alex krabbelte auf allen vieren, suchte Schutz hinter Wasser und Feuer, in der Hoffnung, dass der falsche Alex vielleicht geblendet war. Seine Schultern stießen hart gegen die Tür am anderen Ende des Raumes. Er rappelte sich wieder auf. Es wurde noch ein Schuss abgefeuert. Aber dann war er durch – hatte noch einen Flur und eine zweite Treppe vor sich.

Die Treppe führte nirgendwohin. Als er schon halb oben war, fiel es ihm ein. Es gab da nur ein Klassenzimmer, in dem der Biologieunterricht stattfand. Von dort aus gelangte man über eine Wendeltreppe aufs Dach. Die Schule besaß so wenig Platz, dass man vor einiger Zeit einen Dachgarten geplant hatte. Aber dann war das Geld ausgegangen und es gab nur ein paar Gewächshäuser, sonst nichts.

Kein Weg führte zurück. Alex blickte über die Schulter und sah, wie sein Doppelgänger die Waffe nachlud und schon auf der Treppe war. Er hatte keine Wahl. Er musste weiter, auch wenn er genau wusste, dass er bald in der Falle sitzen würde.

Er erreichte den Biologiesaal und schlug die Tür hinter sich zu. Es gab kein Schloss und die Tische waren festgeschraubt, sonst hätte er vielleicht eine Barrikade errichten können. Er rannte die Wendeltreppe hinauf, hinaus durch eine weitere Tür und war auf dem Dach. Dort blieb er stehen, um Luft zu schöpfen und zu überlegen, was er als Nächstes tun könnte.

Die breite, ebene Fläche auf dem Dach war rundum von einem Zaun umgeben. Ungefähr ein halbes Dutzend Blumentöpfe, gefüllt mit Erde, stand herum, in einigen wuchsen ein paar kümmerliche Pflanzen. Alex rümpfte die Nase. Aus den Fenstern zwei Stockwerke tiefer stieg Rauch auf. Der Sprinkleranlage war es offenbar nicht gelungen, das

Feuer zu löschen. Alex stellte sich vor, wie sich das Gas im Raum ausbreitete und dachte an die Chemikalien auf den Regalen. Vermutlich stand er hier auf einer tickenden Zeitbombe. Er musste unbedingt einen Weg nach unten finden.

Aber dann hörte er Schritte auf Metall und sah, dass sein Doppelgänger am Ende der Wendeltreppe aufgetaucht war. Alex duckte sich hinter eines der Gewächshäuser. Die Tür zum Dach sprang krachend auf.

Der falsche Alex trat heraus, in eine Rauchwolke gehüllt. Er machte einen Schritt nach vorn. Alex befand sich genau hinter ihm.

»Wo bist du?«, rief das Double. Sein Haar war feucht und sein Gesicht wutverzerrt.

Alex wusste, dass er jetzt handeln musste. Eine bessere Chance würde sich nicht mehr bieten. Also rannte er los. Sein Doppelgänger wirbelte herum und feuerte. Die Kugel streifte Alex' Schulter und er verspürte einen messerscharfen Schmerz. Aber er war jetzt in Reichweite des falschen Alex, packte ihn mit einer Hand am Genick und umklammerte mit der anderen sein Handgelenk, um ihm die Waffe zu entreißen. Plötzlich donnerte vom Labor herauf eine gewaltige Explosion, die das ganze Haus erschütterte, aber keiner der beiden Jungen schien es zu bemerken. Sie kämpften miteinander, zwei Spiegelbilder, die sich im Spiegel ineinander verbissen hatten, die Waffe hoch über ihren Köpfen.

244   Die Flammen fraßen sich langsam durch das Gebäude. Genährt durch eine Vielzahl von Chemikalien schlugen sie durchs Dach und brachten den Asphalt zum Schmelzen. In

der Ferne heulten Feuerwehrsirenen. Alex sammelte seine ganze Kraft, um die Waffe endgültig auszuschalten. Der andere Alex klammerte sich an ihn und fluchte – nicht in Englisch, sondern in Afrikaans.

Das Ende kam ganz überraschend.

Die Waffe fiel zu Boden. Der eine Alex versetzte dem anderen einen Schlag und schnappte danach.

Plötzlich gab es eine weitere Explosion und eine giftig grüne Flamme loderte auf. Im Dach wurde ein Krater aufgerissen und verschlang die Waffe. Der Junge sah es zu spät und fiel in den Krater. Er stieß einen markerschütternden Schrei aus und verschwand in Rauch und Feuer.

Der eine Alex Rider ging hinüber zu dem Loch und blickte hinunter.

Der andere Alex Rider lag auf dem Rücken, zwei Stockwerke tiefer und rührte sich nicht. Flammen umzüngelten ihn.

Die ersten Feuerwehrautos rasten auf den Schulhof. Eine Leiter hoch zum Dach wurde aufgestellt.

Ein Junge mit kurzen, hellen Haaren und braunen Augen, der eine Jeansjacke, ein T-Shirt und Jeans trug, trat an den Rand des Dachs und kletterte hinunter.

Das Gemini-Projekt

Anthony Horowitz sagt über *Gemini-Project* und den vorhergehenden Band *Stormbreaker:* »Schon immer hatte ich vor, einmal eine moderne ›Teenager-rettet-die-Welt‹-Geschichte zu schreiben. Als ich noch zur Schule ging, stellte ich mir (vor allem im Geografieunterricht) vor, kein gelangweilter dreizehnjähriger Schüler in einer schaurigen Schule zu sein, sondern in Wirklichkeit ein MI6-Agent. Es lag mir sehr daran, meine Geschichten auch wirklich glaubwürdig erscheinen zu lassen. Also habe ich über alles sorgfältige Recherchen angestellt, vom Zellkerntransfer bis hin zu modernen Kränen und Snowboardtechniken.«

Horowitz ist ein berühmter, erfolgreicher Jugendbuchautor, dessen Bücher in mehr als ein Dutzend Länder verkauft werden. Seine Bücher, darunter *Schule des Grauens* und die Fortsetzung *The Unholy Grail* sowie *Komm zur Horror-Omi!* (kam 1994 in die engere Wahl für den Children's Book Award) sowie die *Diamond Brothers Trilogy* (*Die Malteser des Falken*, *Ein Staatsfeind kommt selten allein* und *Hasta la vista, Baby!*) erhielten viele Preise. Horowitz schreibt auch viel fürs Fernsehen, wie zum Beispiel die beliebten Serien *Midsomer Murders*, *Poirot*, *Crime Travel-*

ler, *Murder in Mind* und *Foyle's War*. Er lebt mit seinem Hund, zwei Kindern und einer reizenden Ehefrau im Norden von London.

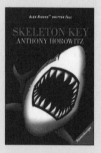

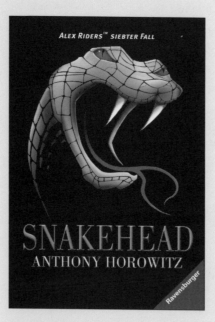

General Sarow beobachtete sie noch immer. Er hatte sich nicht vom Fleck bewegt; jetzt schob er die Hand in eine Jackentasche. Die Finger schlossen sich um einen Funksender. Sarow hatte nur kurz nachgedacht, ob es wirklich nötig sein würde, die beiden Männer und ihren Piloten zu töten. Er persönlich hätte es vorgezogen, sie leben zu lassen, auch als eine Art Rückversicherung. Aber ihre neue Geldforderung ließ ihm nun keine Wahl mehr. Er hätte sich doch denken können, dass sie gierig werden würden. Bei Waffenhändlern wie ihnen war es fast unvermeidlich.

Wieder im Flugzeug schnallten sich die beiden Männer an, während der Pilot die Maschine startklar machte. Carlo hörte, wie der Motor aufheulte, als das Flugzeug langsam wendete. Von weit her ertönte ein leises Donnern. Er wünschte plötzlich, sie hätten das Flugzeug sofort nach der Ankunft in Startposition gebracht. Das hätte einige wertvolle Sekunden gespart, denn Carlo wollte so schnell wie möglich weg von hier, wollte wieder in der Luft sein.

Ich wünsche Ihnen einen angenehmen Rückflug.

In der Stimme des Generals war nicht die geringste Gefühlsregung zu erkennen gewesen. Vielleicht hatte er wirklich genau das gemeint, was er sagte. Aber Carlo vermutete, der General hätte auch ein Todesurteil im selben Tonfall ausgesprochen.

Neben ihm hatte Marc bereits begonnen, das Geld zu zählen. Seine Hände glitten durch den Banknotenhaufen. Carlo warf einen Blick zurück auf die Gebäuderuinen und den davor geparkten Jeep. Vielleicht hatte Sarow doch noch etwas vor? Welche Mittel standen ihm hier auf der Insel zur Verfügung? Aber es war keine Bewegung zu sehen, als das Flugzeug in einer engen Kurve wendete. Der General stand noch immer unbeweglich an seinem Platz. Sonst war niemand zu sehen.

Die Landebahnlichter gingen aus.

»Was zum …?«, fluchte der Pilot.

Marc hörte mit dem Geldzählen auf. Nur Carlo begriff sofort, was los war. »Er hat die Lichter ausgeschaltet«, sagte er. »Er will uns hier festhalten. Können Sie ohne Landebahnbeleuchtung starten?«

Das Flugzeug hatte inzwischen die Wende vollzogen. Seine Nase zeigte jetzt wieder in die Richtung, aus der es gekommen war. Der Pilot starrte aus dem Cockpitfenster, krampfhaft bemüht, in der Dunkelheit etwas zu erkennen. Es war absolut finster, aber hässliche, unnatürliche Lichtblitze zuckten über den Himmel. Er nickte. »Wird nicht leicht sein, aber …«

Die Lichter gingen wieder an.

Sie erstreckten sich vor ihnen über die ganze Länge der Startbahn, ein Pfeil, der ihnen den Weg in die Freiheit wies und zu einem Extraprofit von einer Viertelmillion Dollar. Der Pilot entspannte sich wieder. »Wahrscheinlich war's der Sturm«, sagte er. »Hat die Stromversorgung unterbrochen.«

»Machen Sie schon, bringen Sie uns hier raus«, knurrte

Carlo. »Ich freue mich erst richtig, wenn wir in der Luft sind.«

Der Pilot nickte. »Sie haben Recht.« Er drückte einen der Kontrollschalter und die Cessna rollte vorwärts, wobei sie schnell an Geschwindigkeit gewann. Die Landebahnlichter verwischten sich, wurden zu leuchtenden Streifen, die den Piloten führten. Carlo setzte sich bequem zurecht. Marc starrte aus dem Seitenfenster.

Und dann, Sekunden bevor die Räder vom Boden abhoben, machte das Flugzeug plötzlich einen Satz. Die ganze Welt wirbelte durcheinander, als habe eine riesige unsichtbare Hand das Flugzeug gepackt und zur Seite geschleudert. Die Cessna hatte in diesem Augenblick eine Geschwindigkeit von 150 Stundenkilometern erreicht. Innerhalb von Sekunden kam sie zum Stillstand, so plötzlich, dass alle drei Männer brutal nach vorn geschleudert wurden. Ohne ihre Sitzgurte wären sie durch das vordere Cockpitfenster katapultiert worden – oder durch das, was von der zersplitterten Scheibe noch übrig war. Gleichzeitig krachte es mehrmals hintereinander ohrenbetäubend, als etwas gegen den Flugzeugrumpf prallte. Einer der Flügel kippte nach unten weg; der Propeller wurde abgerissen und wirbelte in die Nacht hinaus. Plötzlich stand das Flugzeug völlig still und zur Seite geneigt.

Einen Augenblick lang bewegte sich niemand in der Kabine. Der Motor ratterte und erstarb. Marc richtete sich in seinem Sitz auf. »Was ist passiert?«, schrie er in panischer Angst. »Was ist passiert?« Er hatte sich auf die Zunge gebissen und Blut rann über sein Kinn. Die Tasche war offen und Geldscheine lagen über seinen Schoß verstreut.

»Ich verstehe nicht, wie …«, stammelte der Pilot.

»Idiot! Sie sind von der Startbahn abgekommen!« Carlos Gesicht war vor Schock und Wut verzerrt.

»Bin ich nicht!«

»Da!« Marc deutete auf etwas und Carlo blickte näher hin. Die Klappe an der Unterseite des Flugzeugs war teilweise eingedrückt worden. Schwarzes Wasser sickerte von unten herein und bildete eine Lache um ihre Füße.

Wieder donnerte es, dieses Mal jedoch näher.

»Das hat er gemacht!«, sagte der Pilot.

»Was hat wer gemacht?«, wollte Carlo wissen.

»Ihr … Geschäftspartner. Er hat die Startbahn verschoben!«

Eigentlich war es ein ganz einfacher Trick gewesen. Als das Flugzeug wendete, hatte Sarow mit dem Funksender in seiner Tasche die Startbahnlichter ausgeschaltet. Der Pilot hatte in der Dunkelheit einen Augenblick lang die Orientierung verloren. Dann hatte das Flugzeug die Wende vollendet und die Lichter waren wieder angegangen. Aber der Pilot wusste nicht und konnte auch nicht sehen, dass es sich um eine zweite Lichterreihe handelte – und dass diese Lichter in einem spitzen Winkel von der sicheren Startbahn weg- und in den Sumpf hineinführten.

»Er hat uns in den Sumpf geleitet«, sagte der Pilot.

Jetzt begriff auch Carlo, was mit dem Flugzeug passiert war. Sobald seine Räder die Wasseroberfläche berührt hatten, war sein Schicksal besiegelt gewesen. Ohne festen Boden unter dem Fahrwerk hatte sich das Flugzeug festgefahren und war umgekippt. Das Sumpfwasser drang herein und sie versanken langsam. Die Äste der Mangrovenbäume, die das Flugzeug fast auseinandergerissen hatten, umgaben sie wie Stäbe eines lebenden Gefängnisses.

»Was machen wir jetzt?«, wollte Marc wissen. Er klang plötzlich wie ein Kind. »Wir werden ertrinken!«

»Wir können nicht raus!« Carlo hatte bei dem Unfall mehrere schwere Prellungen erlitten und konnte einen Arm nur noch unter großen Schmerzen bewegen. Er öffnete den Sicherheitsgurt.

»Wir hätten nicht versuchen sollen, ihn hereinzulegen!«, jammerte Marc. »Du hast doch gewusst, wie er ist! Man hat dir gesagt …«

»Halt die Klappe!« Carlo zog den Revolver aus dem Holster unter seinem Hemd und stützte ihn auf sein Knie. »Wir gehen hier raus und knöpfen ihn uns vor. Und dann werden wir schon irgendwie einen Weg finden, wie wir von dieser verdammten Insel wegkommen.«

»Da ist etwas …«, begann der Pilot.

Draußen hatte sich etwas bewegt.

»Was ist das?«, flüsterte Marc.

»Pst!« Carlo hob sich halb aus dem Sitz, sodass sein Körper den engen Kabinenraum fast ausfüllte.

Das Flugzeug kippte noch stärker zur Seite und glitt noch tiefer in den Sumpf. Carlo verlor das Gleichgewicht, rappelte sich aber wieder auf. Er streckte die Hand aus, am Piloten vorbei, als wolle er aus dem zerbrochenen Windschutzfenster klettern.

Etwas Großes, Furchtbares sprang ihn an und blockierte völlig das schwache Licht des Nachthimmels. Carlo schrie, als sich das Wesen kopfüber in das Flugzeug und auf ihn stürzte. Etwas Weißes glänzte, dann war ein grauenhaftes Knirschen und Krachen zu hören.

Die beiden anderen Männer schrien.

General Sarow stand unbeweglich da und beobachtete das Geschehen. Es hatte noch nicht zu regnen angefangen, aber die Luft war schwer. Ein Blitz zuckte auf und lief fast wie in Zeitlupe über den Himmel, so als genieße er seine Reise. In diesem Augenblick sah er die Cessna auf der Seite liegen, halb im Sumpf versunken. Ein halbes Dutzend Krokodile schwärmte um die Maschine. Ein sehr großes Tier steckte mit Kopf und Körper im Cockpit. Nur sein Schwanz war noch sichtbar, der wild um sich schlug, während das Tier sein blutiges Werk vollendete.

Sarow bückte sich und hob den schwarzen Behälter auf. Obwohl zuvor zwei Männer nötig gewesen waren, um ihn zu tragen, schien er in Sarows Händen kein Gewicht zu haben. Er stellte ihn in den Jeep und trat einen Schritt zurück. Erst in diesem Augenblick erlaubte er sich ein leichtes Lächeln, was sehr selten vorkam. Morgen, wenn die Krokodile ihre Mahlzeit beendet hatten, würde er seine Feldarbeiter mit ihren Macheten – die *macheteros* – in den Sumpf schicken und das Geld holen lassen. Das Geld spielte allerdings keine große Rolle. Er war jetzt Besitzer eines Kilogramms waffenfähigen Urans. Wie Carlo gesagt hatte, verfügte er jetzt über die Macht, eine Stadt zu zerstören.

Nur: Sarow hatte gar nicht vor, eine Stadt zu zerstören.

Sondern die ganze Welt.